崔大人駕到
上
作者 袖唐
繪者 ツバサ

目錄

繁體版序

江西上饒有三清山，它是懷玉山脈的主峰，因玉京、玉虛、玉華「三峰峻拔、如三清列坐其巔」而得其名。

初聞三峰之名，就難免想到許多詩詞，譬如李白的「天上白玉京，十二樓五城。仙人撫我頂，結髮受長生」，又如庾信步虛詞中的「寂絕乘丹氣，玄冥上玉虛」。

三清宮古樸的建築坐落在群山環抱之中。

我素愛探幽訪勝，去年趕著四月芳菲的時候去了一趟三清山。

天氣不大好，山中薄霧未散，卻恰是風拂雲繞、仙氣飄渺的景象。

作為一個想像力過剩的小說作者，每每看見不同的場景，腦海中總是會驀然蹦出出許多故事畫面，而這些零零碎碎的片段是我寫某一個故事的最初動力。

身處三清山，最初浮現在我眼前的其實是個修仙故事，第一個具象的人物並不是主角，而是本書中的「二師兄」。

他身穿一襲長袍，俊雅不凡，落拓不羈，會於林海山巔撫琴煮茶，袖手笑看紅塵俗世，然而與外貌不符的是，他行事隨意不可靠，話裡永遠三分真七分假。當我在心裡去細細描繪他的現在的同時，就不可避免的想到他的過去。

為什麼行事隨意不可靠？大約是因為他有許多不能訴說的悲傷。為什麼擅長說假話？或許因為他靠坑蒙拐騙養活整個道觀。

他是個有故事的人，有深藏在心底不為人知的祕密，這個祕密將會貫穿整個故事。

那麼由誰來探究這個故事的始終呢？

崔凝，是我第二個具象的人物，也是本文的主角——負責探究祕密的人。

我極愛寫懸疑文，於是有著這樣一個主線的故事，不可避免的從「修仙」變成了「懸疑」。

很多追文的讀者對我說，在讀第一章時，心裡給這篇文定下了「修仙」的基調，想像著主角有仙技傍身、大殺四方，可是再接著讀下去的時候發現畫風突變，啊喂，似乎走錯片場了呀！

嗯……這是我一點小小的惡趣味。

本文與我另外一部作品《金玉滿唐》同為懸疑古言，那本書裡充斥著剖屍、血腥的情節，這一部卻走上了暖萌有愛的光明大道。

萬丈紅塵中，哪怕身陷絕地，終有一人作陪。這是本故事中男女主角的愛情。

再有，因故事的展開是在道教衰落的大環境之下，我把故事背景設定在唐朝後期，但由於故事發展需求，進行了部分架空處理，因此，對其中的歷史情節不必當真，權當個架空文看罷了。

袖唐

〔卷一〕江左玉

自君之出矣，明鏡暗不治。

第一章　斬夜

山前大火直沖夜穹，如一條即將脫困的巨龍，漫山遍野的嘶吼聲和兵刃撞擊聲混成一片。

一名年輕的青袍道人攜著個六、七歲的小道童，單手持劍在混亂中殺開一條血路，如鶻般隱入黑暗中。

躲在他臂彎的小道童，蒼白的臉上染了幾滴鮮紅的血，睜大的眼睛清澈如水，倒映出火光血色。

青袍道人飛身而上，直奔半山的一座小樓而去。

這小樓依山而建，一半是在掏空的山體中，厚重巨大的木門，此時如一張黑漆漆的獸口，在黑暗中顯得分外肅殺。

青袍道人推門而入，把小道童放在椅子上，飛快地從桌底抽出一個包袱塞進她懷裡。「阿凝，妳聽我說。」

小道童頭上揪著一個團子，身子很瘦，但臉和手指都肉乎乎的。她的眼睛黑白分明，小臉兒上染著點點血跡，大概是被剛才所見嚇住了，滿臉迷茫。

青袍道人伸手拍拍小童的臉。「阿凝。」

眼見被稱作阿凝的道童眼中神采漸漸凝聚，似是回過神了，青袍道人年輕的臉上浮現出一絲複雜的喜色。「師門遭難，所有人都在禦敵抽不開身，妳要去方外尋找本門神刀才能挽救師門。」

阿凝緊緊抿著唇，盯著青袍道人不說話。

聽著外面的廝殺聲，青袍道人急躁道：「聽清沒有！」

「二師兄，師父呢？」阿凝終於開口。

「師父被壞人坑了。」

「大師兄呢？」

「大師兄去救師父了！」

「那──」

青袍道人打斷她的話。「別問了，記住我說的話，妳到了方外之後千萬不能透露自己的身分，找到神刀就能夠回來；如果一輩子都找不到，壽命自然終結的時候便會歸來，記得是壽命自然終結。本門神刀名叫斬夜，妳身上不是有一塊師父給妳的玉珮嗎？遇到神刀時玉珮會有反應。」

「還有，方外人的武功都很低，妳萬萬不可露出端倪！」他一邊說，一邊點燃了屋裡所有燭火，嘴裡念念有詞，順手扭轉了藏在書架旁的機關，旁邊慢慢露出一個洞口。「進去吧，這條密道通向方外。」

阿凝一一記下。「二師兄放心，我一定會找到神刀的！」

青袍道人俊逸的面上綻開一抹微笑，在滿身鮮血和殺氣的映襯下透出一種令人心驚的氣勢。「好。」

阿凝背著包袱走入洞口。

青袍道人塞給她一盞燭燈。「拿著它，出洞口之前不要滅了，不然一切都會前功盡棄。」

說罷，再次觸動機關，密道的門緩緩關閉。

阿凝看著長身玉立的二師兄，眼圈一紅。「你這次沒有騙我吧？」

年輕道人點點頭。

門外的打鬥聲越來越近，二師兄廣袖一揮，打翻了滿屋子的燭臺，那些書不知沾染了什麼東西，一觸到火便轟然燒了起來，空氣中散發出濃烈的香味。

阿凝驚叫：「二師兄！」

她從最後的一絲縫隙看見了那一襲青衣，沒有衝出去，而是閂上了大門。

密室的門已然緊閉，她使勁拍打冰冷厚實的牆壁尖叫：「二師兄！二師兄！」

手裡的燭燈被晃得忽明忽暗，她心中一慌，連忙停下來，身子卻因為忍著巨大的悲痛而不住顫抖，小手小心翼翼地護住火光，心裡卻只有一個念頭：不要滅，不要滅，如果燈滅了，二師兄就白死了……

端著燭燈的手一直顫抖，洞中的光線不住跳躍。

阿凝倚靠在門上，背後分明是冰冷的石牆，她卻覺得灼燙無比。耳朵裡彷彿有無數隻蟬在嘶鳴，眼前的火光重重疊疊。

砰的一聲，一切陷入黑暗。

她倒下前心想，完了……

燈滅了。

……

《莊子・大宗師》中曾提到過方外之地，在道門中，方外乃是紅塵之外仙人的世界。

可是師父也曾說過，方外未必指的是仙境，也有可能是普通人生活的地方，因為仙人肯定不可能只管著一個地界。

崔凝醒來已經有五天了，只見過一個守佛堂的老人，她穿著暗青色的衣裙，染霜的頭髮整整齊齊地在腦後梳了個髮髻，面容白皙，看起來五十多歲的樣子，手上時常執著一串佛珠。分明是很尋常的老婦人，可是她坐在樹下的時候，就像是一幅充滿禪意的畫。

老人不怎麼說話，但看著她的眼神很溫和。

阿凝坐在院中的老桐樹下發呆，老人則在廊下拈著佛珠，院子裡安安靜靜的，只有風吹過樹葉偶爾發出的聲響。陽光穿過濃密的樹冠，在地上灑下零星幾點光斑。

這幾日來，崔凝腦海中遏制不住地浮現那天晚上發生的一切，二師兄葬身火海中的身影越來越清晰，彷彿要滲透到血液裡，刻進骨髓裡，讓她感覺渾身都像被針扎刀刮一般疼。伴隨這記憶和疼痛而來的，是徹骨的冷與恨。這洶湧的情感是小小身軀不能承受之重，是以連日來她都是一副呆滯的模樣。

她看著的眼前的光不是光，而是那日書樓裡炙人的烈火；她看著的眼前的樹也不是樹，是她與師兄們在樹下歡笑的昔日。

「凝娘。」

蒼老的聲音響在耳畔，把她從回憶裡拉扯回來。

一陣風吹過，她發覺自己不知何時竟已滿臉是淚。

「妳不必傷心，再過幾日妳母親必會接妳回去。」老人溫聲安慰道。

不知怎地，她忽然崩潰了，彷彿那些在體內肆虐的情緒找到了發洩口，她抱著老人的腿號啕大哭，一直哭到頭腦發懵失去意識。

老人身上有淡淡的檀香味，讓人覺得溫暖安寧。

再醒來的時候，已是傍晚。

空蕩蕩的屋裡只有她一個人，她起身，赤足踩在冰涼地板上，漸漸開始清醒，這幾日被冰凍的腦子似乎也能夠轉動了。

她怔怔站著，摸摸自己纖細的手腕，還是原來瘦巴巴的樣子。

老人端著飯走進來，見她穿著中衣光腳站在地上，便連忙放下手裡的東西，拉著她坐到榻上，扯了薄被披在她身上，溫暖的手握著她的腳丫子，嘴上道：「姑娘家要知道愛惜自己，將將熬過一場大風寒，身子正虛著呢，怎受得住這般折騰。我已經知會前院，妳母親明日便會接妳回去。」

母親？阿凝覺得親娘肯定不能把閨女養得跟瘦猴似的！八成是後娘。在二師兄荼毒下成長的阿凝，小小的腦袋瓜裡開始浮現出各種橋段，什麼親娘死了、爹娶了後娘之後，小姑娘就變成地裡黃的小白菜了。

阿凝邊想邊胡亂抹抹臉。「我、我不記得家裡的事兒了。」

說罷，她屏息，小心翼翼地瞧著老人的表情，生怕自己被拆穿，讓人拿繩子一捆當妖精燒了。

老人嘆了口氣，沉默須臾，憐憫地說道：「我姓林，妳便喚我林嬤嬤吧。」

「嬤嬤。」崔凝見林嬤嬤沒有懷疑，不禁鬆了口氣，乖巧嘴甜地喚了一聲，又起身道：「我扶您坐下吧？」

阿凝幼時聽說她還在襁褓時被丟棄在山門，二師兄說自己還不會說話的時候就知道咯咯笑討人歡心，略大一點之後溜鬚拍馬什麼的更不在話下！

林嬤嬤任由她扶著坐下，看著她的眼神也越發慈悲。「這也難怪，妳前些天燒得厲害，三天才堪堪退熱，好生生的人哪能受得住？」

「妳是有些淘氣，把越氏公子的婢女給推進池塘裡去了。一個婢女沒什麼要緊，只是在客人面前有失體統。在鄉間也就罷了，可托生到清河崔氏的女兒，那規矩就多了……」

林嬤嬤說了很多，有些阿凝聽不太明白，但她很認真地記下了，也大致明白了自己現在的處境。

原來這家的姑娘單名也是一個「凝」字，想來這就是傳說中的機緣了。

她覺著自己很幸運，在洞裡的時候燈分明滅了，可是她卻成功地到了方外，成了某戶人家的女兒。

從林嬤嬤口中得知，這崔凝是崔氏小房嫡出次女，和自己的年紀一樣，也是八歲，有姊弟各一人，三人均是一母所出。崔凝如今犯錯被關在佛堂裡思過，前些日子高燒不退……於是被她鑽了空子。

那姑娘已不知魂歸何處，阿凝一念過去也就沒再多想，很平靜地接受了這個新身分。親身經歷此等離奇之事，她深覺自己淡定的表現實在可圈可點。

崔凝，崔凝……她在心裡反覆地念叨，一不留神就說出口了：「我也有姓了呢。」

「妳當然有姓，再高貴不過的姓氏。」好在林嬤嬤沒有生疑，接著又道：「妳失憶之事，我會告知妳母親。」
崔凝一身冷汗，忙點頭。「要的要的，還是嬤嬤想得周到。」
這樣一來就不需要她自己處處解釋了，以前二師兄就說過，年歲大的人見識可多了，能一眼就看穿小孩子撒謊，雖然曾有幾次連師父都被她糊弄過去，但二師兄又說那是師父疼她，故意沒有拆穿。
她不禁黯然，不知道還有沒有機會問問師父到底有沒有看穿她的謊言。
「有的。」崔凝握緊拳頭，只要找到神刀……
想到神刀，她忙問林嬤嬤：「嬤嬤可曾看到我身上的玉珮？」
「妳說的是太夫人給的那塊雙魚珮？」林嬤嬤從床頭摸出一塊繫著紅纓的玉珮遞給她。
以前那塊玉珮用青線繫著，並不是這番模樣，可她翻來覆去地看了好幾遍，又好像確實是那塊玉。
崔凝一時有很多疑惑，但她謹記二師兄的叮囑，輕易不敢透露出心中所想，一切都只歸於那兩個她覺得很神祕的字——機緣。

第二章　母親

有玉珮在身邊，崔凝終於睡了個還算安穩的覺。

崔凝在山上起得很早，每天天還濛濛亮的時候就已經扛著掃帚去掃山門了，或許是換了新的地方有些不習慣，她起得比往日還要早。

外面還是一片漆黑，她擁著被子坐著發呆。

約莫過了兩刻，聽見隔間有了動靜，她才連忙穿衣起身。

「姑娘怎地起這般早。」林嬤嬤一出門就看見她站在院子裡，略有些吃驚。

崔凝湊過去挽著林嬤嬤的手臂。「想到要離開佛堂，既高興，可是又捨不得嬤嬤，竟是睡不著了。」

林嬤嬤笑起來。「姑娘念著我，來佛堂瞧一眼便是。」

「我定會來的。」崔凝倒不是作假，她打心底覺得林嬤嬤這麼大年紀還將她照料得無微不至，實在不容易。

她跟著林嬤嬤擦拭了佛堂，給菩薩上完香才開始用早飯。

佛堂裡似乎沒有別人，早飯是外面送來的，熬得稠稠的碧粳粥、幾盤精緻的小菜、白嫩嫩的大包子。崔凝吃得歡實，包子一個個地下了肚，待到吃飽了，才注意到林嬤嬤吃飯的儀態，人家喝粥是用湯匙一口口地喝，半點聲音也沒有，吃包子也是小口小口吃，不像她兩口一個，把腮幫撐得鼓鼓的。

飯罷，林嬤嬤才對她道：「在佛堂裡隨意一些無妨，出去之後可要注意些，否則怕是沒幾日又要回來陪我了。」

「哦。」崔凝覺得牙根發酸，從前她既羨慕那些規規矩矩的人，又瞧不上他們做作，可這崔氏家族顯然不是個能容她隨便的地方。

林嬤嬤打量她幾眼，沒有再多說。

將至午時，果然有人來接崔凝。

為首的是個二十多歲的婦人，後面跟著兩個十多歲的婢女，打扮雖樸素，但能看出來身上衣物的料子很不錯。

那婦人先向林嬤嬤見禮，轉眼見著崔凝，面上驚訝一閃而過，這才欠身向她施了一禮。「夫人聽聞二娘子記不大清以前的事了，便差遣奴婢過來接二娘子，順便再同二娘子說道說道家裡的事兒。」

崔凝平常是個自來熟，可是這一回極為謹慎地沒有多說話。

那婦人見狀，便道：「奴婢姓隨，二娘子喚奴婢隨娘便是。娘子先前用的婢女因犯了錯被夫人打發了，這是夫人為您新選的貼身婢女，小杏和小福。二娘子若是不喜歡她們的名字，回頭換了便是。」

那兩個婢女朝崔凝行禮。「見過二娘子。」

崔凝點點頭，略有些侷促，還從來沒有人向自己施禮呢！

「這就回去吧。」林嬤嬤道。

隨娘向林嬤嬤欠身道：「奴婢告退。」

崔凝心中惶惶，自打她出生以來就只下了兩回山，還都有師兄們在身邊，這一回卻是要孤身一人探險。

崔凝一步三回頭地跟著隨娘離開，那可憐巴巴的模樣教林嬤嬤不由得心酸，嘆了口氣，轉身進屋去了。

崔氏族人聚居有數百戶之多，貧富不一，可每戶人家都曾顯赫過，上至一人之下萬人之上的宰相，下至一方父母官，有些家裡甚至還出過皇后、妃嬪。

佛堂離崔凝家不算太遠，可隨娘還是讓她坐轎子，只一會兒工夫便到了。

轎子剛落地，便聽到隨娘輕聲提醒：「二娘子，到了。」

崔凝深吸一口氣，走下轎子。

外面陽光晃眼，她瞇著眼睛，看清四周全是屋舍，瞧不見院牆，也不知這個家究竟有多大，院子裡草木扶疏，花叢掩映，炙熱的空氣中花草氣息撲鼻而來。

崔凝跟著隨娘走進一間屋子，從明亮的光照下進入昏暗的室內，眼前不免有些發黑，適應後才看清屋裡竟然站了不少人，首座那個三十餘歲的美婦正緩緩站起身來。婦人美則美矣，可是生得瘦削，面色蒼白，看起來像剛剛大病一場的樣子。

崔凝剛看清她發紅的眼睛，便被她一把摟入懷裡。「我兒，我兒……」

這是母親？

崔凝嗅著她身上的馨香，心道，長得可真像仙子，味兒也好聞！

屋裡的人好生勸了一陣子，崔夫人才收了眼淚。

「我兒受苦了。」崔夫人拉著她的手，說著又忍不住掉淚。「怎地瘦成這樣！」

「讓姊姊以後好生補著就是，母親快別哭了。」一個清亮的童聲老氣橫秋地道。

崔凝轉眼看過去，卻是個六、七歲的小男孩，長得肥嘟嘟的，腦袋上揪著兩個髻，一身薄綢衫，脖頸還掛著根彩絡子，看上去又富貴又可愛。他旁邊坐著個十來歲的女孩，那模樣簡直和崔夫人一個模子裡刻出來似的，端地是個小美人。

小美人與她目光相對，先是愣了一下，而後笑著走過來打趣她：「怎麼才去了佛堂幾日就變成這副樣子，瞧妳以後還敢不敢再淘氣了。」

「佛堂也滿不錯……」崔凝小聲道。

這是她進屋後說的第一句話，所有人都察覺到她與以往不同。

「妳妹妹得風寒整整燒了三天，有些事兒忘記了。」崔夫人說罷，又一一給崔凝介紹。

小美人原來是她姊姊，名叫崔淨，那個老氣橫秋的小男孩便是她的弟弟崔況，其餘一旁立著的皆是僕婢。

崔淨聽說崔凝遭了這麼大罪，拉起她的手心疼地道：「怪不得方才看我的眼神不對，竟是忘記了！母親，可曾讓大夫瞧過？」

「明日大夫來複診。」崔夫人道。

各自落座，崔凝聽著他們閒聊，卻謹慎地一言不發。

崔夫人見她小心翼翼的模樣，心頭更是刺痛。「不過一個婢子落水罷了，卻教我一個好好的女兒……」

崔凝心裡納罕，難不成不是妳讓人把女兒關起來的？

崔夫人又把她摟在懷裡。

一天下來，崔凝見沒有人懷疑自己，才稍稍放鬆了些。她原本以為自己隱藏得很好，殊不知那副受驚小動物的模樣落在崔夫人眼裡，簡直是剜心的疼。

午飯的時候，崔凝簡直是繃緊了神經應對，一舉一動都比照著崔淨來，雖然滿桌子菜式豐盛，卻還沒有早上吃得開心。

吃完飯崔夫人又讓她陪著坐了一會兒，才放她走。

崔淨領著她回自己屋，路上與她道：「這次把妳關起來是族老的意思，母親也是被逼無奈，妳起燒那日母親去找族老求情，卻給駁回了。」

「推了越家的婢女，是犯了很大的錯嗎？」崔凝不太明白，再怎麼著也只是個婢女，犯不著把正經的主子給折騰成那樣吧！

「本身也不算大事，只是當時妳的行為舉止有失體統。」崔淨想了想，還是直接跟她說道：「讓妳思過也不全是因為這一樁事，妳往日裡行事著實離經叛道，就連父親都怨母親沒能把妳教好，這回吃了大教訓，以後可得乖一些了，母親因此大病了一場，這一個月來日日哭得眼睛腫著。」

崔凝咂舌，究竟是多出格才會被關一個月，就連死都不能放出來啊！

崔淨見她驚怕的樣子，忙又道：「這次罰得確實狠了，叫我說，思過兩、三日做做樣子給越氏看也就成了。」

崔氏族老不僅是做做樣子，顯然是覺得原來的崔凝太欠管教。崔凝以往也常常調皮被師父罰掃一個月的地，她並不覺得被關一個月是很重的懲罰，只是認為原來那姑娘在佛堂裡病得死去活來竟然也不能被放出來，確實是太過分了！

回到屋裡，崔淨見她臉色不太好，吩咐侍女好生照顧便離開了。

鬧哄哄過後，屋裡顯得格外清冷。

小杏去給她備水沐浴，小福留在屋裡伺候。

崔凝看了一圈，熟悉了一下環境，便坐到梳妝臺前。

銅鏡裡映出一張清晰的臉，崔凝乍一瞧被唬得一屁股坐到席上。「嗷——什麼鬼！」

鏡子裡的臉還是她自己的模樣，只不過臉上的嬰兒肥沒有了，下巴尖尖，滿頭的髮胡亂一攏，看上去就像半個月沒吃飯的災民！

「娘子！」小福嚇了一跳，忙上去扶她。「娘子怎麼了？」

崔凝沒理她，爬起來湊近鏡子仔細看了半晌，心中驚駭不已——居然一模一樣！

原來二師兄沒有騙人，世間真的有機緣、因果之類的玩意！

小福被嚇得臉色慘白，她可是聽說前頭兩個侍女就是因為沒有伺候好二娘子才被處置的！自己不會才來沒幾天就要步前人後塵吧！

「無事。」崔凝一見有人比自己更害怕，頓時穩了穩心神。「我就是見著自己這副鬼樣子有些嚇著了。」

小福鬆了口氣。「娘子剛剛病癒，有點虛罷了，養上幾日保管比從前更好看！」

崔凝在山上沒有同齡的女孩子作玩伴，瞧著小福圓乎乎的臉蛋忍不住伸手捏了捏，來了興致便隨口道：「妳這個名字像童子，不如叫清福？」

「輕浮？」小福臉色有點不好，但這是主子親賜的名字，不好直接反駁，但她可不甘心自己倒楣。「小杏也要改名嗎？」

「清杏？青杏？」崔凝揣著小手念叨了半晌。「就取個諧音叫清心吧。」

嗯，頗有我道門之風，崔凝滿意地想。

小福原想著，若是小杏名字也稀奇古怪還有個人作伴，一咬牙也就應了，可聽崔凝厚此薄彼，頓時不幹了。「娘子！奴婢這個名兒諧音可不好，女子叫輕浮什麼的惹人誤會，奴婢倒是不打緊，就怕連累了娘子的名聲。」

「妳說的似乎也有點道理，那不如叫清靜？」崔凝摸著下巴想了想。「不行，與姊姊名字同音。那就叫清祿吧。」

小福忙想想有沒有什麼可怕的諧音與之相同。

崔凝見她不應，便道：「福祿壽，妳不叫清福，就叫清祿，不然妳想叫清壽？」

「清祿好清祿好，娘子取名真好聽。」小福立刻讚不絕口。

小福從此就更名為清祿了，崔凝瞧著她喜慶的圓臉，心中有點小滿足，她一下子就混得跟師父一般厲害，能給人取道名了呢！不過她決定要謙虛一些，畢竟自己取的名字比師父差遠了，譬如二師兄叫「道明」，意義之深遠非她能企及。

她這般胡思亂想一通，初走出佛堂的那種忐忑略略消散了些，沐浴之後身上乏力，很快便陷入睡夢中。

這一夜的夢十分混亂，火與血覆蓋了整座山，師兄們染血的臉，最終卻都變成了哭著的崔夫人，還依稀能嗅到她身上的馨香。

崔凝覺得分外安心。

從佛堂出來之後，崔凝一直待在府裡養著，她心下雖急於去尋神刀，可崔夫人對她百般疼愛，崔淨、崔況亦待她很好。崔凝無父無母，頭一回感受到母愛親情，生出幾分真心，又捨不得偷偷跑出去了。

她決定仔細瞭解這個「方外之地」再出去，何況師父常說謀定而後動。

許是傻人有傻福，她其實只是為自己一點點小私心找個藉口，卻歪打正著，若真偷偷跑出去，她一個八歲小姑娘孤身在外能有什麼好結果．哪裡比得上依靠崔氏這樣的高門大戶便利？

「姊姊，咱家有書嗎？」崔凝想破腦袋才想出來這麼個法子，世間如此大，要到何處去尋神刀？她琢磨神刀不是凡俗之物，書上應該會有記載。

在崔凝的印象中，神祕厲害的東西都有些什麼「祕笈」、「密譜」，即使看不見密譜，找一些尋常史料看看說不定也能有所收穫，總好過像瞎子一般。

「有啊，咱們族學裡頭有個大書樓，等妳身子養好了上學的時候再看不遲。」崔淨摸摸她的腦袋，發覺那滿頭絨絨的手感實在不錯，忍不住一揉再揉。「妳倒是轉了性子，竟然好學起來，難不成打算做個女大人？」

崔凝心裡默念了一句「無量壽佛」，她平日在山上被迫讀那些晦澀的書籍，膽汁都要吐出來了！她深深覺得自己如今背負重大使命，絕對沒有時間去上學啊！

她曉得這裡與自己知道的世界一樣，當今聖上是女皇。

女皇陛下頗好佛教，四處興建寺廟佛像，可憐道門的日子越過越不是滋味。不過，世間的女子卻因著這位的緣故，活得越發瀟灑了，有本事的甚至可入朝任官職。崔凝沒有體會過做女子的瀟灑，只知道以前師門過得極為清貧，世間的人也不大看得起他們。

她這廂回過神來，發覺幾個侍婢都在使勁憋著笑。

崔淨有些尷尬地咳了兩聲。「妳頭髮亂了，我帶妳去梳整齊。」

崔淨行為舉止本是貴女範本，今日卻因著崔凝頭髮手感太好就多揉了幾下，誰知崔凝非但沒反抗，還像個呆頭鵝似的伸著腦袋給揉，她一時沒留神就將那滿腦袋的毛揉亂了。

姊妹兩個坐在亭子裡，清心跑回去拿了梳子等用具，崔淨接過親自給崔凝梳頭。女子的頭髮以烏黑、濃密、整齊、光亮為美，崔凝的頭髮卻不是那種美美的烏髮，每一根都細細軟軟，摸上去像是小動物般的觸感。

院子裡微風習習，吹過來幾片白紙，正落在崔凝腳邊。

她低頭撿起來，只見那白紙被剪圓，中間還有個方孔。

清淥急急道：「娘子，那個可不能玩兒！快快放下。」

崔淨一抬眼就看見那小祖宗捏著一片紙錢看得認真，立刻抬手打落。「妳怎麼什麼都撿啊！那是死人用的東西。」

「咱們這裡死了人？」崔凝問。

「是三叔伯家的姊姊不幸夭折。」崔淨放低了語氣，面上卻不見多少哀色，顯見與這位夭折的姊姊並不算親厚。

崔凝點頭，不再問了。

「妳快去佛堂裡拜拜，我去同母親說一聲。」崔淨道。

崔凝想到林嬤嬤，便立刻應下，讓清心、清祿領路去佛堂。

作為道門弟子，她並沒有特別厭惡佛道，不過跟著林嬤嬤打掃打掃佛堂還行，真叫她去拜菩薩那絕不能夠。

石板路上很乾淨，偶爾還能看見一、兩片紙錢。

一進佛堂，便聽見梆梆梆的木魚聲，崔凝沒進去打擾，只坐在院子裡的桐樹下等候，院子裡並不似她在時那般清冷，有幾個侍婢遠遠衝她施禮。

約莫過了半個時辰，才瞧見林嬤嬤在一個中年僕婦的攙扶下走出來。

「嬤嬤。」崔凝開心地跑過去。

那僕婦驚訝地看了她一眼，旋即明白過來。「二娘子忘了？這是老夫人。奴婢是伺候老夫人的，姓林，二娘子喚林娘或林嬤嬤都可。」

「欸？」崔凝驚疑地看向老太太。「可是嬤嬤說自己是嬤嬤……」

「隨她吧。」老夫人笑道。

崔凝有點明白了，鼓起腮幫子，滿眼控訴：明明是妳先騙了我，怎麼又說隨我？

「呵呵，妳看這孩子還把我怨上了。」老夫人笑得更加開心。

林娘伺候老夫人二十幾年，極少見到她如此開朗。

「二十多年沒見老夫人這樣笑了，可見真是喜歡二娘子。」林娘說著，笑望向崔凝。「二娘子還不快喚祖母？」

崔凝沒有一般的家庭觀念，不管是祖母還是嬤嬤，對她來說都只是一個稱呼而已，她心裡對這老太太挺親近，腦袋裡還一片模糊，就因這點好感，便被人引著順當當響亮亮地喊了一聲：「祖母！」

「噯。」老夫人歡喜應了。

喊完之後崔凝還是迷惑。「您為何騙我呢？」

問出這話的時候，她隱約覺得有些奇怪，但又想不明白哪裡奇怪。

「我一個人在佛堂裡住了幾十年，見著小孫女有趣便忍不住逗了一番，妳可不要怪祖母。」老夫人想到那日崔凝一步三回頭地離開，不知怎地，一向如止水的心緒竟然起了波動，拉著崔凝的小手。「走，與祖母一道吃午飯。」

崔凝歡喜地應下，扶著老夫人往屋裡去時，湊在她耳邊悄悄道：「祖母讓她們走吧，就咱們倆一起吃。」

老夫人點頭。

飯菜上齊之後，老夫人便令所有人都下去。

總算不用端著架子吃飯，崔凝長舒了口氣，給老夫人夾幾筷子菜，然後風捲殘雲一般掃蕩了一碗飯。

「妳在家裡怕都吃不飽吧？」老夫人瞧著她細細的胳膊，皺眉道。

崔凝連連點頭。「吃一頓飯比做場法事還累得慌！」

「什麼做場法事，胡扯。」老夫人被她氣笑。「這話可只許在祖母這裡說。」

崔凝頭皮一緊，忙乖巧應下。

歡暢地吃完一頓，崔凝覺得整個人都活了過來，渾身充滿力氣，在院子裡兜圈子撿地上的桐花玩兒。

崔凝剛醒來那幾日整個人都是木呆呆的，緩過勁之後，才漸漸顯出原本的性子。若是其他七、八歲的孩童經歷那等驚心災難，怕是不嚇死也會在心裡留下陰影，再不復往日快活。可崔凝素來心性堅韌，竟硬生生將那件事情壓在心底，哪怕夜夜被惡夢纏身，卻只要見著陽光就還會笑。

玩了一陣子，崔凝閒下來就有點犯睏。

老夫人本欲留她在這裡午睡，但是崔夫人讓隨娘過來接人，說是過幾日娘家的外甥、外甥女會過來，得讓崔淨、崔凝姊妹先學學待客之禮。

崔夫人的娘家是山東凌氏，亦是高門大族，世代與琅琊王氏通婚。凌氏與王氏除了門第之外，還有一樣最出名，便是不論兒子還是女兒都生得漂亮。

因為突然冒出來的客人，崔凝被拎到母親屋裡去惡補禮儀知識。

一大堆規矩落下來，崔凝頭都大了好幾圈，嘀咕道：「不是說在女皇陛下的英明統治下女人都可瀟灑了嗎？」

凌氏用書卷輕輕敲了一下她的腦門。「首先妳只是個小女孩；其次，不管外頭是誰的天下，咱們崔氏都有自家規矩。」

清河崔氏在外當官的人都是男性，族規對女子的限制雖比前朝略有寬鬆，卻遠不如外面那些女人自由。清河崔氏的家訓比大唐的歷史還要久，他們看待事情並不會侷限於眼前，當朝的皇帝雖是女人，但不過是個例，崔氏族人不認為那個位置會永遠屬於女子，就不會因一時變天便將數百年的底蘊拋棄。

清河崔氏容許自家女孩兒們改變，但這種改變只侷限於某些無關根本的方面。

凌氏輕言慢語地同兩姊妹說一些待客的禮儀，早已很熟悉的崔淨端正坐著，依然聽得認真，反倒是對禮儀規矩之類半點不懂的崔凝腦袋左搖右晃，一會兒工夫便睡著了。

凌氏無奈一笑，輕聲對崔淨道：「到時候提點提點妳妹妹吧。」

崔淨低聲應下。

「把她扶到榻上去睡。」凌氏吩咐清心、清祿。

兩人上前，剛剛碰到崔凝的手臂，不料她竟然猛地站了起來，瞇著眼睛就開始背：「鳳兮鳳兮，何如德之衰也！來世不可待，往世不可追也。天下有道，聖人成焉；天下無道，聖人生焉！方今之時，僅免刑焉！福輕于羽，莫之知載；禍重於地，莫之知避。已乎，已乎！臨人以德。殆乎，殆乎！畫地而趨……」

以往崔凝聽師父講道時總喜歡睡覺，師父每次講道結束後都會點名讓崔凝背誦一段《南華經》，每當這時，二師兄就會偷偷戳戳她胳膊，這是他們私底下商量好的暗號。

今日迷迷糊糊之時她發覺有人碰她胳膊，想都沒想便站起來背之前看過的內容。

背著背著崔凝逐漸清醒過來，睜眼並沒有瞧見熟悉的道袍，而是滿屋子目瞪口呆的女子，一時也有點發懵。

外面蟬鳴聲聲，屋子裡一片安靜。

崔凝覺著屁股有點癢，悄悄撓了兩下，乾巴巴地笑道：「我……我剛才……背得好不好？」

「妳什麼時候看的《南華經》？」崔淨幾乎每日都與妹妹在一起，崔凝是什麼性子，她再清楚不過了，那是個捧著書就頭痛的主兒！

今日崔凝聽凌氏講禮儀的時候睡著，崔淨只道她膽子愈發大了，並沒有覺得有什麼奇怪，直到她背出這麼長一大段《南華經》。

「妳瞧瞧妳，竟然當眾撓癢癢！」凌氏收起滿臉的驚訝，開始斥責崔凝方才的行為舉止。「半點不像個姑娘家！」

清河崔氏家的姑娘，別說八歲，就是六歲也都被教養成了小小淑女，知禮節，知進退，哪能像崔凝這般「灑脫隨興」！

「妳這樣，可千萬不能被妳表哥看見。」凌氏有些著急，恨不能把知道的東西都直接灌進她腦子裡。

「為什麼不能讓表哥看見？」崔凝奇怪道。

崔淨捂嘴笑道：「妹妹忘了，妳與表哥可是有婚約的。」

「啥？」崔凝瞪大眼睛。

婚約是個啥唷！

凌氏瞧著她那副大驚小怪的樣子，覺得自己簡直快要患頭風了，只不過女兒這般天真有趣，又有些捨不得強迫她變成那種一板一眼的貴女形象。

「罷了，這幾日妳就住在我屋裡吧。」凌氏不想再強迫她，但也必須教會她一些基本禮節，避免將來犯大錯。

崔凝怕在凌氏面前露出馬腳，只好問道：「父親住哪兒？」

「父親在長安做官呢，小笨蛋。」崔淨笑著揉了揉她的腦袋。

凌氏瞪了大女兒一眼。「妳也越發沒規矩。」

想到這件事情女兒早晚得知道，於是凌氏便讓崔淨先回去，留下崔凝仔細說道。

「妳父親與妳舅舅處得好，當初我有身孕的時候，妳舅舅便說這個若還是女兒，他就替策兒聘回家做媳婦。」說起這個，崔氏不免又想起當年的難處。

崔凝的父親崔道郁在尚未成親以前，便與凌氏的兄長凌雲瀚是莫逆之交，崔道郁當初求娶凌氏的時候，承諾一生不納妾，凌氏嫁過來頭一年便生了一個女兒，然而中間隔了五年都不曾有身孕，好不容易懷上二胎，所有人都盼著是個兒子，結果又生了個女兒，凌大舅頗覺對不住好朋友，於是做主聘回去給嫡長子做媳婦。

崔道郁是崔氏小房長子，他的次女能嫁給凌氏做宗婦，也算是求之不得的姻緣，更何況凌雲瀚還是當朝一品大學士。

有了這個過往，凌氏便總覺得愧對兄長，平日對崔凝更是嚴加管教，只盼能教出個優秀的女兒。後來凌氏終於生出了崔況，又覺得崔凝朽木不可雕，心裡曾想讓哥哥退婚，可這不過是她私下裡的想法，根本不敢說出口。她清楚，就算崔氏能同意，凌氏也做不出這等背信棄義之事。

凌氏想了想，還是把中間的利害關係與崔凝簡單說了一下。

崔凝這下明白所謂「婚約」是個什麼玩意了！就是嫁給人家，給人家生娃娃呀！想她小小年紀，連思慕少艾都還沒有過，突然跳躍到了生娃娃這檔子事，這讓她腦子有些轉不過彎來。

「妳表哥比妳大七歲，去年已是舉人，在長安頗有些名聲。」儘管崔凝是自己親閨女，凌氏還是覺得外甥吃虧了。

在大唐，對他們這些世家大族來說，入朝為官不是只有科舉一條路可走，尤其是那些家族嫡長子，考不考前途都無量，反而若是考砸就成了人生汙點。倘若不是真的天才，誰也不敢到科舉場裡與民間俊才比高下。科舉名頭對於這些人來說，若是能錦上添花最好，若沒有把握，乾脆就走舉薦的路子。

當今聖上喜歡重用科舉上來的人才，對世家有點壓制的意思，凌策這是作為世家子弟積極回應陛下號召，總之若不出什麼意外，以後妥妥的高官。

「大七歲……」崔凝想，這都快趕上二師兄了。「好老啊！」

「說什麼呢！」凌氏沒想到自家閨女竟然還嫌棄上了。「妳表哥乃是萬里挑一的俊才，連皇上都誇過，要不是當初我……也輪不到妳。妳表哥三日後便到了，妳萬萬不可再闖禍，知道嗎？」

崔凝迎著凌氏的目光，只好點頭。

凌氏嘆了口氣。「妳只要不闖禍便好，以後我再慢慢教導妳。」

有些貴女、女大人行事很是潑辣，可是不管怎樣潑辣，在禮儀方面都很出色，絕對不會像崔凝這樣當眾大剌剌地撓屁股上的癢癢！

凌氏瞧著崔凝皺起的小臉，深覺任重而道遠。

第三章　婚約

崔凝被拘在凌氏屋裡學規矩，從吃飯到睡覺，樣樣都被管著，真教她頭大如斗，連前日裡覺著祖母騙她頗有蹊蹺的事情也忘到腦後了。

生生挨到三日之後，崔凝還沒見著那傳說中的表哥，心裡就已經把他記恨上了。

凌氏不愧是士族出身的貴女，短短幾日工夫就將崔凝調理得似模似樣，用她自己的話說就是「最起碼看上去沒那麼糟心了」。

崔凝這些天被耳提面命，心覺去見皇帝也不過如此興師動眾。可到了凌家來人的這天也沒見著怎樣大的排場，她甚至連二門都不需要出！

姊弟三人只在前院裡邊玩邊等，有小廝過來傳話說凌家人來了，他們這才整理一下儀容，同凌氏一併去迎接。

崔凝伸長脖子，想仔細看看那個害得她天天如坐針氈的青年俊才人上人，長著幾個鼻子幾隻眼！

凌氏遠嫁，許久不曾回過娘家，這回雖說家裡大人沒有一道過來，但來的是親外甥，一樣希罕得緊。

大門敞開，崔凝遠遠看見一行車隊緩緩靠近，行在最前面的是三騎，三匹馬皆神駿非凡，一匹白馬上坐著個月白袍服的少年，棗紅馬上是個白袍少年，最邊上那人黑衣黑騎。

嘖，大白天的也不嫌熱！崔凝暗自腹誹。

隨著車隊越來越近，崔凝不禁睜大眼睛——那三個少年長得可真好看！跟仙人似的！

崔姑娘的詞彙匱乏，看見好看的人就是一句「像仙人」，再沒有別的說法了。

可這回，就連頗有文采的崔淨也說不出能夠配得上此三人的讚美話來！

白馬上的少年劍眉星目，笑容乾淨而璀璨，顧盼之間神采飛揚，彷彿這天地間所有的俊秀都集於一身般；棗紅馬上的白袍少年，乍一看不如那白馬上的少年耀眼，可是細細看去便覺十分清俊，眉眼平和清澈，端的是個清風朗月、君子如竹；而旁邊那位黑衫少年，年紀輕輕便已經生得如淵深沉，一張初顯稜角的臉上鳳目威嚴、長眉入鬢，有如淵渟嶽峙。

崔凝頓時覺得這幾天的罪沒白受，為了迎接這般俊秀的人物，確實是需要認真些。

「大姊、二姊，快擦擦口水吧。」崔況抄著小手幽幽道。

崔凝忙抬手摸了摸嘴角，崔淨沒有上當，卻被他說得俏臉一紅。

饒是頗見過些世面的凌氏也有那麼一瞬的失神，這三人這般年紀就已然如此風姿氣度，將來更是不可想像。

尚有段距離，那幾人便已下馬，著月白袍服的少年把韁繩扔給旁邊的小廝，大步往這邊走來。

崔氏已經認出那正是外甥凌策，一時心切，便迎至大門外。

「姑母。」凌策站定，規規矩矩施禮。

崔氏忙伸手虛扶。「幾年不見策兒，險些認不出來，如今都是大人模樣了！」

凌策看向另外兩名少年。

「姑母，這兩位是外甥的同窗。」凌策介紹道：「這是符兄，單名一個遠字；這是魏兄，單名一個潛字。」

白衣少年是符遠，黑衣少年是魏潛。

「小子臨時起意前來，未曾事先請示，還請崔夫人恕罪。」符遠施禮道。

魏潛未曾說話，只跟著施禮。

「無妨，學裡那些兄弟們若是聽說你們三人一同前來不知道會多高興！」凌氏笑著道。

這時車隊已到近旁，馬車上下來一個十來歲的女孩，生得居然與凌氏有幾分相像，若是與崔淨站在一起更似親姊妹。

「這可是茉兒？」凌氏問道。

「姑母！」凌茉提著裙子小跑過來，蹲身行了一禮，笑咪咪地道：「幾年不見姑母，姑母還是那麼年輕美麗！」

「古靈精怪的丫頭。」凌氏將她攬到懷裡，接著又跟幾人介紹自己的兒女。

兩廂見過禮後，凌氏領著一群人到廳中說話。

崔凝知道凌策就是表哥，可是卻止不住多看了符遠幾眼。單憑長相來說，三人在伯仲之間，只是崔凝覺得他長得像二師兄。

符遠察覺了她的目光，微微側臉看過來衝她溫然一笑。

這一笑就更像了……

崔凝眼眶一紅，別過臉去。

符遠怔了一下，長安城裡上到二十八下到八歲的姑娘見過他的笑容之後反應各異，卻不外乎羞怯喜，沒料到今日竟然把小姑娘給笑哭了！

崔凝移開的目光正落在魏潛身上，那人垂眸端了一盞茶，修長的手指分外好看，她不禁多看了兩眼，誰料那人一抬眼，險些沒把她嚇得尿褲子。崔凝忙低頭，過了一會兒仔細想想，卻也沒覺得方才他的樣子有多嚇人，只是沒有什麼笑意，那眼眸白的像朗朗乾坤、黑的如斬不開的夜色罷了。

一屋子人聊得熱火朝天，氣氛頗好，就連話和表情一樣少的魏潛都時不時說上幾句，只有崔凝一會兒挪一下屁股，眼神不知道往哪裡擺才合適。

一直跟老學究似的穩穩端坐的崔況終於看不下去了，湊過來小聲道：「二姊，椅子上有針啊？」

崔凝瞪他。「聊你的，別管我！」

這時屋裡最耀眼的凌策總算注意到她了，也不避諱兩人的婚約，問道：「二表妹？」

崔凝正糾結，忽然被點到名字，也沒仔細分辨他說的何意，開口便回道：「嗯，我就是二表妹。」

滿屋子一靜，客人們都在強忍大笑的衝動，他們都是極有教養的人，且剛剛到別人家裡作客，不好太隨便。

崔淨一見連那個看上去很沉默的魏潛都翹起嘴角，簡直想挖坑把自己埋了，親妹子丟人跟自己丟人有什麼區別啊！

凌氏抿了抿唇，最終沒有說話。

凌策衝崔凝友好地笑笑，繼續與凌氏話家常，並把家書和禮單交給凌氏。

崔凝後知後覺地發現自己好像鬧了笑話，不過這對她來說根本不是個事兒，以前鬧的笑話多得去了，也沒見少塊肉！崔凝擺出一張嚴肅臉，學崔況那樣端坐。可也只老實了一會兒兒就又坐不住了，她自以為很隱蔽地挪了一下身子，忽然發覺有人看她，一抬眼便迎了上了符遠的目光。

符遠正笑意盈盈地望著她。

怎麼辦？越看越像二師兄……崔凝強忍著撲過去的衝動。

「姑母，這次出來遊學之前老師給我們三個都取了字。」凌策道。

凌氏道：「這可是喜事，快與姑母說說。」

他們三人師出同門，老師乃是大唐有名的大儒，名叫徐洞達，出身山東士族，曾經是兩朝的帝師，十五年前致仕在長安定居。他也曾教授過當今聖上，只不過沒有師徒名分罷了，聖上對他老人家十分敬重。有了這個身分，徐洞達簡直是天下莘莘學子最嚮往的老師。

天下才俊都爭相拜名師，而這些大儒們也以收到出色的學生為豪，因此每年都少不了一番爭搶。徐洞達雖已七十高齡，可是下手又快又準，兩年工夫便先後把凌策、符遠、魏潛三人劃到自己跟前，並宣稱這三人是關門弟子，此後再不教授學生。

是人都能看出這三人的不凡，徐洞達為自己的一生畫上了一個輝煌有力的結尾。他為人師的生涯也如一篇錦繡文章，鳳頭、豬肚、豹尾。

「我的字是長信。」凌策的名字是一個「策」字，策，謀也，凌策人如其名，心中自有丘壑，因此徐洞達不強調讓他出奇謀劃錦策，而是期盼他謀中有信，不要走歪路，一生有信，做個坦蕩蕩的君子。

凌氏道：「果真是好字。」

「符兄字長庚，魏兄字長淵。」凌策道。

魚龍潛長淵，可見徐洞達對魏潛期望最高，凌氏學問不錯，可想不明白符遠的字有何深意。「為何偏偏符外侄取了『長庚』二字？」

凌策遲疑了一下，看向符遠，似有什麼難言之隱。

符遠倒是不在意，笑答道：「老師的好友智一大師曾言我是短命之相，老師便贈『長庚』二字，盼我長命百歲。」

「大師可說了破解之法？」凌氏關心道。

符遠道：「大師說修身養性便可破此相。」

凌氏點頭。「這便好。」

崔凝心下黯然，與二師兄這般相似，可不就是短命嗎？

其實符遠的五官與道明二師兄長得並不是很像，只是那種溫文中隱含不羈的感覺很相似。道明表面看上去是君子溫如玉，可是崔凝最瞭解他，他骨子裡一點都不溫和。

想到他臨終前做的那些事，說的那些話，崔凝眼睛便是一酸。

符遠注意到她情緒的變化，心裡有些奇怪，他當然不會以為人家是心疼他短命，只覺得小姑娘也太愛哭了點。

又說了一會兒話，凌氏便安排他們先去休息。

凌氏自然也看出崔凝今天情緒不大對頭，沒有急於數落她，只讓崔淨好好陪著她，自己拉著凌茉回屋說話。

姊弟三人往後院去，崔淨還沒有說什麼，崔況便老氣橫秋地道：「二姊，妳今日失態了。」

「師太？」崔凝琢磨著就算自己長大也只能是道姑。

「妹妹！」崔淨有些惱她。「八歲也不算小了，怎能——」

「大姊。」崔況打斷她，很是公允。「妳也不如往日穩重。難道是因為他們三個生得好？」

「瞎說什麼！」崔淨對弟弟妹妹束手無策，一個傻，一個卻精似鬼。

「唔。」崔況沉吟了一下。「大姊確實到了思春的年紀……罷了，我去找表哥他們。」

崔淨臉色刷地漲紅。「你去幹什麼！不許去！」

崔況歪著腦袋，包子臉上又慎重又狐疑。「父親不在家，我作為家裡唯一的男人去招待表哥和他朋友，難道不應該嗎？」

崔淨氣結。很多六、七歲的孩子連話都說不全，偏自己攤上這麼個從娘胎裡就開始做學問的弟弟！

崔凝聽了這半晌，總算是明白了大概，於是勸慰道：「我聽一個老婆婆說，男娃娃七歲是人嫌狗憎的年紀，大姊別跟他生氣了。」

「妳說錯了。」崔況鄭重道：「我還有四個月才滿七歲。」

崔淨心讚妹子總算說句靠譜的話了，便斂了羞惱，趕走崔況。「去去去，快走！」

待崔況負著小肉手邁著小方步離開，崔淨才真正鬆了口氣。

姊妹兩個並肩往院子裡去，小徑上沒有一個人，侍婢也都只遠遠跟著。

崔淨忍不住小聲問崔凝：「妳說他們三個，哪個長得最好？」

「符遠。」崔凝覺得這世上沒有人比得上自家二師兄。

「什麼眼神呀！」崔淨道。

崔凝問道：「那妳覺得誰長得好看？」

崔淨張嘴就想說凌策，但轉念一想那將來是自己的妹夫，怕是不好多嘴評價，於是想了想道：「還是魏郎君生得最好。」

她說的倒是公道話，魏潛是三個人裡頭五官生得最精緻耐看的一個，個頭也高，只是他的性子不如另外兩個招人喜歡。

「可我還是覺得符郎君好。」崔凝固執道。

「怎麼不見妳誇表哥？他可是妳未來的夫君。」崔淨掩嘴笑問。

一提到這茬，崔凝頓時變成苦瓜臉，可真是無妄之災啊！

崔淨心想，妹妹真是身在福中不知福。

兩人走了一段路，崔凝忽然道：「姊姊，我要去書樓。」

她今日見了符遠之後，腦子裡全是二師兄的笑臉，想起這幾日來曾偷偷想過一直留在崔府，就看不起自己，師父和其他師兄們都還生死未卜，她怎能貪戀這裡的好？道門有渡劫之說，崔凝覺得，一切都是祖師爺給她的劫難。

崔淨很是奇怪，最不愛看書的妹妹竟然往書樓裡跑，好奇心驅使下，她也跟了過去。

崔氏不愧是門閥士族，樓中藏書何止萬卷，而這只不過是其中最大的一座而已，族裡其他地方還有好幾處大書房，另外每家每戶也都有自己的書房。

崔凝看得眼花繚亂。

崔淨道：「妳要找什麼書，與叔伯說吧。」

崔凝順著崔淨的目光看過去，只見一個清瘦的中年男子盤膝坐在蒲團上看書，有人進來也未抬眼。

崔凝猶豫了一下，走上前去依著凌氏教的禮節欠身行禮。「叔伯。」

中年男人嗯了一聲。

崔凝等了須臾，見他依舊沒有動，便直接說：「我想找關於刀的書。」

男人聞言終於抬頭，仔細打量她。「小姑娘家找這等書做什麼？」

「想看。」崔凝道。

男人不知是被她執拗的模樣觸動還是純粹出於好奇。「來人！」

門口一個小廝跑進來。「郎君。」

「左六第十格，那些書都給她取來。」說罷，又埋頭看起書來。

小廝跑過去，很快將厚厚的一摞書抱過來。「淨娘子、凝娘子，待小的記一下。」書樓裡的書一般不能帶回家，拿了之後可以去旁邊的教舍裡去看，看完之後再交給小廝放回原處。

那小廝手腳俐落，很快將所有書籍都記錄在冊，又著一人幫著她搬。

這些書摞在一起有崔凝半個身子高，崔淨心裡疑惑，也不知那位叔伯是怎麼想的，妹妹一天又看不完，為何給她拿這麼多。

小廝領著她們去了一間學舍，這裡是專門留給族人看書的地方。裡面已經有兩個人，崔淨一一給崔凝介紹，見禮之後便各自看書。

崔凝選了一個角落，跪坐在席上開始翻書。

看著密密麻麻的字，崔凝一陣犯難，她連艱澀的符文都要背誦，這些能通讀意思的文字倒也不算特別難，不愛看也得看！

崔凝小手指在書上一行一行地劃著，目光順著手指去看，這樣就不會看岔行了。

崔淨起初也找了本書看，後來想到家裡還有個表妹，母親要操持家事，怕是不能總陪著她，於是便讓清心、清祿照顧好崔凝，自己先回去了。

崔凝剛開始還有些不能集中精神，之後竟然越看越投入，不知不覺已快到午膳時分。

崔氏族學名聲在外，符遠和魏潛就是奔著這個而來，在府裡略作休息之後便想來轉轉，崔況自告奮勇引路，便也到了書樓裡。

好學愛書之人看見如汪洋大海的卷集頓時欣喜不已，各自尋了一卷古籍到旁邊學舍裡閱讀，不料一進門便看見幾乎被那摞書掩埋的崔凝。

第四章　撫琴

凌策腳步頓了一下，還在想要不要過去打聲招呼，崔況就已經走了過去。「二姊。」

凌策心想她會不會回答「我就是二姊」，便不由笑了出來。

卻不想崔凝根本沒有聽見。

凌策已經到了可以談婚論嫁的年紀，對女人也有了些那方面的想法，可是面對一個瘦巴巴的八歲孩子，怎麼也不可能生出男女情思。

這種感覺讓他開始對這樁婚事有點牴觸，同時也頗為好奇，崔家是怎樣把一個好好的女孩子養成這樣的，且不提規矩，就是一般小富之家也不能把孩子養得這樣瘦。

崔凝跪坐累了就開始盤坐，俯身趴在案上顯得很小一隻，頭上團著兩個團子，頭髮絨絨的感覺，臉也很小，看起來像是只有六歲。

「二姊！」崔況肉乎乎的巴掌拍到她正看的書卷上。

崔凝這才抬頭，愣了好一會兒，才忙站起來見禮。「見過表哥，還有兩位郎君。」

「妳看的什麼書？」

凌策隨手抽出一本，見封皮上竟是寫著《刀劍錄》，微訝道：「妳看這些做什麼？要當女將軍？」

「我可沒空去做女將軍。」她這麼想著，順嘴就說出來了。

符遠感興趣道：「沒空？妳都忙何事？」

面對這樣像二師兄的人，崔凝的防備心很低，險些說漏嘴。她想不到什麼理由搪塞只好抿嘴瞪著他，一副「我不說，打死也不說」的堅定表情。

小模樣把幾人都逗樂了。

凌策笑過之後卻心下嘆息，只能安慰自己：女大十八變。

其實凌策並不清楚自己喜歡怎樣的女子，但他很早就知道自己將來肩上擔負的是偌大的家族；而他的妻子是凌氏宗婦，要能夠幫他撐起後宅，因而形象和交際能力，對於整個家族來說都極為重要。

像他們這樣的家族，多的是辦法處理不合格的宗婦，最常用的法子就是病亡。這便是門閥士族的無情。

凌策素來心軟，他無法想像自己將來如何去面對那種事情，而那時，他又將怎樣面對姑母、姑父。他看著這個小小的女孩，心中只盼她成長為能勝任宗婦的女子。

「走吧，看書去。」魏潛揚了揚手裡的書，轉身尋了個遠離崔凝的地方坐下。

崔凝見其他人亦跟著過去，不禁吁了口氣，渾身都放鬆下來。

她正要坐下，一轉眼便看見面前一張放大的包子臉，那大包子正皺起一臉的褶子。「二姊，妳被未婚夫嫌棄了。」

正要坐下的凌策聞言險些一屁股坐到地上，他方才那些念頭只是一瞬閃過，稍稍皺了一下眉頭，就被這豆丁大點的表弟看出來了？

崔況沒從崔凝臉上看到預料中的惶恐神色，不禁微微一驚，難道說二姊這一回竟然病傻了？以前二姊可是很希罕表哥的！

崔凝滿不在乎地揮揮手。「你快去陪客，我這可忙著呢！」

凌策見她這般，心裡有點生氣，這小丫頭居然敢嫌棄他！不過，這麼小的孩子能懂什麼呀，這麼一想頓時覺得自己好笑。

幾個人看了一刻，便有小廝尋過來請他們去用飯。

凌氏考慮到崔況太小，特地請了族裡年紀相當的青年過來作陪，席上頗為熱鬧。

崔凝看了滿腦袋關於刀的文章，兩眼放空地吃完一頓飯，愣愣地看一群女孩子聊天。

凌氏擔憂地看了她一眼，正欲讓她稱病回去休息，有個同族女孩注意到她。「凝妹，妳怎麼不說話呢？」

以前的崔凝是個人來瘋，越是人多越興奮，因此在眾目睽睽之下闖過不少禍。

崔凝奇怪道：「不說話不行嗎？」

她沒有參加過這種宴席，不知規矩，因此這話是純粹的疑問，可落到別人耳朵裡就有點刺人的意思了。

那女孩登時惱了。「我做姊姊的好心問問妳，妳這是什麼態度？」

女孩已有十三歲，頗懂些事了，這話雖是質問，但語氣拿捏得恰到好處，並未讓人覺得她盛氣凌人。

崔淨微微笑道：「玲妹也知道凝妹大病初癒，難免會有些不舒服，再加上忘記很多事情，若有失禮之處，妳做姊姊的多多包涵一些，我在這裡替她給妳賠不是。」說著起身給崔玲施了一禮。

一番話把崔凝摘得乾乾淨淨，隱隱還有些指責崔玲的意思：崔凝生病失憶的事情舉族都知道，雖然確實是她失禮在前，可妳作為姊姊這般挑刺就太不友愛了。且她代妹妹賠罪，對方若依舊揪住不放，可就不光不友愛，而是小氣刻薄。

崔玲忙側身避開。「淨姊可使不得。」

她知曉不能再糾纏下去，便衝崔凝笑了一下。「是姊姊思慮不周，忘記凝妹身子不舒服，凝妹莫生姊姊氣啊。」

先前崔凝是心思不在這兒，被人點名出來聽了半晌哪能還不懂？她欠身道：「是我沒說好話，給姊姊賠禮了。」

在場不少人心裡驚訝，崔凝這回居然能擱下面子道歉，太不可思議了！

男席與這邊只隔了一道屏風，凌策注意到整個過程，心裡失望的同時也稍稍放心了些，看起來崔凝還不算蠢。姑母是士族女中的佼佼者，有她教導，想來崔凝長大後不會差到哪裡去。

至於崔凝今天的遭遇，其實多半是與凌策有關。生為清河崔氏的女孩，婚姻註定不僅僅是一個人或一個家庭的事情，還關係到家族利益，雖說嫁到的人家都不差，可是無法挑對方才學相貌。崔凝品德並不出眾，卻早早定下這麼個樣樣優秀的夫君，多少都會有人羨慕嫉妒。

崔玲最近在議婚，已經差不多要定下了，對方出身望族，身分地位自是沒什麼可挑剔的，只是聽說那人小時候出過一回疹子，身上臉上留了不少疤，算是毀容了，而且因為此事脾氣也變得很是暴躁。崔玲聽說後心裡頭就有些不願意，可婚事是族裡定下的，哪裡容得她挑三揀四？

今日崔玲一見凌策模樣生得這樣好，再想想自己，心裡就頗不是滋味，故而就想找人洩洩火，除此之外倒沒有別的壞心。她很清楚，若是真攪黃了崔凝的婚事，族老們絕對不會放過她。

崔氏的孩子們牙牙學語時就被灌輸了一種思想——無論何時何地，都要以家族為重，家族的名譽和利益重於生命。

這一齣小小的插曲並未影響宴會，眾人盡興而歸。

事後凌氏特地把崔凝單獨叫到屋裡，仔細詢問她：「那日大夫來複診時說妳身子還有些弱，妳可是哪裡不舒服？」

「沒有，我好著呢。」崔凝道。

凌氏皺眉。「今日整晚妳都魂不守舍，在想什麼？」

崔凝有些為難，她自是不會說出真實的原因，可是要編出能騙住凌氏的話，她自問做不到。

「一問妳就是這副樣子，罷了，閨女大了都有自己的小祕密，母親不會過問。」凌氏握住她的手，滿是期盼地看著她。「凝兒，妳一定要答應母親再不能闖禍了，平時多學學妳姊姊，日後嫁入凌氏穩妥地過日子。母親餘生就只有這個心願了，你們兄弟姊妹平安順遂，我才能放心。」

崔凝微一抿唇，並未答應。

「凝兒。」凌氏嘆了口氣。

「母親，妳讓姊姊嫁給表哥吧。」崔凝忽然道。

凌氏驚了一下，忙打發屋裡的人出去，這才低聲斥道：「妳胡說什麼！婚姻大事豈是妳想怎樣就能怎樣？」

其實凌氏何曾沒有想過，崔淨與凌策年歲差距不大，且各方面都不錯，再過幾年準能勝任宗婦，可……

「我看表哥對我不甚滿意，我將來恐怕也變不成他喜歡的模樣，不如趁早算了。」崔凝難得為了這些事情動腦子。「事在人為，母親不想想辦法又怎麼知道一定不能改變？」

凌氏從沒想過這個糊塗孩子竟然能夠說出這一番話來，她沉吟了一下，便將其中難處仔細與她說了，好教她死了這條心。

崔凝聽了，非但沒有死心，反而更賣力地勸凌氏。「以前我羨慕……別人有一張焦尾琴，可自己的卻普普通通，我就想著先湊合用用，日後攢錢一定換一張更好的。別的我不懂，可我知道越是看重的東西就越想要好的，如果眼前只能用個差的，那麼將來尋到更好的替換，自然要換。母親，與其等著將來我被換掉，還不如一開始就給凌家一個好的。」

凌氏怔怔地看著她。崔凝從佛堂出來之後一直呆呆的，凌氏暗中為此不知掉過多少次眼淚，誰料她今日竟然能說出這番話！

崔凝見凌氏這個反應，頓時忐忑起來，難不成原來的崔凝不會彈琴，她露餡了？

「我兒，妳長大了。」凌氏說著，眼中起了霧氣。

崔凝嚇了一跳，忙掏帕子幫她擦拭。「母親……我說錯話了？」

「沒有。」凌氏任由她幫自己擦淚，面上露出笑意。「我竟不知道妳如此喜歡琴，庫房裡有一張綠浮琴，雖不比焦尾，但也是難得的好琴，一會兒我便讓人尋來給妳。」

崔凝仔細看凌氏，見她是真的不哭了，這才放心。她師門都是一幫老爺們，哪個情緒會跟翻書似的啊！眼見著還在掉眼淚頃刻間又不知道為何笑了起來，倒是把她嚇著了！

凌氏來了興致，索性命人去尋琴過來讓崔凝彈一曲給她聽。

崔凝想了想，問：「我以前學過琴嗎？」

凌氏道：「族學裡有兩位琴藝大家，合族的孩子都學過，只有擅長不擅長吧。」

「那我擅長還是不擅長？」崔凝心想反正自己「失憶」了，這得問清楚，否則一會兒彈出來的不對頭怎麼辦呢？

凌氏頓了一下。「這我倒是不清楚，妳以前極少彈琴。」

崔凝心下高興，那就隨便發揮唄！

間隙，凌氏又提起婚事，這次說得更為直接：「族裡要的只是與凌氏家族的姻親關係，倘若犧牲妳，能換來凌家的愧疚虧欠，就算將來他們再換人也無妨。這裡頭的事兒多，妳如今還不能全想明白，不過妳放心，妳是我的女兒，我必不會讓妳成為家族的犧牲品，日後莫要再說此事了，我自有打算。」

得了凌氏承諾，崔凝歡喜地點點頭。

不過片刻，侍婢托著一張琴進來，連著琴架一併擺進屋裡。

崔凝撥了撥琴弦，音色十分乾淨，頓時興起，在琴架前跪坐下來，攬了衣袖，雙手放在琴上。

這一系列動作如行雲流水，沒有絲毫拖遝扭捏，不同於女孩的規矩優雅，而是透出一股子灑脫的味道。

此時，廊上微黃的光亮透過窗子，在崔凝周身鍍了一圈，小巧的臉上隱約似有笑容，抬手拂動之間清泠泠的琴音便流瀉而出。

凌氏有些恍惚，此時的崔凝哪裡還是愣乎乎的模樣，分明是青澀中透出些許絕塵之意。

這些天來，她第一次覺得自己的女兒十分陌生。

皎月清輝落在地上如霜如銀，琴聲宛若松林清風，又如石上泉水，隨著琴聲起伏，一會兒似看見雲霧繚繞的仙山，片刻又落入清幽深谷，琴聲自由自在、無拘無束，令人忘卻凡塵中種種煩惱，心靈寧靜至極。

琴音停了許久，凌氏才回過神來。「這是何曲？」

她琴藝不俗，剛開始就聽出崔凝琴彈得確實不錯，然而若不是這首曲子，也不過只是彈得不錯而已。

「〈洗髓〉。」崔凝心底又被什麼拉扯似的，疼得厲害。

這是二師兄作的曲子，崔凝見證了這首曲子的誕生。她記得很清楚，那日天才濛濛亮，二師兄便將她從被窩拎到山頂的松林裡，威逼利誘一番讓她幫忙收集松針上的露水。眼前是雲海飄渺，旁邊是清泉淙淙，二師兄似有所感，盤膝而坐，一氣呵成寫了這首〈洗髓〉。

那時候清水泠泠，清風徐徐，一首曲罷，崔凝覺得整個人都變得乾淨極了，腦子也比平時轉得快！

然後，她趁著二師兄不注意偷偷舀了一點溪水到瓦罐裡。

「何人譜的曲子？」凌氏還在閨中時就喜歡收集些曲譜、棋譜，也算是閱曲無數，卻未曾聽過這一首。

崔凝垂頭不答。

凌氏見她又變成了半死不活的樣子，也就不問了。「今日妳回自己屋裡睡吧，仔細想想席間發生的事情。」

崔凝如蒙大赦，立刻帶著兩個侍婢要走。

「對了，清心、清祿的名字不錯，只是犯了咱家忌諱，把水去了吧，用青色的青。」凌氏道。

這會子崔凝一心想走，聞言連連點頭。「母親說得是。」

看著女兒急匆匆離開，凌氏靜靜坐了許久。

崔凝順著小路走，快到門口的時候忽然聽見琴音，彈的正是〈洗髓〉。

她頓住腳步，轉身循聲而去。

時間雖是不早了，但那琴聲也不遠，青心、青祿對視一眼，都沒有勸，只寸步不離地跟著。

崔凝穿過兩道拱門，再循著琴聲往前去的時候，發現已經沒有路了。

她見圍牆旁邊有幾棵樹，便攏緊衣袖，走過去看看樹的粗細。

青心見狀急道：「娘子！您不是要爬樹吧？」

「對。」崔凝說著已經攀上樹幹，整個人像隻小猴子。

青心、青祿一邊一個死命地拽著她的裙襬。「娘子，不能啊！」

「快撒手！我要掉下去了！」崔凝壓低聲音道。

下邊的兩人又連忙用手托住她。

青祿道：「娘子，要是夫人知道您爬樹會把我倆打發出去的！」

「妳不撒手，我這就打發妳出去！」崔凝急躁地蹬了蹬腿，感覺兩人手勁鬆了點，就立刻蹭蹭往上爬。

青心、青祿擔心她掉下來，又擔憂她真的爬上去，再加上被她的話一唬，一時不察就被崔凝掙脫了。

這種事情崔凝不知做過多少回了，眨眼工夫便翻上了牆頭。

那邊院子裡花木扶疏，崔凝蹲在高處，能清楚瞧見水畔亭子裡坐著一人，那人一襲青衣，似是剛剛沐浴過，頭髮半披散在背後，可惜背對著這邊，看不見面容。

崔凝瞧著那身量，估計不是符遠就是魏潛，但似乎是符遠更愛穿青衫。

這人只聽過一遍〈洗髓〉，居然彈得這樣好！

一曲終了，崔凝看見凌策走過來，俯身與他說了些什麼，兩人很快便一同離開了。

崔凝順著樹幹飛快爬下來，拍了拍衣裳。「走吧。」

青心、青祿被嚇得一身冷汗，青心跟在她後面念叨：「娘子下回可不能這樣了，奴婢膽子都快嚇破了，求娘子垂憐。」

「我又不是男子，沒事垂憐女子做什麼。」崔凝沒能看仔細，心中正不高興呢，更不願意聽人念叨了。

快步回到屋裡，沐浴過後換了一身輕便的衣裳，崔凝才覺得渾身鬆快一些。

她盤腿坐在榻上，仔細想了想今日發生的事情，崔淨的言辭、表情都那麼無懈可擊，明明生氣，言語中還有指責的意思卻能笑吟吟地給人賠罪，真是……無比虛偽。

然而一旦把這種虛偽刻進骨子裡，就變成了一種說不清的氣度。

若能虛偽得渾然天成，好像也挺不錯？

暫且不想這些，當務之急是必須要小心認真地應對所有事情，今天若是沒有崔淨救場，說不得就會鬧出個好歹來。方外畢竟不是自己的地盤，一切還是要低調小心為上，自己的目標是找到神刀，不應該節外生枝。
想著想著，崔凝就睡著了。

第五章　神刀

次日一大早，崔凝沒有驚動侍婢，自己穿了衣服到大花園裡散步。光線熹微，整個崔府一片安靜。

昨夜露重，葉子上都沾滿了水珠，她心思一動，就想折回找個鐔子來收集露水。荷花池那邊忽然響起窸窣聲。

崔凝頓了一下，踮著腳尖悄悄湊過去。

轉了一個彎，視線豁然開闊，只見一個男人正俯身扯過一片荷葉，將上面的露水倒入鐔子裡。那男子身著一襲寬鬆的青衣，頭髮半披在身後，側臉如鬼斧神工般的藝術品，俊美得不可思議，拉著蓮莖的手指修長，一如他挺拔修長的身量。

那人察覺有人，轉過臉來。

崔凝看清他的面容，不禁吃了一驚。她原以為是符遠，不料竟然是魏潛。

「崔二娘子。」魏潛微微頷首，算是打了招呼。

朦朧光線裡，他宛若從這片蓮中走出來的謫仙，又如暗夜深處的魔，透出些許神祕。

「魏長淵郎君。」崔凝回禮。

魏潛頭一次聽人這樣打招呼，微微一笑。「我收集些露水。」

「你也喜歡用露水泡茶？」崔凝忽然覺得他不那麼可怕了，便靠近了一些，去看他罈子裡收集了多少。

「平時不喝。」魏潛道：「不過見荷葉上露水好收集才起了心思。」

崔凝心想，這才是正常人！哪裡像二師兄，又懶又饞，自己想喝還逼著她去幹活，尤其是松針上的露水那麼難收集。

「我來幫你吧。」崔凝覺得自己比較有經驗。

魏潛遲疑了一下，把罐子遞給她。

崔凝接過罐子，看見他的寬袖，忽而又想起昨夜裡花園裡的那個人。「昨晚是你在彈琴？」

「吵到妳了？」魏潛問道。

這就算是默認了吧！崔凝心下對他更生出了親近之感。「你彈得比我好。」

魏潛微訝。「那首曲子是出自妳手？」

崔凝一邊粗魯地把荷葉上的露水抖進罈子裡，一邊道：「昨天我說到小時候想要好琴，母親便興沖沖地尋來讓我彈給她聽，其實我最喜歡的樂器不是琴。」

「嗯？」魏潛微微挑眉。

「我最喜歡嗩吶了。」崔凝停下動作，看著他興奮地道：「嗩吶吹起來多帶勁啊，嗷嗷嗷叭叭叭的，聽著多有意思。」

魏潛忍俊不禁，哈哈笑了起來。

那俊顏忽然生動起來，教人移不開眼。

崔凝欣賞了一下，忽然想到他似乎是在嘲笑自己的喜好，頓時有些不高興。「你笑什麼？」

「妳聽過誰吹嗩吶？」魏潛斂容問道。

「山下……」崔凝說了兩個字倏然住嘴。好險！差點說漏嘴！

魏潛眉稍微動，不知想到什麼，一臉了然的樣子。崔凝看得心裡直打鼓。

他拿回陶罐，說：「我來收吧。」

崔凝見他飛快地把露水倒進罐子裡，動作又快又穩，不一會兒工夫便收集了小半罈。

「露水泡的茶有什麼不同嗎？」崔凝忍不住問。

魏潛聽她之前說話的意思，還以為她常常用露水煮茶喝，畢竟家裡多的是侍女，不需要她親自收集，這會兒聽她這麼問，覺得奇怪。「妳沒喝過？」

「上次收集了，可……沒喝到。」崔凝聲音控制不住的低落。

魏潛想著崔凝才是個八歲的小女孩，不至於避嫌，便道：「早膳之後我會煮茶，妳有興趣的話便來嘗嘗。」
崔凝抬頭看向他。
天邊第一縷陽光透雲而出，微黃的光線落在那張俊美的容顏上，便是沒有笑容也溫和了幾分。
崔凝高高興興地應了。「好。」
太陽出來之後的露水無用，魏潛見天色漸亮，便帶著收集的露水回去了。崔凝一個人在湖邊閒逛。她以往每天都清掃落葉，如今看見小道上有些落葉便忍不住去揀。
青心尋來的時候，正瞧見自家主子哼哼唧唧地撿了一大把枯葉。
「娘子收集這些做什麼？怎不讓奴婢來揀？」說著彎腰撿起幾片遞給崔凝。「這樣的行嗎？」
「去拿把掃帚來！」崔凝正撿得不耐煩，心想若是有一把掃帚，片刻便能掃得一塵不染。
「哦。」
崔凝看著手裡攥著的一把枯葉，抿了抿脣，叫住已經走出幾步的青心。「不用了。」將枯葉交給青心。「扔了吧。」
「是。」青心接了落葉。「娘子，夫人讓奴婢提醒您去她那裡吃早膳呢。不過時間尚早，娘子還可以玩一會兒。」

最近，青心和青祿每天早上起來的第一件事情就是找主子。青心本以為自己今日已經起得很早了，結果還是沒有見著人，心中有些氣餒，自家主子起得比雞早，簡直是要逼死她們這些下人。

崔凝沒心情在外面轉，直接回去躲房裡打了一套拳，痛快地流了一場汗之後，心情好多了。

沐浴過後，才有侍婢過來請她去用飯。

崔凝一副要去刑場的模樣，在一群侍女的簇擁下去了凌氏的院子。

吃了一頓沒滋沒味的早飯之後，一群女人聚在一起開始聊天，從詩詞歌賦談到人生哲學，從東家長西家短談到流行的妝容衣服，個個都還興奮得跟打了雞血似的。只有崔凝暗自感嘆，貴婦貴女的生活原來是這麼無聊！

凌氏見她又開始兩眼放空，欲把她拉入。「凝兒，聽說妳在看關於刀劍的書籍？」

「嗯。」崔凝點頭。

她其實很想與凌氏聊一聊關於刀的事情，凌氏肯定知道不少，可是又不敢，她怕自己會露出馬腳。

凌茉笑道：「這可真是巧，哥哥就喜歡這些東西呢，他有一把寶刀，只要出遠門便會帶在身上，喜歡得不得了！」

凌茉也知道崔凝是內定的嫂子，對她十分好奇，只是崔凝的話不多，唯一一回說話，還是在宴會上犯錯。凌茉不會因一件小事情就厭惡一個人，但總歸是對她印象不佳，因此聽說崔凝開始看刀劍書籍，下意識地以為她是為了討好哥哥。

「他有寶刀？」崔凝眼睛一亮。「什麼樣的刀？」

凌茉見她似乎不知道哥哥喜歡刀劍，心道難不成真是湊巧？可哪有女孩兒喜歡那種東西呢。「那刀模樣普通，看著還有些鈍，可是一刀劈下去能將鐵塊切作兩半。」

「我想看看，他能答應嗎？」大海撈針的時候崔凝還算淡定，因為知道著急也沒有用，可現在眼前出現一點希望，她突然變得急躁起來，恨不能馬上去找凌策要了刀來辨別一下。

她想著，就開始無意識地摸著掛在腰上的玉珮。

凌茉發現崔凝似乎是真的對刀感興趣，心裡的好奇又多了幾分。「哥哥很好說話，定會答應的。」

崔凝聞言就有些坐不住了，無奈凌氏警告的目光掃過來，只好耐住性子。

「他這次帶了過來吧？」崔凝忍不住向凌茉再次確認。

「帶了啊。」凌茉其實不太確定，但是看著崔凝那期盼的目光，竟然不忍心破壞她的希望。

那種渴望的目光裡頭似乎還藏著小心翼翼，為什麼會有這樣的眼神呢？

凌茉年歲還小便能看出這些，凌氏更不會看不出來，心裡不禁生出深深的擔憂。

聊了一會兒天，崔淨便帶著凌茉去參觀族學，順便找族裡的姊妹們說話。

崔凝迫不及待地打聽了凌策的去處，興沖沖地跑過去。

崔氏藏書浩瀚若海，凌策和他的兩個朋友都在書樓裡如飢似渴地閱讀。

崔凝趕到的時候，就看見那三個人坐在臨窗的位置上。

符遠模樣閒散，一副閒雲野鶴的模樣；魏潛坐得筆直，渾身上下連同表情都是一絲不苟。崔凝只瞥了兩人一眼，便直衝到一身華服如珠似玉的凌策跟前。「表哥。」

凌策抬頭，迎面瞧見一張幾分肅然幾分急切的小臉，溫和一笑。「表妹。」

「聽說你有一把寶刀？」崔凝道。

凌策點頭。「確有一柄。」

「能借給我看看嗎？」崔凝攥緊拳頭，生怕他拒絕。

凌策瞧了一眼她肉乎乎的小拳頭，面上帶了三分笑意。「可以，只不過此次出門沒有帶出來。」

騙人！

凌茉明明說他帶了的！

崔凝心想，原以為凌策是不大待見自己，卻原來這麼不待見。

她皺眉想了想，湊到他跟前小聲道：「你要是覺著我不夠格做你媳婦，可以換一個，你看我姊姊怎樣？她長得好看，還有規矩，多才多藝……」

崔凝毫無心理負擔地把自家大姊給賣了，反正凌策是個滿不錯的人啊！

凌策盯著她看，十分想扒開眼前這小腦袋瓜，看看裡面都裝些什麼玩意！

崔凝見他不說話，想了想，又道：「你要是覺著換人麻煩，那我以後好好學規矩，保準你滿意。」

為了師門，她已經很拚了！

結果依舊沒有等來凌策的回答，她睜大眼睛。「你不會想獅子大開口，多要幾個吧？我母親說，咱們族裡女孩可貴著呢！」

可不是「貴」嘛！要不是世家大族出身，想娶一個崔氏女，那得搬座金山來才行！

凌策臉色越發不好，這就是自己將來的媳婦！他要不是晚輩，真想揪著這丫頭去問問她娘，怎麼教的閨女！

他得找大夫開服救心湯來喝。

「確實沒帶。」凌策艱難地維持君子風度，從牙縫裡擠出這幾個字來。

崔凝見他還是一口咬定沒有帶出來，心知他恐怕鐵了心不給自己看，看來只能智取了。

想到這兒，崔凝哼哼一聲，起身走了。

凌策愣了愣，轉頭衝符遠道：「你看看。」

「我看見了。」符遠笑笑。「挺有意思，以後你的日子不會乏味。」

凌策啞然，他知道自己心底並非討厭崔凝不像其他貴女那樣守禮，反倒是挺嚮往。倘若他不是嫡長子，不需要背負家族，他也想肆意灑脫地活著。

只是他不能，他的媳婦也不能。

那廂，凌氏自看見崔凝的反應後心裡就一直有些不安，好幾次令人去看崔凝在做什麼，最後得知她跑去看刀無功而返，回來就把自己關在屋裡不肯出來，這才稍微安心。可是安心之餘，又十分心疼，不就是一把刀嗎，給我閨女看一眼又怎樣！

崔凝在屋裡一遍一遍地打拳，越是累，心就越靜。

凌氏來了一趟，見她落湯雞似的狼狽模樣，心疼得要命，安慰了好一會兒才離去。

青心見崔凝那雙眼睛好似要發光一樣，心裡頗為惴惴，暗下決心，今天晚上一定要徹夜不睡守著自家娘子。

晚飯之後，崔凝去了凌策幾人居住的院子轉。

青心不安地問：「娘子來這邊做什麼？」

不是要偷偷跑到凌策房裡看刀吧！

「咳。」在兩個侍婢赤裸裸的懷疑目光之下，崔凝強作鎮定。「早上遇見魏長淵郎君，他邀請我來品茶。」

青心聞言，立刻道：「雖說娘子年歲小，不需要刻意避諱什麼，但是長信郎君與您有婚約，娘子不應該單獨去會魏郎君。」

崔凝撇撇嘴。「我不去見魏長淵，他就能看我順眼了？」

「話可不能這麼說，凡事都需慢慢改變。娘子事事注意，相信長信郎君日後會改變看法的。」青心畢竟年紀稍大一點，說起話來頭頭是道：「娘子這會子若是不努力，那婚後可艱難著呢！」

崔凝嗤笑一聲：「我不討好他又怎樣？」

崔凝從凌氏的話中明白一個道理，無論如何，她將來都會是正房夫人，根本不需要去博誰的歡心。更何況，在崔凝的計畫裡可沒有那麼長遠的以後，她一定要快點找到神刀，返回自己原本該待的地方，將來也不會與凌策有任何交集。

不過，為了神刀，要是有用的話，她倒是可以去討好凌策。只可惜，眼下看來是不大可能。

崔凝雖不會察言觀色，可是她的直覺很敏銳，一個人對自己是否友善，她自是能感覺得出來。

到了客院，崔凝便瞧見魏潛在鄰水的亭子裡擺了茶具，正悠閒地往壺里加水。

霧氣渺渺，茶香四溢，他一襲煙灰色袍服，一手執壺，壺口的水流呈一道完美的弧線，精準地落入品茗杯裡，不曾有絲毫飛濺。

他見她來了，抬頭微微一笑，十分隨意地道：「請坐。」

好像早就知道她要來似的。

亭子裡也只有兩個席座，空著的那一個顯然是為她準備，几上的公道杯裡也是剛剛泡好的茶水。

一切都剛剛好。

崔凝在他對面的席上落座。「我早上失約，你不奇怪，現在不約而至，你也一點都不吃驚。為什麼呢？」

魏潛沒有回答，抬手倒了一杯茶。「不是沒嘗過露水泡的茶嗎？試試吧。」

「你早上沒有泡？」崔凝端起茶水抿了一口，香氣在脣齒之間慢慢散開，入口時感覺有點苦澀，但苦味過去之後舌根處隱隱生甜，清爽的茶香味變成了荷香與花香。

她不會品茶，也覺得滋味好得很。

「我知妳早上不會來，便沒有準備。」魏潛端起茶杯慢慢抿了一口。

「為什麼呢？」崔凝看著他長長的手指執著紫砂杯子，似乎連同那冷峻的臉也被茶香染出了溫潤。

其實只是很簡單的猜測。昨日家裡剛剛來了客人，可是崔凝一個人跑去書樓看書，並沒有陪客，今日早膳後定然是要留下來陪客人說說話的，自然不能過來喝茶。

至於猜到崔凝現在會來，則是因為早上在書樓裡，他將她的神情看得一清二楚。她在凌策那裡遭挫，凌氏定要多看顧安慰，她也只能這會兒抽空過來。

「對不起呀，我早上失約了。」

見魏潛沉默未答，崔凝也不刨根問柢，只是看著眼前準備好的一切，生出些許歉疚。

崔凝年紀再小，也是朋友的未婚妻，魏潛又怎會私下邀約？早上他開口相約的時候就料定她不會有時間來，只不過是客氣一句而已，其實並未太過在意。

若是沒有書樓裡發生的事情，他知道崔凝多半還是不會來。

崔凝為了想辦法過來觀看寶刀，與他相邀喝茶的事情是現成的藉口。

魏潛很有興致，想看看這小丫頭會怎麼做。

端起杯來又喝了一口茶，崔凝便聽見吱呀一聲，回頭看去，見符遠手裡拿著一本書從房中走出來。

「遠遠便聞見茶香，勾起了茶癮。」符遠笑著步入亭內。「長淵不介意我討杯茶喝吧？」

白衣翩然，頗有些道骨仙風之意。

崔凝卻覺得他這樣的表象下有一點壞壞的感覺，可是無論怎樣看都是溫潤如玉，崔凝心想，也許自己是受了二師兄的影響吧！

「露水只一壺，泉水管夠。」魏潛替他倒了一杯。

「崔二娘子。」符遠頷首打招呼。

「長庚郎君。」崔凝起身施禮。

魏潛使喚小廝再擺上一席。

符遠把書放到一旁，端起茶杯聞香。「難得喝到長淵泡的茶，今日真是有口福。」

「魏長淵郎君平時不泡茶的嗎？」崔凝奇怪。

符遠明顯地感覺到崔凝對自己與旁人不同，心裡暗自奇怪，面上卻溫和有禮地道：「他平日不愛做這些雅事。」

「本非雅人。」魏潛道。

「莫自謙了，連老師都讚你精於琴棋書畫。」符遠一派風度翩翩的君子模樣，嘴裡卻說道：「既然已經擺了茶具，索性多泡幾壺吧！我記得長信藏了一些頂好的雀舌，趁他不在快去尋來泡了。」

崔凝見符遠連喝了三杯茶，如此貪飲，又這般無恥，簡直與二師兄如出一轍。

魏潛轉身與身後小廝說了句話，那小廝便飛快地離開。

崔凝喝著茶，餘光卻一直跟著那小廝，見他進了符遠南邊的屋子之後才收回目光。

她想，現在如果要求偷偷進凌策的房間裡看刀，符遠和魏潛兩人會不會同意？畢竟他倆都已經私自去拿茶葉了，她只看一眼，應該不會太過分吧……

魏潛抬眼見她動來動去，目光閃爍，嘴角不禁微微翹起。

符遠面上笑意亦濃。

崔凝始終沒敢開口去凌策房裡尋刀，然而心裡貓抓似的，再好的茶水也喝著沒滋味，牛飲了幾杯便匆匆告辭。

回到自己屋裡，崔凝開始翻箱倒櫃。

「娘子找何物？奴婢來吧。」所有的衣物都是青祿收的。

「找一套方便行動的衣物，我明日一早便要去荷塘收集露水。」崔凝怕她不信，補充了一句：「剛剛喝魏長淵郎君泡的茶，味道極好。」

青祿連忙道：「明早奴婢們去收吧？」

「那怎麼行，我是要送給……表哥的！」崔凝腦中靈光一閃，想到一個絕妙的藉口。「我親手辛辛苦苦收集的露水，就算他不喜歡也應該有點感動吧？那我要求看一眼寶刀，他定會答應的！」

崔凝原本只是撒謊，可是說著就真的有些動心思了，好生巴結一下凌策，會不會讓他改變主意？

也許會吧，可是她不能等了！今晚就夜探凌策的房間一瞧究竟。

二師兄說方外人的武功都不高，她只偷偷過去確認一下凌策手裡的是不是神刀，只要不出意外應該沒有問題。如果今晚尋不見神刀，明天再想辦法巴結討好也一樣。

打定主意之後，崔凝開始暗暗調理氣息。

第六章　禍兮福兮

入夜。

崔凝耐心地等所有人都入睡之後，換上輕便的衣衫悄悄出門。

她從學步開始就練武，至今也有六年多了，雖不說武藝高強，但能做到走路悄無聲息，不過青心就睡在外間，開門的時候難免會驚動她。

崔凝站在青心床邊思來想去，點睡穴吧，她怕自己手勁不夠；用東西砸後腦杓吧，又怕掌握不好力道，萬一給砸死了呢？

愁死個人了！

最後，崔凝決定試試點穴。

她想著師父教過的點穴之法，集中精神，聚力於指，猛然朝青心的睡穴點去！

「唔。」青心吃痛，悶哼一聲，含糊道：「娘子做什麼？」

崔凝一慌，急急道：「我、我、我、我尿尿！」

青心暈暈乎乎半晌，竟昏睡過去。崔凝戳戳她的胳膊，見沒有反應才放鬆下來，拍拍心口，自語道：「真是嚇死人了。」

弄暈了最大障礙，崔凝一路抄小道、翻牆，避開所有守夜的婆子，輕輕鬆鬆來到客院，站在了喝茶時認定的那間屋子的窗底下，輕手輕腳地撬開窗子，貓著身子翻進屋去。

鼻端縈繞著清清淡淡的茶香，屋內光線很暗，崔凝稍稍適應了一下，摸了摸腰間的玉珮，又舉到眼前仔細看了半晌。

沒有任何反應。

或許需要碰到刀身才行？崔凝收起滿心失望，開始在屋裡搜尋起來。

可能男子向來簡便出行，屋裡除了一些原有的家具擺設之外，其餘東西並不多。崔凝搜完整間屋子，仍是一無所獲。

莫非在床榻上？

刀是防身之物，極有可能被凌策攜帶在身邊。

可萬一他會武功咋辦？

崔凝糾結了一會兒，咬咬牙走向床榻。

如今是夏末，夜裡已經有些寒涼，床榻四周的帳幔放下，加之光線很暗，根本看不清裡面什麼情況。

崔凝抬手輕輕撥開紗帳。

「誰？」裡頭的人低聲喝斥。

崔凝還沒來得及反應，只見一道黑影如閃電直直襲面而來。砰的一聲悶響，臉上突然遭到一記重擊，崔凝霎時只覺得整個頭部都在發麻。

「崔二？」

那人低低喚了一聲。

崔凝朦朧的視線中隱約見到那男人站了起來，身形修長，而自己鼻子裡有熱熱的液體滑落，翻了個白眼，就直接暈了過去！

在暈倒之前，她滿心悲憤地想：二師兄！說好的方外人武功都很低呢！

這一覺不知睡了多久。

崔凝一直在不斷地作夢，夢裡各種雜亂的畫面閃過，紛紛擾擾，弄得她腦袋鈍鈍地痛。

迷迷糊糊中，聽見有個熟悉的女子聲音道：「凝兒沒有大礙吧？」

有個老叟答道：「老朽不與夫人繞彎子，一切都得等二娘子醒來才能確定。」

「我送送您。」

崔凝想起來了，說話的是凌氏。

她努力睜開眼睛，眼前都是一塊塊的顏色，慢慢才凝聚起來，只是視物總有幾分朦朧之感。

「母親。」崔凝張嘴喚道。

青心聞聲，驚喜地喊道：「青祿，青祿，快告訴夫人，娘子醒了！」說罷又問崔凝：「娘子，您可是頭痛？」

青心提到這個，令她不禁想起之前的一幕——八成是凌策一腳把她給踢暈過去了！

多大的仇啊！竟然下腳這麼狠！

崔凝嘶了一聲，抬眼就看見侍婢打起簾子，凌氏快步走了進來。

接著，一個老叟上前來，伸手翻開崔凝的眼皮，又按了按幾處穴道，問她：「小娘子可覺得哪裡刺痛？」

「沒有。」崔凝也生怕被踢出啥毛病，很是配合。「就是感覺臉木木的。」

老叟又按了頭頂幾處穴位，和藹地問道：「痛否？」

崔凝答：「不疼。」

那老叟檢查完畢，轉身對凌氏道：「夫人且放心，想必是那人發現了二娘子的身分，及時收了力道，二娘子並無內傷，只是眼裡有一點瘀血，待老朽開了方子，服了藥後認真調養十天半月便可完全恢復。」

「有勞神醫了。」凌氏道。

「老朽分內之事。」

這老叟姓孫，名邵，出身藥王世家，年輕的時候四處行醫，所賺錢財盡數用於救治病人，名滿大唐，如今年歲大了行動不便，於是接受了崔氏供養，主要為崔氏族人瞧病，崔氏族人對他十分尊敬。

凌氏親自送走了孫神醫，這才回來看崔凝。

「臉疼不疼？」凌氏既生氣又心疼。「妳真真不讓我省心！前日見妳目光閃爍，便猜到妳又要淘氣，特地讓人盯著妳，沒想到妳竟然半夜……」

崔凝聞言，心道原來自己已經昏睡兩日了啊！可惜連刀鞘都沒摸著！

凌氏見她竟然還敢走神，這種死不悔改的表現當真把她惹怒了。「且養著吧，好了之後送去佛堂裡反省！什麼時候知道錯了再出來！」

凌氏吩咐青心、青祿好生照料，便離開了。

出了崔凝的院子，看見凌策站在外頭。

「姑母，表妹沒事吧？」凌策見了凌氏，拱手施禮。「我心下實在不安，所以過來看看。」

「不必如此，再怎樣都是她自找！」凌氏嘆了口氣。「是我沒有教好女兒。」

凌策忙道：「姑母哪裡的話，表妹只是年歲還小。」

「放心吧，她沒事，受了點皮外傷而已。」凌氏恨鐵不成鋼地道：「嘗嘗疼的滋味，盼她以後能收斂點吧！」

出了這樣的事情，凌氏也想通了，崔凝的性情瞞是瞞不住，不如早早地讓娘家人知道。

雖然婚約已定，但崔氏是想與凌氏加深姻親關係，而不是結仇，定然願意選一個德貌雙全的女兒嫁過去，倘若崔凝真的不行，換人也未嘗不可。

可是無論用什麼理由，崔凝若被悔婚，以後的婚事可就艱難了，這才是凌氏最擔憂的地方。所以她想等一等，再說她也不相信自己的女兒會調教不好。

「姑母，我想親自向表妹致歉。」凌策道。

凌氏頓了一下，道：「此事不是你的錯，你去看看她也行，莫要道歉，否則她還以為自己有理了！」

「好。」凌策應了。

凌氏知道凌策見了崔凝定會致歉安慰，她怕影響崔凝判斷是非對錯，本不想讓他去，可再一想，若兩人真是因此在心裡落下疙瘩，日後成了親，恐怕會不好，終究沒有阻止。

凌策進了院子就聞見濃濃的藥味。

青心迎上來。「郎君。」

「我同姑母說過了，過來看看表妹。」凌策道。

既是夫人同意，青心便不敢攔著。「郎君請。」

凌策進了屋，走到床榻前一瞧，忍不住笑了出來。崔凝右側臉頰青青紫紫，臉腫了一圈，胖胖的像只大包子。

「你竟然還笑！」崔凝險些氣得跳起來。「你是專程來嘲笑我的？」

「咳。」凌策清了清嗓子，認真給她施了一禮。「前日是我沒看清楚，誤把表妹踢傷了，還請多多包涵。」

「偽君子！你讓我踢一腳，再包涵給我看看！」崔凝哼道。

「我不會半夜跑到女子閨房讓人踢一腳，恐怕要教表妹失望了。」凌策就知道她會滿不講理，決定今日非得好好給她分說分說，作為他的未婚妻，不能一直這樣。

「哼！」崔凝臉頰一熱，自知理虧，只能別過臉去不看他。

她臉頰腫脹，凌策沒看出來臉紅，只以為她不服氣，於是令屋裡的侍婢退避，打算來一場深入的溝通。

「表妹打算一直如此頑劣？」

崔凝不語。

「我且問妳，琴棋書畫、禮儀德行、管家馭人、女紅，妳學會了幾樣？」凌策問。

琴棋書畫崔凝算是擺弄得不錯，女紅方面，勉強縫縫衣服襪子，禮儀德行嘛……就有待商榷了，馭人管家又是什麼玩意？她聽都沒聽過！

凌策繼續道：「妳今年過完生日便滿九歲，女子十六可嫁，妳只有七年時間！別的且不說，單就馭人管家這一樣，便是學個二十年也不嫌多。我也不指望妳能一下子全都學會，但妳總要認真一些吧？」

最起碼得讓他看得見希望啊！

凌策這幾天已經零零碎碎地聽說了關於崔凝許多事情，沒一樣是好的！作為清河崔氏一家的姑娘，不能成為天下貴女的表率就已經算是平庸了，而崔凝呢，純粹是拖後腿的。

「族裡有很多好姑娘，你不用擔心自己將來找不到媳婦，或者娶一個不好的。」崔凝實在不耐煩聽他嘮叨，可是想到神刀，只能生生嚥下這口氣，好聲好氣地道：「你只要給我看一眼寶刀，讓我做什麼都行。」

她很相信機緣，忽然出現在身邊的寶刀，說不定就是神刀。

凌策有些鬧不明白，這小姑娘為何對刀如此執著。

「這次出行帶來不少護衛，故而不曾帶刀。不過只要妳能做到我說的那些，別說看一眼，便是送給妳也無妨。」凌策心裡盤算得很清楚，反正日後成親，人和刀都是自己的，兩全其美的事兒何樂而不為呢？

崔凝立刻道：「其實我早就知錯了，那日宴席上發生了一件小事，姊姊應對得極好，我卻不行，那時我就已經決心改正。」

這話真是發自肺腑，沒有半句虛言。當然，她的本意是不要節外生枝，而不是為了成為讓凌策滿意的未婚妻。

「妳能如此，再好不過了！」凌策也說話算話。「我這就寫信回去讓家裡把刀送過來。」

崔凝睨著他，滿是懷疑地道：「你真沒帶？」

「我騙妳一個小姑娘做什麼？」凌策皺眉道：「是茉兒同妳說我收藏刀的吧？」

想到這個，凌策也不免懷疑崔凝那日埋頭在一摞刀劍書籍之中苦讀，是為了討好他。可他畢竟有幾分看人的眼光，這姑娘腦子缺根弦，應該不會做出這種事情。

「妳喜歡刀？」凌策問。

崔凝用力點頭。「比命還喜歡。」

如果用命能換回師門，崔凝一定毫不猶豫。她年紀尚小，尚不知懼怕生死，只是一門心思想著不能失去師父和師兄們。

凌策盯著她毅然的目光，心頭微震。

他不知道崔凝在想些什麼，只是看到她的目光，忽然想起自己從前在心底做出的決定。

凌策天性愛玩，喜歡呼朋引伴縱情山水，然而當一個百年大族的重擔壓在身上，他也曾感覺難以喘息，也曾試圖掙扎擺脫，可是在漸漸懂事之後，終究慢慢放下渴望的一切。

「其實有時候我不太明白，一生鬱鬱，得到至高的榮耀是為了什麼。」凌策揉了揉她的髮，笑嘆了一句：「也罷，妳若是不能變成合適的樣子，我便想辦法讓妳自由吧。」

崔凝腦袋被他揉得很疼，可是聽他說出這句話，心裡莫名有點難受，他看起來比二師兄小很多歲，卻如行將就木的老者一般，沒有一點屬於少年人的朝氣。

凌策離開後，崔凝又瞇了一會兒，手摸摸自己的腰邊，又摸了摸枕邊，整個人登時清醒過來——玉珮不見了！

玉珮竟然不見了！

崔凝睜大眼睛，感覺喉嚨裡乾乾的，心臟已經蹦到喉嚨。

腦海裡紛紛亂亂，她瘦小的身子止不住顫抖起來。待到稍稍回過神，她飛快地穿上衣服衝出去。

「娘子！娘子！妳去哪兒！」

青心和青祿焦急地追上來。

崔凝人小腿短，可是這時候爆發出了不可思議的速度，如風一般跑到客院。

剛過拱門，停不下腳的她便一頭撞進一個人的懷裡。

「崔二娘子？」符遠垂眸看著撲在自己懷裡渾身顫抖的小姑娘，抬手輕輕拍了拍她的背。「發生何事了？」

這般語氣，這般動作，讓崔凝的情緒一下子決堤，伸手抱著他嗷嗷哭了起來。

「我真笨，我什麼事情都做不好！」

符遠愣了愣，聲音越發柔和：「妳還是個孩子，事情做不好也不必放在心上，日後再好好做便是。」

崔凝緊緊抱著他，哭得幾欲暈厥。

青心、青祿被這一幕震住了，呆怔了好一會兒才急急上前去拉崔凝。

「娘子快別這樣。」青心急得滿頭大汗，又不敢硬把她從符遠身上扯下來。

「臉都哭花了，隨我來洗洗。」符遠也知道這種情況被人瞧見不好，遂牽著崔凝往凌策屋子裡去。

崔凝的臉腫得越發厲害了，眼睛只剩下了一條縫，腦袋暈乎乎的，走路直打晃。

符遠蹲下來，背起她快步進了屋裡。

一番簡單的梳洗之後，崔凝渾渾噩噩地想睡，但她打起精神，問道：「表哥呢？」

「他去書樓了，我正要過去，不如順便替妳轉達一聲？」符遠瞧著前兩日還清清秀秀的小女孩，今日已經辨不清容貌，暗嘆好險，若是長信沒有及時收回力道，她早就一命嗚呼了。

崔凝道：「我玉珮丟了，你幫我問問他可曾見著。」

符遠心想，這姑娘可真不把他當外人，面上微微笑道：「好。」

崔凝本就受了傷，再加上大哭一場，睏倦湧上來的時候根本無法阻擋，剛說完話呢，就咕咚一聲栽倒在席上，嚇得青心、青祿寒毛都豎起來了！

崔凝再醒來的時候，發現自己已經身在佛堂了，躺在第一次來到這裡的那張床上。

可是玉珮已經不見了。

崔凝一骨碌爬起來，許是起得太急了，一時覺得天旋地轉，整個人撲倒在冰冷的地上。

「凝娘子。」林娘進來，看見崔凝摔倒在地，連忙放下手裡的藥碗，上前扶起她。

崔凝見是老夫人身邊的人，便喚了句：「林姑姑。」

林娘扶著她坐下。「娘子都傷成這樣了，可得心疼自己。」

「我怎麼在這兒？」如果崔凝沒有記錯的話，凌氏說是等她身上的傷養好才會送來佛堂思過。

林娘扯了薄被給她披上，言辭直白。「娘子抱著符郎君不撒手，被許多人看見了。」

縱使只有八歲，也得考慮凌策的感受。

崔凝要崩潰了，她在這裡真是做什麼錯什麼，所有的事情彷彿都在一次次證明她的無能。

她辜負了二師兄的信任！

林娘看見她絕望的目光，心底一跳，以為是自己話說得太刺人了。「凝娘子不必在意，您年紀尚小，這算不得什麼錯。」

崔凝其實很聰明，在山上時，她雖然有些懶散，但是師父要求做的每一件事情，她用比別人少一半的時間就能輕鬆完成，書背得好，武功在同年紀的孩子中也是佼佼者，就連掃地都比別人要乾淨。

可是如今的一切都狠狠挫傷了她的自信心。林娘的話，不能起到絲毫安慰作用。

老夫人進來，看見崔凝這副模樣，皺眉問道：「這是怎麼了？」

這孩子剛剛醒來的時候還不曾這般頹敗，究竟是受了多大的打擊才弄成這副樣子！老夫人坐下，握住她的手，心疼道：「有什麼難處和祖母說，不許一個人憋著。」

崔凝聞言抬起頭，空洞的眼睛慢慢有了神采，聲音裡帶了哭腔：「祖母，玉珮丟了。」

老夫人笑了起來，伸手摸摸她的髮。「我當是什麼事呢，妳最近又不曾出門，丟也是丟在家裡了，那玉珮是祖傳之物，誰敢貪圖？一會兒祖母便令人去尋。」

「對對，我怎麼忘記了呢！」崔凝喜極而泣，眼淚止不住往外湧。

從小到大，崔凝很少掉眼淚，短短的八年人生裡頭，最灰暗的便是最近這段時日。

「瞧瞧我的乖孫女，像花貓似的。」老夫人掏出帕子，輕輕地幫她擦拭眼淚。「臉上還疼不疼？」

「不疼了。」崔凝抬起袖子抹了抹臉，笑容燦爛。

老夫人沒有責怪她粗魯的舉動，反而安慰道：「妳剛才生無可戀的樣子可把祖母嚇著了，小小年紀，何至於如此？以後的日子還長著呢！人死如燈滅，萬事皆休，人呀，只要還有一條命在，就什麼都有可能。禍兮福之所倚，福兮禍之所伏，一時的不好沒什麼大不了，以後妳再遇上什麼難事，一定要記得祖母同妳說的話。」

崔凝點頭。「嗯。」

「我就知道，妳是個豁達的孩子。」老夫人見她神情若撥雲見日，心中十分滿意。

「還是老夫人厲害，這麼快就勸得凝娘子眉開眼笑。」林娘端了藥遞過來。「娘子服藥吧。」

崔凝接過藥碗，試了溫度剛好，便仰頭一口氣飲盡。

喝了藥不久，又有些睏意，她心中鬱結已解，很快便睡得香甜。

老夫人見崔凝睡著，這才放心離開。

凌氏坐在院子裡的石凳上，見老夫人出來，立即起身迎上來請安。

「坐吧。」老夫人道。

待老夫人落座後，凌氏才坐下。「母親，凝兒可好？」

「好。」老夫人看著桐樹上簌簌落下的花，手裡撥著佛珠，緩緩道：「她心性堅毅豁達，是個頗有靈氣的孩子，莫再用那些死規矩拘束她了。」

凌氏遲疑道：「可是我娘家那邊……」

「各人有各人的緣法，一切隨緣吧。」老夫人頓了少頃，接著道：「換旁人吧，族裡斷不會送個擔不起宗婦責任的女孩兒去做凌氏嫡長媳。」

凌氏道：「不瞞母親，我也尋思讓淨兒嫁過去，可是被悔婚之後，凝兒名聲定然受損，匹配的大族怕是不肯娶的。」

「凝兒的性子不適合嫁入世家大族，我很喜歡她，便讓她留在我身邊吧。」老夫人道。

凌氏心中一喜，道：「多謝母親！」

老夫人出身陳郡謝氏，待字閨中時便是有名的貴女，德才兼備，容貌出色，許多大族都爭相聘娶。

舊時王謝堂前燕，飛入尋常百姓家。陳郡謝氏起於三國時期，東晉時期與琅琊王氏並稱「王謝」。而清河崔氏的起源也可追溯到三國時期，但其後的百年裡都不算是頂尖貴族，直到後來才慢慢崛起。

與陳郡謝氏這樣古老的士族相比，清河崔氏算是「新貴」。儘管如今謝氏已經不如從前，但數百年的底蘊不是任何新興貴族能比擬的。

凌氏心裡也曾想過請老夫人親自教導崔凝，只可惜她久居佛堂，不太管俗務，沒想到崔凝竟是得了她的眼緣！

「她十五歲以前便留在佛堂，平常妳出門應酬可帶她一併前去。」老夫人道。

「是，都聽母親的。」凌氏面上是掩藏不住的喜悅。「就是勞煩母親了。」

老夫人撥佛珠的動作停住，雙手靜靜放在膝上，不知在想些什麼，整個人安靜得像是院子裡的一處景。

過了好一會兒，她才開口道：「妳回去吧。」

凌氏起身施禮。「媳婦告退。」

院子裡的侍婢安靜地隨凌氏退出去。

老夫人望著滿地的枯葉，似是自語又像是對身畔的林娘說話。「她遇上了好時候。」

林娘微微躬身，沒有接話。

院子裡一片寂靜，時間仿如凝滯，直到崔凝醒來，走出屋子時看見的仍是這個畫面。

「過來。」老夫人看見她，面上才有了一絲微笑。

崔凝望著老夫人，明明是鬢髮蒼白，滿面皺紋，卻讓人覺得那樣端莊美好。

「祖母。」崔凝蹭到老夫人身邊撒嬌。「我餓了。」

老夫人面上的皺紋都舒展開了，轉頭吩咐林娘：「林娘，去傳飯吧。」

林娘應下，心裡卻覺得震驚，老夫人是個生活十分有規律的人，每天不到飯點絕對不會吃飯，近來卻頻頻為崔凝破例，可見是真的打心底裡喜歡這位娘子。

林娘不禁多看了崔凝一眼，族裡優秀的娘子多了去，為何偏偏這位拖後腿的被老夫人瞧入眼了！

其實仔細想想，也不算什麼稀奇事，老夫人年輕時頗有些灑脫的大家氣派，只是嫁入崔氏以後便斬斷過往，再不復從前。

老夫人拉著崔凝的手，看她目光靈動，心中很是喜歡。「告訴祖母，妳平日裡都喜歡做些什麼？」

崔凝想了想。「我說實話，祖母可不能嫌棄我。」

老夫人笑道：「合著妳還想讓我聽假話不成？」

「我平日裡多誦讀道家典籍，最常撫琴下棋。」還有畫符、煉丹，崔凝在心裡默默補充，而後繼續道：「其實我可喜歡聽人吹嗩吶了，可是……別人說聽嗩吶不利於養成清靜平和的性情。」

「怪丫頭。」老夫人手中撥著佛珠，眉宇間竟是透出幾分頑皮的樣子。「其實我也不愛誦佛。」

「啊？」崔凝張大嘴巴，半晌才反應過來。「祖母不怕佛祖怪罪？」

老夫人垂眸看了一眼佛珠。「我心中無佛，又何須在意佛祖喜怒？我一個人在這院子裡過得實在寂寞，找些事情做罷了，我讀佛經，不過是想求個心平氣和。」

「祖母好像不開心。」崔凝從她平靜的神情中能感覺出一絲哀傷。

「不開心。族裡那些個女孩兒，我是一個都瞧不上，她們也怕我，輕易不往這裡來。」老夫人拍拍她的腦袋。「好在我有生之年還能在妳身上找到一些慰藉。」

崔凝疑惑道：「姊姊們都很好，進退有度，知書達理，祖母為什麼不喜歡？」

這個原因實在不好解釋，陳郡謝氏煊赫於魏晉，他們留戀那般輝煌的階段，亦以此為傲，因此雖歷經歲月，但整個家族中難免還保留了一些魏晉士族的影子，這就使得他們與後來的一些新興貴族相比多了一些灑脫不羈。老夫人出身於這樣的家族，年輕時又名動一時，骨子裡並不是一個中規中矩的人。

老夫人道：「進退有度、知書達理固然好，可若是每一個都差不多，就沒什麼意思了。妳想日後的路走得順，就必須學會規矩，但祖母希望妳永遠不要忘記本來的自己。」

崔凝不解。「本來的自己？學規矩不就是為了改變嗎？」

「不。」老夫人認真道：「規矩如衣服，一般的規矩用來避體遮羞，妳若學得精緻、學得好，就仿如穿上了一件漂亮的衣裳，能為妳增色不少，可妳不能讓自己變成一件華麗精緻的衣裳。」

崔凝第一次聽到這種理論，一時沒有完全理解，但是心裡已經覺得很有道理。

「祖母的意思是，不學規矩就像光著身子出去跑？」

「對。」老夫人笑道：「妳年紀小的時候光著身子，旁人看著只覺得妳天真爛漫，待妳大了再光著跑，妳覺得旁人會怎樣看？」

崔凝大窘，忙鄭重道：「我日後定然好好學做衣服！」

老夫人知道她已經理解了，繼續道：「旁人的看法還是其次，妳學規矩是為了自己。這世上有許多人已經變成了衣服，而妳並沒有，他們把妳當作異類，妳不想被那些衣服白白當作消遣的笑話，就得學會披上偽裝，這是生存之道。祖母知道妳是個聰明的孩子，那些簡單的規矩定然是一學就會，只是我擔心妳會被衣服束縛，變成和他們一樣的人。」

「祖母放心吧，我一定可以穿了衣服見人，脫了衣服睡覺。」崔凝道。

話粗理不粗。

「妳學會了之後，就會發現說話、做事，其實都是很有意思的事，日後我慢慢與妳說。」老夫人怕一下子塞給她太多東西，崔凝會覺得混亂，便不急於一時。她摩挲著手裡的佛珠。「世間純真人寥寥，存得本心是寂寞。」

崔凝歪頭想了想，沒明白，但她知道這話只是老夫人的感慨，於是並未多問。

吃飯的時候，崔凝刻意注意了自己的舉止。

老夫人瞧她做得生硬，便指點道：「妳做這些規矩是使自己看起來更優雅更好看，同時不影響到其他人。一切以此為根本，就算與別人有些不一樣也不礙事。」

人們天性裡就願意包容美好的事物，這是亙古不變的道理。

餐桌上的禮儀是十分微小的事情，沒有必要一舉一動都拿著尺子比著來。

老夫人親自示範，崔凝學得飛快。

她這種改變不同於淩氏教的那麼刻板，而是自然而然透出一種嫻靜優雅。

晚上。

崔凝就抱著枕頭硬是要跟老夫人一起睡，老夫人很高興。

她請教老夫人怎樣才能睡得規矩，因為淩氏一直教她睡覺的姿勢，她卻怎麼都做不好。

「妳願意怎樣睡就怎樣睡。」老夫人沒想到淩氏連這個都管，心中有些不快。「將來若是把夫君踢下床去，那也是他沒用，合該睡地上。」

崔凝哈哈大笑。「在祖母這兒真好！」

「妳就是圖個自在吧！」老夫人拆穿她。

崔凝笑嘻嘻地抱住老夫人。「除了自在，別的也都很好。」

凌氏雖然是崔凝的母親，待她也十分盡心，可崔凝總覺得兩人之間隔了點什麼，縱使她心裡極度渴望母愛，短時間內也難以真正親近起來，而她在老夫人身上真真正正感受到了濃濃的親情。

崔凝睏了，迷迷糊糊中還不忘提醒：「祖母，莫忘了幫我尋玉珮。」

「好。」老夫人撫著她的背，眼中澀然。

一夜夢甜。

次日，崔凝醒來的時候，老夫人已經去做早課了。

她爬起來正要穿衣服下床，忽然看見枕邊有一縷紅穗，伸手拽了一下，竟拽出一塊玉珮來！

玉珮通體瑩白，兩條魚頭尾相連，呈太極之狀，正是她的那一塊！

崔凝大喜，捧著玉珮親了又親、蹭了又蹭，才珍而重之地緊緊繫在衣帶上。她想著，改日要尋條結實的繩子把它掛脖子上。

她穿好衣服，腳步輕盈地跑到了佛堂，見老夫人正在念經，不敢打擾，就在一旁的蒲團上坐下靜靜等著。

這是她第二次來佛堂，整間屋子不大，收拾得很雅致，只是不知怎地，比旁的屋子要涼爽許多。她朝四周瞧了瞧，並沒有發現冰盆之類的物件。

待老夫人念完經，祖孫一道去用早膳。

崔凝恨不得黏在老夫人身上。「祖母，您是如何找到玉珮的？」她確定自己在被踢暈前玉珮還在身上，也許是摔倒的時候掉在了凌策屋裡？

「妳母親找到之後送過來的。」老夫人道：「吃飯吧。」

在佛堂裡過了十來天，崔凝像是塊被慢慢雕琢出的璞玉，除了外在的禮儀，更是由內而外透出一股子精氣神，令她看上去與旁的女孩子不同。

這日，她如往常一樣早起，打掃了院子裡的落葉，然後去佛堂等老夫人一併用餐。

靜坐的時候，她想起了許多事情，譬如老夫人剛開始時騙她……其實在佛堂這段日子，崔凝已經意識到族裡的女孩子對老夫人十分敬畏，而老夫人對她們也很疏遠，也許是沒有人在身旁陪伴，老夫人覺得孤單，所以才會逗她玩兒。

可是這些並不是問題的關鍵，她疑惑的是，老夫人好像從一開始就知道她「失憶」一樣！

試想，一個被罰到佛堂裡思過的孫女，居然會不認識自己的祖母，老夫人怎麼會不明白這一點？

而當她順口說自己失憶時，老夫人不但沒有驚訝，反而很淡定地替她找了一個理由。也許原來的崔凝確實高燒不退，才讓老夫人以為她燒壞了腦子？而且崔凝得知，並不是族裡所有女孩犯錯的時候都會被罰到佛堂思過，她們會去跪祠堂！

崔凝越想越覺得害怕，望著老夫人的背影，鼻尖一下子冒了汗。

思來想去，她心裡做好了最壞的打算——老夫人早就看出她是個假冒的！可老夫人既然已經看出來了，還是對自己這麼好，應當不會有什麼壞心，多求求她，或許她不會拆穿自己？

老夫人做完早課，見崔凝一臉凝重地神遊天外，起了作弄她的心思，屈指輕輕彈了她一下。

崔凝嗷的一聲跳起來。「祖母！我錯啦！」

老夫人雙手微攏。「錯在哪兒了？」

崔凝這才回過神來，眼睛轉了轉，心臟撲通撲通的聲音震動耳膜，腦中一直在無限迴圈：要問？不要問？要問？不要問？

「一驚一乍地。」老夫人拉著她的手。「走吧。」

老夫人的手微涼，令崔凝慢慢冷靜下來。不管是什麼原因，老夫人既然沒有拆穿她，那她大可不必自己跳出來承認。

心中略微定了定，崔凝反握住老夫人的手。「祖母，那屋裡太涼了，夏天時候還好，冬天可怎麼辦？」

老夫人拍拍她的手。「丫頭知道心疼祖母了？不妨事，過幾日便讓林娘把過道的那個小門捂嚴實便暖和了。」

「為什麼要在那裡開個門呀，會灌風。」崔凝看過那間屋子的結構，佛堂原本就處於院子最中央，連接了三道長廊，前後各開了一門，又在另外一條長廊的地方開了一個小側門。

夏天打開側門便有過堂風，十分涼爽；可冬天若還打開小側門，就太過寒冷。吃過飯之後，老夫人便吩咐林娘帶人去封了側門，她則在院子裡教崔凝調香。

如今貴婦們閒暇之餘最喜愛品香，許多人都會調製簡單的香品，但真正精通的還是那些專攻香道技藝之人。老夫人擅長香道，年輕的時候，還曾編纂過一本《幽亭香譜》，是如今學香之人必讀的一本書。

崔凝捧著那本由老夫人親手書寫的香譜，眼睛亮晶晶的。「祖母真厲害！」

「只是娛己而已。」老夫人嫁人之後在人際關係方面投入的時間極少，空閒的時間就多了起來，便專心鑽研一些她認為有趣的事情。

老夫人道：「除了這個，我還寫了好些東西，都放在我屋裡了，妳若是喜歡可以去尋來看看。」

崔凝簡直迫不及待，直央求要看。

老夫人被她磨得沒法子，只好將教授調香的時間挪到次日上午，今日便縱著她，順道同她說一些道理。老夫人很瞭解崔凝，若是硬生生地灌輸，她不見得聽得進去，反而在合適的時機點撥幾句，則一點就透。

老夫人屋裡有兩個大書架，約莫有幾百本書，崔凝見過崔氏族學的大書樓之後，這數量著實沒怎麼看在眼裡，可在知道裡面有好多都是老夫人親手抄的孤本，或是她親自編纂的書後，感覺就截然不同了！

「《政要針砭七略》……」崔凝翻了翻，裡面是老夫人的字跡。「這也是祖母寫的？」

老夫人略頓了一下。「我剛剛嫁過來的時候寫的東西，如今都過時了。」

崔凝感覺到老夫人情緒有些低落。「我能看看嗎？」

「這些書都留給妳，可妳要答應祖母，不可辜負祖母一生心血。」老夫人道。

崔凝沒有急於答應。「怎樣才不算辜負？」

她沒有忘記自己來這裡的目的，萬一老夫人讓她去考女官振興家族之類的，她可不能隨便答應。

老夫人似乎看穿她一般，淺笑道：「妳日後所做的一切對得起妳自己，便不算辜負我對妳的期望。」

「好！」崔凝畢竟經歷的事情還少，心中覺得此事簡單得很。

崔凝翻看手裡的書冊，即使她並不知道當時朝廷有哪些弊端，但單看這本書便覺得其中許多話都特別有道理。

老夫人彷彿很久都沒有碰過這些書了，見崔凝看得津津有味，於是也隨手抽出一本來翻閱。別人看這些書都覺得是知識，而對她來說，每一本都是故事。她的記性很好，甚至能從書頁上殘留的一點墨蹟，回憶起當時發生了什麼事情。

崔凝越看越覺得《政要針砭》裡面的內容太過晦澀，實在看不懂，打算換一本，一抬頭就看見老夫人垂眸看著一本書，面上的神情彷彿很難過，又似乎很感慨。

過了很多年後，崔凝才明白，那叫做蒼涼。

「看不懂？」老夫人很快斂去了所有情緒，看向她。

「裡面好多都不懂。」崔凝道。

「哪裡不懂？」老夫人問。

這本《政要針砭》裡面有很多引用、列舉史料，若是沒有通讀過史書，沒有豐富的閱讀量，確實不容易看懂。

老夫人耐心地給崔凝解釋其中的典故，像講故事一樣，教她一些道理。

崔凝很感慨，不論是知識，還是才華性情，老夫人都顛覆了她對女人的理解。她突然想，老夫人的才華恐怕比當今女皇陛下也不差什麼。而在這之前，在她印象裡，所謂女人，就是山下鎮子裡那些，一生總結起來就是嫁人、生孩子、養孩子。
「我長大也要像祖母一樣。」崔凝有了屬於自己的理想。
「我的孫女定然會更好。」老夫人笑道。

第七章　驟變

崔凝發現待在佛堂裡有很多好處，最大的好處就是她可以從族學的大書樓裡借書！書樓裡有規矩，一般人不能將書籍帶走，而老夫人卻不受此例約束。

老夫人寸步不出佛堂，像是犯了錯被幽禁，可又似乎有無限特權。

崔凝沒有多想，整日都泡在書堆裡，老夫人在念經、抄經的時候，她就在老夫人屋裡看借來的書，有時候也會看看書架上的書，日子過得簡單而忙碌。

她就像一塊海綿，不斷地吸收水分。她發現看的書越多，便越覺得自己知道的少。沒有人知道，全族人眼裡的拖後腿小少女正在迅速成長。

崔凝一直在努力地瞭解大唐的一切，努力尋找神刀蹤跡，廢寢忘食，片刻不願停歇。

是日。

看了一早上的書，崔凝頭腦昏昏，抬頭時愕然發現外面陽光刺眼。

她愣了一下，覺得有些不對勁。平常她看書忘記時間，林娘都會過來喊她去與老夫人一道用早飯，今天卻沒有，而且看天色快到中午了，老夫人也不曾過來。

崔凝連忙合上書，快步走向佛堂。

院子裡靜悄悄的，一個人都沒有，遠遠就看見緊閉的佛堂門。

站在門前，崔凝沒有聽見誦經和木魚聲，便敲門喊道：「祖母？」

無人應聲，她伸手推了推，門從裡面閂上了。

「祖母？」

依舊無人應聲。

崔凝坐在臺階上等了一會兒，心裡不住地打鼓，不會出事了吧？祖母這麼大年紀……

想到這個，崔凝噌地站起來，抬腿使勁踢門。

匡匡兩聲巨響，沒有把門踢開，但是屋裡依舊毫無動靜，這讓崔凝更加確信是出事了！

她顧不得腿腳發麻，使勁踹了十來下，匡當一聲，佛堂的門豁然敞開，一陣風捲攜著香火氣撲面而來。

老夫人跪坐在蒲團上，一身煙灰色衣裙，素淡而不失精緻，風掀起她的衣袂，她卻毫無所覺。

「祖母？」崔凝走到老夫人的正對面，只見她雙目緊閉，面色青白，脣邊有血跡滲出，神情卻如往日一般祥和。

崔凝顫聲道：「祖母，妳醒醒。」

她伸手握住老夫人的手，一片冰冷，再不復往昔溫暖。

過堂風吹得人連心底都發寒。

崔凝如被針刺了一般，突然收回手往門外跑去。「來人！來人啊！」

院子外面有人聽見了崔凝的喊聲，兩個僕婦迎過來。「凝娘子。」

「快去請神醫！祖母出事了！」崔凝急道。

那兩個僕婦臉色一變，其中一人跑去請孫神醫，另外一人則去尋族長。

崔凝又返回佛堂，坐在老夫人跟前一動不敢動。她大概能看出老夫人是中了毒，之前師父曾經說過，移動中毒之人會讓毒性加速發作，所以她不敢隨便動老夫人。

須臾，院子裡響起了急促的腳步聲。

族長和孫神醫同時趕到。

「神醫請。」族長道。

孫邵沒有客套，逕直進了佛堂，他一見老夫人的面色便知事情不妙，手指往她腕上一搭，心便沉了下去。

佛堂裡一片靜謐。

孫邵緩緩站起來，衝老夫人行了大禮，而後才與族長道：「老夫人已去了有兩個多時辰了。」

崔凝耳中嗡嗡響，二師兄葬身火海時的那種感覺又鋪天蓋地席捲過來，讓她難以承受。

族長揮手讓屋裡的閒雜人等都退出去。「神醫，謝氏這是中毒？」

「是。」孫邵十分敬重老夫人，便也知無不言。「歹人應是分兩次下毒，昨晚老夫人便已中毒，今早再加一些劑量便可致死。」

族長皺眉看了一眼崔凝，旋即又道：「還請神醫莫向其他人透露此事。」

「這是自然。」孫邵明白族長這是準備暗中了結此事，因為若是被謝氏族人知曉，必會令人前來質問，崔氏家族絕不能背上暗殺媳婦的名聲。

很快凌氏、大房的人還有其他族老都已經趕到，在院子裡等候。

族長沉吟片刻，出去道：「李氏、凌氏，妳們兩人身為媳婦，進來服侍婆母最後一回吧。」

院中所有人都是一驚，心裡明白老夫人這是仙逝了！

凌氏與李氏強壓震驚走入室內，族長則與族老們在院中商議該如何處理這件事情。

「家裡誰會害弟妹？」一名族老道。

老夫人平素從不與人結怨，就算和誰有些不甚合，也不至於到要殺人的地步。

族長道：「我方才不曾看見林娘，只有凝娘一個人在老夫人身邊。無論如何，此事先不要張揚，私底下查查吧……謝氏身子一向不大好……」

滿屋子的人默不作聲，他們心裡明白，孫邵、凌氏、李氏，還有崔凝都見過老夫人臨終前的模樣，再說謝家人前來弔唁時，萬一看見老夫人的樣子，此事也瞞不住。

「咱們崔氏行得端做得正，這件事不可瞞著親家。」有族老站起來道：「那林氏是謝氏陪嫁過來的侍女，就算能瞞得住一時，紙終歸也包不住火，誰保證能瞞得住生生世世？不如早早寫信告之謝氏，請他們一併過來查，咱們族裡若真是出了敗類也應當擔著！」

這位族老乃是上一任族長，已至耄耋之年，在族中德高望重，說話比現任族長還要管用得多。

「三叔說得是。」族長附和。

族長都表態了，其他人更是沒有意見，隨後他們就信的內容進行了商討，最終決定由族長親自執筆並派人快馬加鞭送至謝家。

再說凌氏等人，她們見著老夫人的樣子，都是驚得厲害，好一會兒才回過神來，尋了早就裁好的壽衣幫老夫人換上。

不多時，伺候老夫人的林娘聞訊回來，一見老夫人的模樣，登時暈厥過去。

林娘是老夫人帶過來的陪嫁侍女，二十歲的時候由老夫人做媒嫁給了外院一名管事，生了兩個兒子，之後又回到老夫人身邊伺候，一直到現在。如今老夫人身邊也就她這麼一個親信，旁的都是些粗使婢女，她與老夫人的感情很不一般。

崔氏家族對老夫人去世的消息祕而不宣，只將屍身保存好，等待謝氏家族來人。謝家收到信，即刻派出老夫人的親弟弟謝灝；他日夜兼程，前後只用了十來日便趕了來。

天氣漸涼，放棺材的屋子裡又置了幾十只冰盆。

崔凝身上已經換了薄薄的夾襖，饒是如此，跪了一整天，嘴脣也凍得烏紫。她這時才真正意識到老夫人已經死了，也終於明白死亡究竟是怎麼一回事。

那日在山上，她見到師兄們一個個倒下，溫熱的血濺落在她臉上，只看見二師兄在大火裡衝她淺笑，聽著他絮絮叨叨，轉眼間她就到了一個陌生的地方。

一切都恍如隔世，就好像師兄們都還在，只要她找到神刀回去就能再見到他們。直到現在她才明白，死亡，就是昨天還與之說笑，還能感受到他們手心的溫度，今日卻只剩下一具冰冷的肉身，從此之後陰陽兩隔，再說不上一句話。

待下葬之後，這個人就永遠地消失了。

這一回，她沒有暈過去，只清晰地感覺到一種說不出的痛將自己的心慢慢蠶食，眼淚不受控制地湧出。

「凝兒，去隔間休息一會兒吧。」凌氏勸道。

崔凝已經連續跪在屋裡十幾天，比她們這些長輩都盡心，凌氏很欣慰她如此孝順，可是也很心疼。

「母親，我沒事。」崔凝聲音嘶啞。

崔淨和崔況也陪著跪了許多天，崔淨紅著眼睛跟著勸。「妹妹，去吃點東西吧，這樣下去妳身體哪裡受得住？祖母見妳如此，在天之靈也不會放心。」

崔凝未動。

崔況道：「二姊願意跪就讓她跪吧。」

這時一個小廝進來，施禮道：「夫人，謝家舅老爺來了，族長請凝娘子過去說話。」

崔凝聞言起身。

凌氏愛憐地摸摸她的頭。「去吧，莫怕，長輩們問什麼認真答了便是。」

崔凝點頭，隨著小廝離開。

到了堂中，崔凝看了一圈，滿屋子鬚髮花白的老者中，有幾個中年男子。

首座上的族長五十歲左右，精神矍鑠。

待崔凝站定以後，他便介紹客座首位的那名中年男子。「這是妳舅老爺。」

崔凝看過去，略有些吃驚，老夫人看上去有六十多歲了，可是她的同胞弟弟卻只有三十歲出頭的樣子，是個頗為儒雅俊美的男子，眉宇之間與老夫人有幾分相似。

「舅爺。」崔凝欠身施禮。

謝灝見崔凝滿面悲戚之色，心下便對她生出了幾分好感，語氣比先時柔和不少。「不必多禮。」

族長見狀心頭略略一鬆，便開始問話：「凝娘，可是妳第一個發現妳祖母出事？」

「是。」崔凝答道。

「妳細細說來。」

崔凝仔細想了想。「那日我在祖母屋裡看書，一氣看到快晌午，才發覺林姑姑沒有喊我用早飯，心裡有些奇怪，便出去找祖母。誰知道……誰知道……」

她原是理好了思緒開始敘述，可是說著，腦子裡竟又是一團紛亂，全是老夫人的面容。

謝灝嘆了口氣，給了她一點時間穩穩心神，才又問：「妳可發現有什麼奇怪的事情？」

崔凝吸了吸鼻子。「我覺得什麼都很奇怪，林姑姑不知道去哪兒了，佛堂的門緊閉，是從裡面閂上的，我擔心祖母出事便將門踹開了。」

「胡扯！」族長臉色不太好看。「妳一個小姑娘怎能將門踹開？」

那門又不是紙糊的，莫說一個小孩子，就是成年人也得費不少力氣。

「妳為何會擔心祖母出事？」又有人問道。

「因為以前祖母做完早課，林姑姑便會來叫我一起用早飯，那日卻到了晌午都沒有動靜。」崔凝感覺自己被懷疑似的，心頭堵了一口氣。「我去敲佛堂的門，門從裡面門上了卻沒有人應聲，祖母這麼大年紀了，我豈能不擔心！」

話是這麼說，可一個小姑娘抬腳踹開了門，怎麼都有些讓人懷疑。

眾人沉默。

謝灝再問：「妳在看書的時候有沒有聽見不尋常的聲音？」

他不相信姊姊中毒之後沒有求救，如果一切沒有破綻，那麼就只有一個可能——姊姊是自殺。

崔凝搖頭。

想到此事她就十分自責，如果不是那麼沉迷看書，到了吃飯的時候就去找祖母，那祖母是不是還有救？

謝灝緊繃的那根弦一下子斷裂，一個三十多歲的大男人竟是抑制不住，流下兩行清淚。

老夫人名璟，字成玉，年輕的時候名動一方，人稱江左小謝，與謝家曾經的才女謝道韞齊名。那時的謝成玉便如皓皓明月，百家來求。女子太過優秀難免挑剔了一些，就在二十歲那年，她嫁給了比自己小三歲的崔玄碧。

本以為是郎才女貌，天作之合，可是婚後謝成玉漸漸孤僻起來，最後乾脆把自己關在佛堂裡寸步不出。

沒有人知道發生了什麼事情。

「姊姊嫁過來的時候是何等容華，持家育子，從不曾出過半分差錯，而今竟落得這個結局！寫信叫崔玄碧回來，我要當面問問他！」謝灝悲憤至極，連一聲姊夫都不願叫了。

「舅老爺的意思是發喪？」族長問道。

「不發喪崔玄碧就不能回來看一眼結髮妻子！」謝灝雖猜測姊姊可能是自殺，但只要有一星半點的疑點，他都不能放過！

族長被噎著了。「就依舅老爺之言，我即刻寫信。」

崔玄碧如今是兵部尚書，已在長安安家。二十年前還沒有當上兵部尚書的時候便與謝成玉分隔兩地，只帶著兩個侍妾去了長安。彼時謝家曾寫信來問，讓謝成玉擋回去了。

事情商議清楚，族老安排謝灝去休息。

謝灝哪有心情休息，睏倦至極也只瞇了一會兒兒便又醒了。如今還沒有弄明白究竟發生了何事，不好與崔氏撕破臉，可萬一姊姊的死有蹊蹺，那謝家也不能裝作什麼都不知道。

事情十分棘手，不太好解決。

他在屋裡實在睡不著，便想去看看姊姊。

剛剛起身，便聽見敲門聲。

謝灝打開門，第一眼沒看見人。

「舅爺。」

他聞聲低頭，瞧見一個小老頭似的孩子，背著手正仰頭看著他，一臉肅然地自我介紹：「舅爺，我是崔況。」

是崔玄碧的小孫子。

「況兒。」就算有深仇大恨也不能遷怒孩子，況且崔況身上也算是流著謝家的血，謝灝蹲下抱起崔況。「還記得舅爺？」

崔況彆扭道：「舅爺，況兒已經是大人了，你這樣抱著教人怪難為情的。」

謝灝愣了一下，無奈道：「道郁怎生出你這麼個老氣橫秋的兒子。」

「不過，若是這麼做舅爺能好受點，那我情願犧牲一點男人的尊嚴。」崔況抬手安慰似的拍拍謝灝的肩膀。

「走吧，跟舅爺去看看你祖母。」謝灝抱著他往正院走去。

老夫人生前居於佛堂，死後停棺卻是安放在正院。

崔家祕不發喪，但在崔家作客的凌策等人早就聽到了動靜。

除了凌策是崔家的親戚，不好離開之外，魏潛和符遠都是外人，這時候就不好繼續叨擾了，可也不能裝作什麼都不知道，於是問過凌氏後，一併過來給老夫人磕個頭，然後再告辭。

一行人正與謝灝遇上。

有小廝同凌策介紹了謝灝的身分，凌策恭敬施禮。「小子是凌家長房凌策，見過表舅爺，這兩位是小子同窗長庚、長淵，過來給老夫人磕個頭。」

魏潛與符遠施禮。「見過前輩。」

謝灝雖沒有官職，但是才華橫溢，人稱江左第一人，若不是場合不對，三人必要請教學問。

「不必多禮。」謝灝猜到三人身分，不禁多看了符遠和魏潛幾眼。

崔況不願被人瞧見自己被人抱著，先是把臉埋在謝灝肩上裝鴕鳥，一會兒許是知道藏不住，只好強作一臉淡定地朝三人拱拱手。「表哥，長淵哥、長庚哥。」

「哪位是魏長淵？」謝灝問道。

魏潛被點名，先是一怔，旋即拱手道：「是小子。」

謝灝衝他點了一下頭，又看向符遠和凌策。「我聽徐友提起過三位。」

他們三人都知道謝灝與徐洞達是忘年之交，常常書信往來，因此謝灝也算是他們的長輩了。

三人又施禮。

謝灝放下崔況，接過小廝遞過來的香，斂衽肅然拜了靈柩。

凌策三人隨之上香磕頭。

謝灝站在一側許久，才過去看棺中之人。

棺木尚未封上，老夫人一張素面，鬢髮花白。謝灝面色僵住，眼中滿是震驚！

他有三年不曾見過姊姊了，說長也不長，他記憶中姊姊還是風韻猶存的模樣，短短三年，怎麼會讓她衰老至此？

謝灝今年四十二，他與老夫人相差八歲，五十歲的女人也是個老嫗了，然而大家族出來的女子大都懂得一些駐顏之術，謝成玉更是個中翹楚，如果她願意，輕而易舉便可讓外貌看起來比實際年齡小上五、六歲。

「小郎君。」

謝灝循聲看到了一張熟悉的面孔。「林娘。」

林娘眼睛紅腫，蒼白的面色中透出灰敗。「小郎君節哀。」

謝灝是家中幼子，以前謝家僕人都稱他為小郎君，如今他早已成家立業，兒子都好幾個了，在謝家已經再無人喚這個稱呼，如今乍一聽來，勾起了許多回憶。

「林娘，姊姊她這幾年過得如何？」謝灝聲音止不住有些發顫。

「族裡很照顧老夫人，兒女也都孝順，只是老夫人心裡鬱結，無法開懷。」林娘哽咽，停頓了須臾，才又繼續道：「奴婢已經許多年不曾見老夫人笑過了，只是近來有凝娘子陪伴，瞧著心情好了許多。」

謝灝心疼姊姊，聽著林娘這話，心裡便更懷疑姊姊的死因。

林氏嘆道：「或許這般，老夫人才得解脫吧。」

謝灝心裡滿是憤怒，當初誰人不說江左小謝風華絕代？怎麼就生生被折磨成這樣？就算避居佛堂還是有人容不下她！難道崔玄碧仍舊放不下當年之事？

謝灝很想再問問姊姊與崔玄碧之間究竟發生了什麼事情，但是這裡人多，很多事不便公然說出來。

謝灝拭了眼淚，回頭深深看了老夫人一眼，彷彿要把她的模樣刻進腦海裡，而後頭也不回地大步離開。

第八章　狄公之才

回到房裡，謝灝立即令人請魏潛過來說話。

不多時魏潛到來，謝灝一言不發，竟是先給魏潛深深施了一禮。

魏潛側身避開，又上前扶他。「前輩不可如此。」

「我是有求於你啊！」謝灝直言。「我嘗聞你有狄公之才，眼下之事，除了你之外再無合適人選，還請長淵幫我。」

魏潛道：「前輩但有差遣，晚輩定當全力以赴。」

撇開謝灝與老師的交情不談，魏潛也很敬重他，這個忙豈能不幫？

兩人都不是拐彎抹角之輩，既已達成意見，便落座仔細說個明白。謝灝咬牙切齒。「我懷疑是崔玄碧暗害了姊姊，可是苦於沒有證據。」

他原本打算自己先查著，如果發現更多疑點，便索性與崔家撕破臉告官。「沒想到能遇見你，我心裡踏實許多。」

謝灝也不要求魏潛能夠找出真凶，只要他能找到老夫人是他殺的證據，自己就立刻去報官。

那麼耀眼的閨女嫁到崔氏竟逐漸黯淡，已經讓謝家頗為不快，若再被殘害，真真是可忍孰不可忍！哪怕崔氏現在是門閥世家第一姓，謝氏也絲毫不懼！

「前輩先說情況吧。」魏潛道。

謝灝把早上與崔氏族老們的談話一句不落地轉述給魏潛，包括崔凝說的那些話。

魏潛聽罷，道：「我得看看案發之地，與崔二和林娘聊聊，最好能再看看老夫人的遺體。」

「這不是問題，我並沒有打算瞞著崔氏暗中查探。」謝灝道。

其實謝灝內心深處還是相信崔氏不至於動手殺人，至少並非合族同謀，否則不會做得如此明顯，而且還私下先告之謝氏。

「舅老爺，族長有請。」外面有人道。

謝灝心想來得正好。「長淵與我一併過去吧。」

「好。」魏潛道。

兩人隨著小廝一併到了崔氏族中的議事堂。

崔氏族長見謝灝竟然帶了個外人過來，心中不快，面上卻未露出絲毫不豫之色，畢竟就算謝成玉不死，崔氏對她也頗為虧欠。他緩聲道：「舅老爺帶魏郎君前來不知所為何事？」

謝灝解釋道：「族長有所不知，我這賢侄頗有能耐，徐友曾讚其有狄公之才，在京時協助官府破了幾樁懸案，為了清河崔氏的名聲，我不打算請官府介入，就讓長淵私底下查探，若無可疑之處便作罷。」

族老們聽了都略略放下心來。想到今早的發現，族長底氣十足，便大方道：「多謝舅老爺體諒，魏郎君只管查，我們定當全力配合。」

「不知族長喚我前來是為何事？」謝灝問。

族長從桌上拿了一封信遞給謝灝。「今日收拾佛堂時發現了謝氏的遺書。」

謝灝心中一顫，剎那間腦海裡閃過了許多念頭。

他接過遺書看了看，上面一筆一畫皆熟悉，確確實實是姊姊的筆跡，可是他仍然道：「這遺書定是假的！」

「不是謝氏的字跡？」族長神色凝重，他們都曾見過謝氏的字，為防是有人刻意偽造，他們還專門找了謝氏以往抄寫的書籍比對，不應該是假的啊！

謝灝說不出話來，遺書中確實是姊姊的字跡，可是他對姊姊有絕對的信心！因為出嫁女自戕是一件特別不吉利的事情，不論是對婆家還是娘家的名聲都極為不利，所以就算發生了這樣的事情，若不想與親家為仇，均會私下了結，對外一律宣稱暴斃。

謝成玉出身世家，自是明白這些，況且多年夫妻感情不順她都不曾自戕，為何如今突然做出這個舉動？

「一封書信並不能代表什麼。」魏潛開口打破僵局。「這封書信可能是別人偽造，也有可能確實是出自老夫人之手，不過老夫人上了年紀提前留下遺囑也極有可能，或許凶手就是看準了這點才下手，以便造成自殺的假象。」

兩大家族議事，在場的都是前輩，魏潛即便有想法也不應該隨便開口，可他偏偏不是拘泥人情世故的人。

崔氏的族老們聽他話裡的意思，好像老夫人一定是他殺，心裡都有些著惱，但是礙於謝灝在場不好直接出言斥責。

對於魏潛來說，非正常情況下的死亡，他必然是先分析他殺的可能性，只有排除一切他殺可能後才會考慮是意外或自殺。

謝灝聽了魏潛的話，瞬間恢復冷靜。「長淵說的有些道理，這種事情畢竟要查清楚才好。各位以為呢？」

既然謝灝這樣要求了，就說明心裡有所懷疑，如果不查清楚，以後對崔氏家族肯定會心存疙瘩；若真是族人所為，好生請罪便是，崔家也不怕擔負這個責任。

族長想到這些，便道：「舅老爺說得是，我還是先前的話，崔家定當全力配合。謝氏嫁入咱們家便是咱家的人，再說她這三十多年賢德溫良，孝順公婆，教養出的子女也個個出色，若真是被歹人所害，我們絕不會姑息！」

「這便好。」謝灝再沒有多說，只回了一句便要帶魏潛去佛堂裡看看。

族長命人領他們前去，並讓一名族老和崔況隨同。

佛堂已經封閉，未經族長允許，任何人不得入內。

族老拿鑰匙打開門鎖，請一行人進去。

院子裡的桐花無人清掃，淺紫淡褐鋪了厚厚一層，散發出微帶腐敗的香氣。

老夫人出事的那間屋子有三道門，前後門及側門都緊閉。魏潛轉了一圈，發現側門已經被封死。屋裡的擺設很簡潔，案上還算乾淨，佛祖慈眉善目，座前有串紫檀佛珠，還有個香爐。佛珠烏紫油亮，一看便知道是經常在手裡盤玩，香爐裡面有些香灰，但沒有香。

魏潛細細看過後，問崔氏族老：「前輩，不知是否可以看看別處？」

「隨意。」族老道。

魏潛得寸進尺。「那是否可以見見崔二娘子和林娘？」

族長剛剛放出話，族老怎好拒絕魏潛的請求。「老朽派人去叫她們過來。」

「多謝。」魏潛道。

得了准許，魏潛便圍著佛堂看了一圈。然後便進入每一間房細看，期間始終一言不發，誰也不知道他究竟看出什麼沒有。

崔況一直很有責任感地跟在魏潛身邊，魏潛盯著某處看的時候，他便也使勁看幾眼。

侍婢稟報崔凝和林娘已經到了，魏潛也不著急，直到看遍整個佛堂才去見兩人。

「我想先見見崔二娘子，不忙見林娘。」魏潛道。

意思就是想將兩人隔開問話。

族老會意，便將談話的地方安排在了老夫人誦佛的地方，先叫了崔凝進來。

隔了小半個月，魏潛再見到崔凝，感覺她像是變了一個人。崔凝正在長個子，再加上她這些日子沒好好吃飯，越發瘦削，整個人像竹竿一般，看來老夫人之死似乎對她打擊很大，眼裡已經不見天真懵懂，顯得頗為幽深。

「請坐。」魏潛道。

他態度很隨意，便如那日喝茶時一般，崔凝不知不覺中放鬆了一點。

待她坐下，魏潛便道：「老夫人突然亡故，想必崔二娘子心裡難受。若老夫人是為歹人所害，崔二娘子定會盡力配合抓住凶手吧？」

崔凝疑惑地看著他，點了點頭。

「那妳就與我說說那日發現老夫人中毒時的情形，越詳細越好。」

「你在調查此事？」崔凝問道。

魏潛頷首。

「你一定要抓住凶手！」

魏潛神情未變。「崔二娘子好像確定老夫人是被人所害？」

「祖母一定是被人害死的！」崔凝眼中酸澀刺痛，卻已流不出淚來。她喉頭微哽，緩了緩才道：「出事的前一天祖母還說要教我調香，說在我身上找到了慰藉，以後要好好教我。」

崔凝守靈的時候一直在想這件事情，這幾天越想越明白，更加堅信老夫人不是自殺。

魏潛感覺到小姑娘忽然爆發出的巨大悲痛，只好搜腸刮肚地想了幾句自認為是安慰的話。「既然如此，妳更應該仔細回想那天的情形，只有抓住凶手，替老夫人報仇，才能慰她老人家在天之靈。」

這句話，像是為崔凝打開了一扇通往另一個世界的門。她一直沉浸在老夫人和師兄們已死的悲痛中，竟然沒有想過為他們報仇！現在要找到殺害老夫人的凶手，將來，就算上天入海也要抓住害死師兄們的惡徒，將他們碎屍萬段！

崔凝枯死的心像是一下子被點燃了，燒起了熊熊的復仇之火。

魏潛見小姑娘有了精氣神，頓時覺得自己安慰人還是滿有一套的，壓根不曉得自己可能弄出一個偏激的復仇少女。

崔凝靜了靜心，便細細跟魏潛說起那日的事情，從看書到發現不對，事無巨細地說與他聽。

「我當時喊了沒有人應聲，也推不開門，就在廊下坐了小半盞茶的時間。我越想越覺得不對，就開始踹門。」

「妳的意思是，當時門是從裡面門上的？」魏潛向她確認。

崔凝肯定道：「是！我踹了兩腳沒踹開，心裡就更著急了，所以就更用力，踹到我腿發麻，那門才開。」

「妳在廊上等候的時候，心裡想了何事？」

崔凝不知道問這個有什麼用，但還是仔細說了：「當時腦子裡亂糟糟的，比如，祖母平日念佛從來不愛關門，而且她要是出去的話，不會不告訴我一聲也不喊我吃早飯，所以她一定在裡面。還有這麼大的聲音祖母都不開門，肯定是出事了。」

一個慌亂的八歲小女孩短時間能夠想到這麼多，算是思維相當敏捷了。魏潛不由得對她刮目相看。

「妳繼續說，尤其是從開門那一剎那，盡量詳細些。」

「門開之後，我還聽見匡當一聲，風很大，吹得我只能瞇起眼睛，風裡都是香火的味道，我看見祖母的衣裙被風吹起……」崔凝聲音漸漸低落。「我跑過去看見她面色蒼白中泛著青黑，嘴角有血，喊她也沒有反應，握她的手發現很涼，就連忙跑出院子求救。」

魏潛抓住了幾個關鍵，卻沒有打斷她的回憶。

「我撞見兩個僕婦，讓她們去請孫神醫和族長，她們倆一個向東，一個向西，然後我又返回佛堂守著祖母。我聽說人中毒之後不能隨便移動，否則會加速毒性蔓延，所以一動也不敢動，我想等孫神醫來了，祖母一定會得救。過了一會兒，孫神醫和族長一起來了，可是孫神醫看了之後說祖母已經去了兩個時辰左右。」

崔凝說了那天能夠記起來的所有事情。

魏潛問道：「妳踹門進來的時候感覺風很大，那麼進來之後屋裡是什麼樣？妳跑去求救返回之後，這屋裡又有什麼變化？」

崔凝覺得自己只注意到老夫人，至於這屋裡有什麼變化，她真的一點都不知道。

魏潛慢慢引導她回到當日的情形。「妳求救之後回來，待在哪裡？」

此時魏潛正盤膝坐在老夫人平日念佛的地方，崔凝挪了挪位置，蹲在他面前。

魏潛比老夫人的身量高很多，崔凝仰頭，只見他下顎的稜角，還有眸中清湛的光亮。他嘴脣微動，介於男人和男孩之間的聲音格外好：「妳覺得有風嗎？」

崔凝搖頭。「沒有。」

「那天也沒有風？妳蹲在這裡，頭髮可有被吹起？可有撓得臉上很癢？」

小女孩一般都是頭髮半挽，總有一半是編成垂辮或披散在身後，崔凝的頭髮就只隨意披散著，倘若有風定然會飛舞起來。

「沒有。」崔凝肯定道。

魏潛道：「妳進來的時候看見老夫人坐在這個位置上？不是倒在地上？神情是否

痛苦？」

「是坐著的，祖母表情祥和，甚至像是在微笑。」崔凝也覺得這一點很奇怪，一般的毒藥都會讓人痛苦，中毒之人一旦發現自己不舒服肯定會求救，怎麼會坐在這裡一動不動？

魏潛道：「多謝崔二娘子，請先去隔間休息。若是想起什麼，隨時來找我。」

崔凝起身，在侍婢的陪伴下去了隔間。

緊接著，林娘被帶進佛堂。

待她落座之後，魏潛一樣是開始從案發當日問起：「那天妳在何處？詳細說來。」

「我去莊子上看看孩子。」林娘眼裡微有霧氣。「每月月末老夫人便會放我去莊子與家人團聚。那天早上我伺候老夫人到了佛堂，然後就離開了。」

「老夫人可有說過什麼話，做過什麼事？」魏潛問。

林娘道：「一早起來，老夫人洗漱過後習慣喝一杯茶。平時她都不會說話，那天卻看著滿屋子的書，對奴婢說，以後這些東西全部都要留給凝娘子，不許充到族裡去。」

「老夫人的原話是？」

林娘學著老夫人的語氣，緩緩道：「這些書若放到族中書樓裡，怕是要變成滄海一粟，我若是死了，屋裡這些東西都留給凝丫頭吧，不可教人拿走。」

這些話中的意思與遺囑大抵相似。

魏潛點頭，隨口問道：「妳嫁的是崔氏族人？」

「是。」林娘道：「老夫人做的媒。」

「妳夫君是怎樣的人？」魏潛問道。

這時候問這種問題，難免有懷疑的意思。

林娘抬眼看著他，神情中有一絲惱怒，卻還是認真回答：「他是莊子上的大管事，人很好。」

魏潛毫不在意她的情緒，繼續問：「有何人能證明妳那天去了莊子上？」

「我早上出門的時候，一路上許多人看見了。」林娘接著說了一串人名。

「妳跟著老夫人多少年了？」

林娘道：「三十多年了。」

在場的所有人都感覺到了魏潛對崔凝和林娘的不同，他問崔凝的問題全部都是當日發生的事情，但問林娘的問題又多又雜，關於當天的問題卻不是很多。

待他問完之後，謝灝令林娘出去，然後問道：「你覺得林娘是凶手？」

魏潛抄手沉默須臾，既沒有說是也沒有說不是，只道：「老夫人絕對不是自殺。」

「當真！」謝灝狠狠捶了一下蒲團。「我就說姊姊不是如此糊塗的人！」

「你怎麼看出來的？」崔況疑惑道。

「待我查證一些事情後再告訴你。」魏潛說罷，轉頭問崔氏族老：「前輩，是否可以召集常在這院子裡伺候的所有僕役？」

近身伺候老夫人的只有林娘一人，但她從一開始就是貼身侍婢，比好些人家的娘子還要嬌貴些，那些粗重的活計肯定不是她親手去做。魏潛剛剛也特意看了一下林娘的手，不像是幹過粗活的樣子。

崔氏族老令人將院子裡所有人全部召集起來，魏潛挨個問過之後，已然是下午了。

在佛堂裡伺候的統共有八個人，兩個廚娘、兩個粗使婆子、四個粗使婢女，若有力氣活，則由凌氏派小廝過來幫忙。

佛堂裡只有兩個主子，平時事情不多，所以兩個粗使婆子在吃過早飯之後就出去與院裡的老姊妹聊天，還有兩個粗使婢女帶了衣物去河邊洗。排除了四個有不在場證據的人，就只剩下兩個廚娘和兩名粗使婢女了。

廚房是單獨的小院，那兩個廚娘平日從不往這邊院子裡來，她們說做好早飯之後就在廚房裡等候傳飯，可是一直沒有聽見動靜。不過兩人只能互相作證，再沒有別人看見她們是否都沒離開過廚房。

而最可疑的就是那兩名粗使婢女了，她們負責端早飯，那天林娘不在，本應該是她們代為伺候老夫人早飯，她們居然沒有發現什麼異樣？

這兩個姑娘都十六、七歲，生得頗壯實，看上去老實巴交，兩人都一口咬定說那天來喊過老夫人，沒有聽見回應便一直在外面等著。

這種話，就連崔況都能找到漏洞。崔凝衝過來的時候明明說一個人都沒有，那麼肯定是有人撒謊了。

「我二姊不可能撒謊。」崔況義正詞嚴，並且給出了一個有力證據。「她腦子一直都不好。」

崔氏族老和謝灝表情都有點微妙，魏潛卻認真地點頭附和：「這我知道。」

整整問了一日話，晚上魏潛和謝灝又去拜訪了孫神醫。

「老夫人所中之毒有可能是大茶藥，另外她面色泛青黑，嘴唇顏色偏暗，指甲中透著青黑，有可能是為了避免痛苦，毒藥中還摻雜了許多罌粟和曼陀羅。」孫邵很是惋惜，他早年四處遊歷行醫，江左小謝的名聲如雷貫耳，誰料竟落得這等結局。

大茶藥也叫斷腸草，人死後不會留下太明顯的特徵，老夫人面上所見的大多數痕跡幾乎都是其他藥物所致，也就是說，下毒的這個人會製藥。

魏潛當晚就直接住在佛堂，繼續查找證據。謝灝也隨之搬了進來。

夜裡起了風，嗚嗚咽咽像鬼哭一般，謝灝總覺得是姊姊的冤屈之音，聽著心裡特別不是滋味。他在榻上輾轉反側，難以入眠，便披了衣服想去院子裡走走。

打開門猛然瞧見院子裡一個白晃晃的影子，嚇得他急急退了兩步，待定了定神再仔細看去才發現是一個人。

那人坐在石墩上，整個人沉浸在自己的思緒裡，宛若融進了夜色。他聽見開門聲，轉頭看了一眼，目光清冷，看到謝灝，微微頷首似是打了個招呼，就轉過頭去繼續沉思。

在謝灝的印象裡，魏潛雖然寡言，但不缺禮數，從未像現在這樣見到他連屁股都不挪動一下。

謝灝不想打擾他，於是一個人去了老夫人的臥房。

沒有燈火，只有從窗戶透進來的月光，隱約能看清屋裡的擺設。他隨手抽出一本書走到窗邊，就著月光看了幾頁，眼中慢慢溼潤起來。

書有些舊了，像是幾年前抄寫而成，上面的字已不似從前那般鋒芒外露，表面上看已經趨於圓滑沉穩，然而筋骨分明力透紙背，總能在一些細微之處透出銳利。可見時間並沒有磨平她的稜角，只是讓她更加深藏。

謝灝拭了拭眼角，將書放回原處，轉身出了屋子。

「前輩。」魏潛起身施禮。

「你若不嫌棄，叫我一聲叔父吧。」謝灝道。

都說一日為師終身為父，師父的摯友，喚一聲叔父也不過分，魏潛從善如流。

「叔父。」

「你方才在想何事？」謝灝在他對面坐下。「你也坐。」

「想了想案情。」魏潛見謝灝眼底微紅，便知他又暗自傷懷。「叔父節哀，對許多人來說凡間是牢籠桎梏，老夫人駕鶴西去，如風般自由，於她來說未嘗不是一件幸事。」

這話若是往好處想是安慰，若傷心人一時想不開，也能理解為他站著說話不腰疼。

可是謝灝二者皆非，他有些訝然。「你怎知姊姊的性子？」旋即又了然，屋裡那麼多書籍，哪本不是姊姊心頭所好？看完那些便大致能夠知道她是個嚮往自由的人。

「老夫人當年如何會嫁入崔家？」魏潛問道。

謝灝嘆息道：「當年求娶姊姊的人家不說一百也有幾十，沒成想挑來揀去，竟是如此！」

「姊姊自幼聰慧，三歲能誦文，五歲可賦詩，十來歲的時候便寫得一手駢儷文章，她性子要強，不願嫁那些凡夫俗子，只求一知心人。逝者如斯，無可回頭，盼以深情共赴白首。說起來很簡單，可惜從一開始就選錯了人！」

這種感嘆在魏潛聽來著實沒有什麼意義，但他仍舊靜靜聽著，未曾打斷。

謝灝看著對面黑白分明的眼睛，或許那目光過於理智冷靜，他心裡的傷懷奇異地散去不少。「姊姊從十四歲開始說親時便自己立下了規矩，能過三關才考慮議婚。所謂三關，其實只是她自己隨興考校對方，一般都是對詩、和曲，還有一些古怪的問題。她說通過詩曲，可看出此人與她是否有默契；至於那些問題，素來刁鑽古怪，鮮有人能通過。我還記得那日是陪母親和姊姊一起去上香，恰逢大雨，我們便與一群國子監的學生擠在了一間茶室裡避雨。」

謝夫人還好，謝成玉卻是待字閨中的娘子，何況對方是一大群青年男子，於是寺裡準備屏風將兩邊隔開。

謝成玉身段十分玲瓏，豐胸細腰圓臀，再加上面若芙蓉，一雙眼眸中透出靈慧，但凡看過一眼就再不會忘懷。

她的模樣漂亮，雖不算傾國傾城，是十分端莊的長相，可這端莊之中偏又帶著靈動，男人們既想娶妻娶賢，又渴望妻子能與自己心靈相通。大多數人一生只有一個妻子，妻的地位在男人心中遠不是妾室能比，誰不希望有一個能懂得自己的妻子？

謝成玉的樣子最能勾起他們這種希望。

彼時，那一群國子監的學生先進的茶室，見僧侶抬了屏風進來，心知怕是有女眷要過來躲雨，個個都伸長脖子盯著。

謝成玉是個活潑性子，進屋的時候好奇地往裡面看了一眼。

就是這一眼，令一群尚未娶妻的青年興奮起來。而後對著大雨作詩賦文時都特別賣力，甚至攛掇年紀最小的崔玄碧去邀請謝灝一起過來玩。

崔玄碧邀請了謝灝。

隔著屏風聽出他的尷尬侷促，謝成玉低低笑了起來。崔玄碧離屏風很近，聽見這笑聲，臉刷的一下便紅了。

謝灝見著崔玄碧的第一面，對他的印象就是——一個大柿子。

當時謝灝才十歲，已有神童之名，吟詩作賦不在話下。那幫國子監的學生原是叫謝灝過來親近親近，好打聽是哪戶人家，結果竟是越來越吃驚，他的詩詞令人驚豔，常有神來之筆，隱隱已經將不少人壓了下去。

那些學生紛紛想，這不能夠啊，連弟弟都比不過，怎麼有臉去打姊姊的主意？

崔玄碧一向就不怎麼喜歡作詩，寫的東西都很質樸，從不追求辭藻華麗，也不無病呻吟，心所感時便意境動人，若是無感而發便就顯得平庸。

謝成玉聽了許久，終是對這個少年上心了。

其實後來的事情證明謝成玉在看人方面確實很有眼光，崔玄碧不到三十歲就當上了兵部侍郎，若不是因為先帝病弱禪位，他的官途遠不只如此。

一朝天子一朝臣，別的不說，就看女帝登基後多少人被撤換，而他始終穩穩地待在兵部，便可知他不管是實力還是為人處世方面都是萬里挑一。就算是現在，崔玄碧也不是沒有再進一步的可能。畢竟他還不到五十歲，離告老還鄉還有好幾年的時間。

謝灝也覺得崔玄碧很好，他主動報了家門，同時也得知對方是清河崔氏小房的嫡次子。

自唐以來，門閥士族重新洗牌，崔氏極為煊赫，其時已然是鰲首。

如今的陳郡謝氏雖不如崔氏有那麼多人在朝中為官，但作為老士族，在門閥觀念極強的唐朝，顯然是有著不可動搖的地位。

作為門閥士族第一姓的崔氏，門第之高，就連皇族都瞧不大上眼，相比之下，他們更看重的是謝氏、王氏這些老氏族，只有得到這些傲氣十足的老士族認可，才能真正奠定在士族圈子裡第一的位置，而聯姻是其中最好的方式，更難得的是，謝氏的姑娘名聲頗好。

崔氏族人聽聞這個消息，都覺得是天作良緣，私下裡與謝氏通信幾回，得知謝氏想先相看相看，崔氏便同意了。

江左小謝的規矩大家都很清楚，崔氏對自家兒郎很有信心。而且，與清河崔氏聯姻，對謝氏也有很大好處。

相看那日，謝成玉在閣樓裡撫琴，崔玄碧就坐在不遠處的桐樹下，當謝家下人捧上來許多樂器時，他選了古塤。

謝成玉從窗縫裡見他選塤就微微皺了眉頭，她的曲子乍一聽有些惆悵，可是若仔細聽不難聽出其中透出的活潑和瀟灑肆意，而塤的聲音嗚嗚咽咽，不好控制，一不小心就露出蒼涼之感，如何對得上？

誰料崔玄碧就是有這個本事，他沒有整首曲子都附和，而是選了琴曲平緩的時候進入，待琴聲一揚起，他的曲調便放平，像是互相傾訴，相輔相成。且他塤曲中並無淒美，只有開闊大氣，配合著她的瀟灑自在，就像大鵬在無盡的蒼穹中展翅迎風翱翔，相得益彰。

再加上那個雨天她對崔玄碧的印象極好，心裡十分高興。

崔玄碧機變，面對謝成玉刁鑽的問題總能有解，即便是答不出來，也不像其他自詡才華出眾的人那般尷尬，而是很巧妙地圓了過去，每每總能逗得謝成玉發笑。

按說像這樣有著完美邂逅又志趣相投的兩個人，婚後應該過得十分幸福才是，為何會走到今天這種地步？

謝灝看出魏潛的疑惑，不待他詢問，便道：「他們成親之後也好過一段時日，不然以姊姊倔強的性子，怕是寧肯和離也不會為他生兒育女。後來……不知道為什麼……」

謝灝知道姊姊性子要強，夫妻間出了問題也不願向娘家求助，卻沒想到，要強的結果，竟是姊姊的死。

「有眉目了嗎？」謝灝對魏潛很有信心，不知道是因為徐洞達的讚許還是因為魏潛給人的感覺就很靠譜。

魏潛道：「大致有方向了。」

謝灝的心怦怦亂跳，好一會兒才平復下來。「能與我說說麼？」

魏潛點頭，把剛剛想的事情從頭捋了一遍。「據崔二娘子所言，佛堂從裡面門上，她剛踹開門的時候風特別大。佛堂有三個門，這個季節裡風的方向，只有打開小側門才會造成如此大的風。

「我查看了那個被封死的側門，其實只是在外頭釘了一張厚厚的羊毛氈，門是從外面鎖死的，裡面的門閂並未插上。由此便可推斷，崔二娘子踹開門的時候側門突然被風鼓開，才會造成突如其來的大風。」

謝灝聽得入神。「這麼說來，阿凝踹門的時候，凶手剛剛離開？」

「剛開始我也是這般想，可是既然凶手要造成密室自殺的假象，為何還會親自跑到佛堂裡確認老夫人死活呢？如果凶手不是要製造密室自殺假象，那又為何要特地將房門從裡面門上？」

「我特地仔細查看了封住側門的羊毛氈，它是直接榫卯塞進門框裡，製作十分巧妙，榫是新製的，而門框上的開口卻已經十分陳舊。下方有幾處新損傷的痕跡，應該是封上之後又被撬開過，後來試圖刷漆掩蓋。」

「崔二娘子說，她中間出去求救，回來之後屋裡就沒有風了，按說如果那時候側門還是開著的，風不至於太大，但也不太可能全然沒有。也就是說，有人在這空當把側門鎖死了。」

這個人不會是林娘，因為她當天確實不在，那就有可能是當天來過此處的其他人。

「那個人究竟為什麼會留下破綻啊？不會是他刻意留下的吧？」謝灝問。

魏潛修長的手指輕輕敲著桌面，眸光清亮。「有可能，是凶手還沒來得及布置好便被崔二娘子撞上，他只好暫時躲起來，恰好崔二中途求救，他便伺機封上門，但……」

「啊——」

一聲驚恐的尖叫劃破寂夜，也打斷了魏潛的話。

第九章　替罪羊

「是從正院傳來的！」謝灝騰地站了起來。

老夫人的棺木還停在正院，他擔心那裡出事。

魏潛亦起身，緊跟在謝灝身後趕往聲音傳來處。

佛堂距離正院有一小段路，待他們趕到時，發現正院燈火通明，已經聚集了不少人。

謝灝走近一看，隔間的地上趴著一具女屍，屍體側臉貼在地上，手伸向門，臉色青紫，嘴唇發烏，唇邊有血，將胸前衣襟染紅一片，地上也灑了些許血跡。

再仔細一看，這女子不正是老夫人院子裡伺候的粗使婢女嗎？

崔氏族長一臉鐵青地趕到，他看了看地上的女屍，冷聲道：「這是誰的婢女！」

「大伯，是老夫人身邊的粗使婢女菱花。」凌氏臉色蒼白。

族長冷哼一聲，看向魏潛道：「一事不勞二主，煩請魏郎君過來瞧瞧吧。」

從地上零星血跡和這婢女伸手向門的動作來看，她臨死前有強烈的求生意志，只不過毒性發作太快，頃刻間就已斃命。

凶手看上去並沒有刻意地去掩飾，要麼是沒有時間，要麼就是僅僅想殺人滅口而已。另外還有一種可能，就是這婢女是畏罪自殺，但是臨終生出悔意，於是爆發出求生本能。

魏潛仔細查看過屍體後，略一沉吟，便上前低聲與族長說了幾句話。

隔了片刻，族長道：「一個時辰以內在這院子裡的人往前一步。」

一群人左顧右盼，終是有九個人向前走了一步。

這其中有崔況，還有他兩個族叔，另外還有六個伺候的小廝。夜晚陰氣大盛，一般都讓年輕氣血旺盛的晚輩守靈，尤其是謝氏這種並非壽終正寢的人，陰氣更勝，因九是陽數，特意在院子內安排了九個人。

暮色降臨之後女子便不能靠近正院，因而就連外面守院的人都是九個年輕力壯的男僕。

崔況和他兩個族叔最先趕到，因擔心凶手趁亂破壞線索，即刻下令封鎖院子，令所有人都站在階下等候。

「這麼說其他人都是聞聲趕來？」族長目光冷峻，逼視所有人。

再沒有人站出來了。

「誰最先發現屍體？」族長問道。

一個十六、七歲的小廝站出來，臉色慘白，嘴脣還在不停地顫抖。「是小的。」

「說說吧。」族長道。

那小廝緊張地嚥了嚥口水。「我本是與三位郎君一起在正堂守著，因晚飯後喝多了水出來如廁，經過側間的時候發現門開了一道縫，心裡奇怪，就過來看看，誰知一打開門就被人一把抓住腳，嚇得我一時沒忍住就喊了起來。」

然後正堂裡守靈的人都趕了過來，外面守衛的九個壯漢聽見騷動亦趕了過來。再然後，被驚醒的人都陸陸續續跑過來了。

院子外面有守衛，院子裡面的人又都是聚集在一處，沒有行凶時間。可是按照魏潛的判斷，菱花所中之毒主要是砒霜，毒發在半個時辰之間……

這樣一來事情就變得複雜了。

族長不死心，命人把白日到過正院的人全部都叫過來，鐵了心要抓住殺人凶手。

崔凝睡得正熟，也被青心喚了起來，在她服侍下睡眼惺忪地穿戴好出門。

夏末的夜風已經有寒涼之意，一陣風迎面吹來，崔凝打了個激靈，頓時清醒過來，看了看天色，疑惑道：「青心，離天亮還早吧，咱們這是去哪兒？」

「說是正院那邊出事了，族老請人去問話。」青心也正納悶呢，什麼事情不能等明日再說啊，可憐自家娘子好不容易睡個安穩覺竟又被半夜叫醒。

「什麼！」崔凝炸毛了。「出了什麼事？」

青心道：「奴婢不知。」

崔凝心下焦急，催促青心加快腳步。

族長因是半夜臨時招人，就讓凌氏安排了一間平時不用的小廳暫為使用。

崔家有心瞞著老夫人死亡一事，所以白日也並不讓很多人接近正院，派了幾個本族子弟守著，白天凌氏等幾個媳婦會過來跪一個時辰，崔凝與林娘則是守一整天。除了他們幾個，族長還請了所有族老，以及白日接觸過那名婢女的所有人。加起來也就不到二十人。

一番詢問下來，確定最後有人見到那婢女是在昨日酉時一刻左右，也就是晚飯前後。

崔家從不苛待下人，一般人家都還每日兩餐，他們卻是和主子一樣，每日三餐，就連粗使婢女也不例外，酉時整正是他們吃晚飯的時候。

酉時一刻，應當是剛剛吃完晚飯。

那樣猛烈得能令人頃刻間斃命的毒藥，一般都會在半個時辰之內毒發，所以應該不是在晚飯時候中毒。

無論從哪裡進入正院，都必須經過一道道門，尤其是內院與外院之間都有婆子看守。族長把酉時後所有的守門婆子都叫來，終於從兩個婆子嘴裡問出，酉時中，菱花說是受了凝娘子的差遣送點東西來。

那兩個婆子這半個月以來一直待在這裡，認出菱花是老夫人院子裡的，至於送什麼東西，沒敢多問。

仔細想起來，崔凝整日都守在靈堂，正巧菱花又死在那裡！而昨日崔凝離開之時正是酉時中前後。

她有足夠的下毒時間。

族長望向崔凝。「妳差遣菱花送什麼東西？」

「我沒有差遣她送東西。」崔凝不卑不亢。

這會兒死無對證，沒有人肯信她，唯一有那麼一點不確定的是，崔凝小小年紀應當不致如此。

可是族長好像斷定了她就是凶手似的，臉色鐵青，猛地一拍案几。「小小年紀，心思歹毒！不該！不該！不該啊！」

一室死寂。

凌氏被這突然的變故驚了一下，待回過神來，立即厲聲道：「她是我的女兒，她不可能做出這等事！大伯沒有確鑿證據，這罪名，恕凝兒不能擔！」

忽而有個微帶沙啞的聲音道：「林娘也一直在靈堂吧。」

所有人都看向魏潛。

他是什麼意思？

「你懷疑林娘是凶手？」族長驚詫道。

「不是懷疑。」這破綻百出的謀殺案，魏潛其實也不是很有興趣追根究柢，更遑論牽涉到兩個大族，想必也不宜讓他一個外人知道太多內情。「能殺老夫人的人，只有她一個。」

廳中鴉雀無聲。

族長默然揮手，令閒雜人等退下。

魏潛繼續道：「聽聞老夫人睿智無雙，試問這樣一個人，怎會輕易被人暗算，此人定是她熟悉並且信任的人。這一點雖然只是推測，但也有無數證據證明。其一，老夫人是如何中毒的呢？我勘察現場後又請教了孫神醫。神醫說，一般致幻的藥物若經由口服，藥效會十分猛烈，最好的辦法是通過氣味，就是將這些毒藥摻在老夫人平時用的香裡。」

「那些香是妳製的，對吧？」魏潛看向林娘。

林娘面色不變。「是，老夫人年紀大了之後便把此事交予我了，不過老夫人最擅製香，哪怕有一點不對，她定能立刻察覺。」

「這正是我接下來要說的。」魏潛黑色的眼眸逼視於人之時如芒如劍。「對付老夫人，必須要一點點地改變，也許從很久以前凶手就開始使用致幻香，但那時只是輕微的劑量，可能老夫人並不怎麼介意，因為她信任那個凶手，不做他想！人一旦吸入過多的致幻藥之後五感會變得遲鈍，這就更方便凶手日後加大劑量，甚至添加毒藥。」

這些話並沒有言明林娘就是凶手，但這件事情只有林娘能夠做到，這幾十年來，老夫人最倚重信任的人除了她，沒有旁人。

魏潛盯著林娘，不錯過她面上任何表情。「我要說的第二點，眾所周知，插在灰燼中的一部分香不會被燃燒。我查看佛堂，發現香爐裡有積灰，卻沒有殘香。是誰將它取走了？」

老夫人若是自殺，那餘下的香不會不翼而飛。

「凶手為什麼會多此一舉？大概是因為燒過的香灰裡查不出毒，而沒有燒過的香中能查出來。」魏潛看著林娘一點點崩裂的細微表情，脣角微翹，語速更快了：「本來用製作略小的榫卯灌膠固定側門的羊毛毯子是個很好的想法，頭一天凶手可以故意留下幾個榫卯不灌膠，待到老夫人死後，再從容取出殘香，封上側門所有榫卯，這樣就可以製造出完美的自殺假象。可是凶手的同夥被別的事情纏住不可脫身，待尋到機會時已經不早了，而且她撬動榫卯的時候太過著急，結果損傷了門框，出了紕漏。取殘香時又恰遇崔二娘子，於是就留下了更多痕跡。這也就是，為何崔二娘子踹門進屋時會有大風的原因。」

林娘依舊繃著一張臉。

魏潛道：「讓我更加確定凶手身分的證據在老夫人房間內。」

所有人都在專注地聆聽，無人插嘴。

「老夫人房間的書架上共有四百九十七本書，房間朝陽，書架位置擺放得宜，想必是經過精心布置，書架上的書不用拿出去晒也不會受潮，所以即便每天都打掃，在書與書之間還是留下了一條條痕跡。但書架上有很多書被臨時挪動過位置，清點發現其中少了一本，那本書原來擺放的位置，應該是南牆書架第四層最右邊的位置，林娘，那本書在哪裡？」

「老夫人不喜歡別人動她的書，我並不知道少了一本，況且我識字不多。」林娘垂眸道。

魏潛注意到她言語之間意在強調自己「識字不多」，看來是打算用這個理由為自己開脫，可他不會讓她如願，他轉向謝灝。「叔父，敢問老夫人是否有記事的習慣？或者說，喜歡吟詩作賦以描述當日情形？」

謝灝點頭。「姊姊在家時會這般做，卻不是每天都寫。」他頓了一下，好似突然又想到一件事情。「對對，我想起來了，母親在世時曾寫信與姊姊抱怨過年紀大了之後，記憶力大不如從前，姊姊便回信說，她會將重要的事情寫成詩賦文章記錄成冊，這樣既能方便記事，過些時日再拿出來看還會覺得頗有趣味。我記得很清楚，母親看完信後立即叫人去做了一本空白冊子來。」

一個七十多歲的老太太了，還整天握著筆桿子絞盡腦汁寫詩詞，記了幾日之後，老太太終於忍耐不住發飆了，嘆道：一把年紀了，得過且過吧！然後就將冊子不知扔到哪兒去了。

謝灝還曾偷偷寫信將此事告訴姊姊，後來母親遭到姊姊好一頓笑，結果將他胖揍了一頓。

想起當年的和睦，謝灝心中刺痛。

「我會知曉老夫人這個習慣，是因為發現箱籠裡鎖著她年輕時候寫的東西。而放那本失蹤書冊的地方與別處不同，因為老夫人時常抽動，書冊下方位置十分光亮。這說明老夫人很少看其他書，卻經常取這一冊。」魏潛身子微微前傾。「林娘，這麼些年來，老夫人記錄最多的事情是什麼？最知她習慣秉性的人又是誰？一本書丟就丟了，又是誰刻意掩蓋了這個事實？」

「其實那本書只是簡單裝訂，想必要等正本記完之後才會仔細裱糊，完全可以從中拆去幾頁都不會被發現。但是可能時間緊迫，頁數又太多，又有可能……凶手認識的字不多，一時之間竟找不到那幾頁。」

林娘額上已滲出冷汗，面色蒼白。好像她每說一句話都會被魏潛抓住把柄，她不知道這個少年是順著她的話分析，還是故意在引她說出這幾句話。

「如果我猜得沒錯，與凶手同謀之人必是那兩個當日當值傳飯的粗使婢女，菱花不一定是同謀，她或許是發現了幫凶的異常，所以被滅口了。」

魏潛之所以會這樣猜測，是因為許多細碎的線索。幫兇如果是因為惶恐不安想見主謀，不應該冒險去佛堂，如果是後悔，也沒有必要非要跑到佛堂。

若菱花是幫兇，那她的所作所為還不如直接去坦白。所以菱花應該是發現一些線索，可是她又怕被牽連，不敢說出來，但是心裡又對老夫人有著遏制不住的愧疚感，所以才冒險走這一遭。結果被兇手發現滅口了。

所以那個殺了菱花的人，當時就在靈堂還沒有離開！她甚至把菱花帶進了耳室裡……

魏潛之所以會這樣認為，是因為那日他問話的時候對幾個僕役都做過一點小小的測試，說實話，就菱花那個腦子，她能想到騙守門婆子的話，魏潛都覺得是超常發揮。

不過這些畢竟沒有什麼實質性的證據，魏潛也就大概說了一番，並且強調這只是猜測，還需要具體查證。

這麼多矛頭都穩穩地指向林娘，沒人能說出辯駁之言，唯一讓人不解的是，三十年主僕之情，她為何要對老夫人下手？這件事，究竟源頭為何？

崔家想必也不願意讓一個外人挖掘更多家族祕事。

崔家一門英才眾多，只要給一個方向，相信很快就會真相大白。

事情至此，已經與魏潛沒有什麼關係了，他不著痕跡地看了崔凝一眼，伸手摸到袖袋裡的一個物品，目光垂下來。

崔家很快將林娘一家徹底查清。

林娘嫁的人叫劉介，曾經是主院有頭有臉的管事，年輕時生得一副好相貌，儀表堂堂，頗有幾分氣派。林娘二十歲時，老夫人早早為她留心人家，挑來選去，擇了三戶，其中就有劉介。

彼時老夫人與崔玄碧還沒有疏遠，劉介一心想娶林娘，變著法兒地追求，終是如願了。劉介初時待林娘極好，生了兩個兒子一個女兒，一家和睦美滿。

林娘感激在心，便想回老夫人身邊繼續伺候，老夫人同意了。

後來，劉介辦砸了一件差事，崔玄碧要將他打發出去，林娘哭求老夫人幫忙求情。那時，老夫人剛剛和崔玄碧吵過一架，不肯低頭求他，便將劉介放到了陪嫁莊子上做個管事。

那個莊子在郊外，並不為了賺錢，只是專門種一些瓜果蔬菜供老夫人一人食用，此外其他東西都可以拿到集市上賣掉。一般林娘拿過來多少，老夫人從不過問，只當那裡是自己的一個菜園子。

劉介確實是做生意的一把好手，靠著在莊子上貪的錢發家，二十餘年來置了不少家業，如今更是日進斗金。因為老夫人失勢，林娘又年老色衰，劉介近十幾年裡納了四個妾，家裡更是養了好幾個舞姬，對林娘這個正妻再沒有好臉色。

四個妾中有兩人生了兒子，最大的都已經十歲了，相貌書業都很優秀，而林娘的兩個兒子卻因自小母親不在身邊教導，顯得遜色很多。

林娘跟隨老夫人這麼多年，豈能這般輕易就敗給了那些不知道從哪裡冒出來的妾？

早年間，老夫人打理家務井井有條，為了崔玄碧四處交遊，也極能經營人脈。可是一朝避世，連林娘反了天都不願插手管上一管。一個人得心灰意冷到怎樣的地步，才有如此天翻地覆的變化？

而林娘，就因為自己生活不順，所以怨恨上了老夫人？

所有的知情人都覺得莫名其妙，林娘若是為了自己，最好的手段就是謀殺夫君，然後所有的一切都是自己兒子的了！她有辦法謀殺老夫人，就肯定有辦法謀殺劉介。可為什麼？

次日午時。

崔凝到了關押林娘的地方，她一夜沒睡，求了族長一早上才被允許探視。

屋裡空無一物，林娘被捆在柱子上，嘴裡堵著一團白布。

崔凝站在距離她半丈遠的地方，聲音嘶啞：「殺了一個相熟三十年的人，滋味如何？」

林娘表情似痛苦，又似暢快。

「妳的事情，我也聽說了一些。」正因為知道那些事情，崔凝才更加悲憤。「妳過不好自己的日子，關祖母什麼事？當初那個男人也是妳自己選的，又沒人逼妳！妳是自作自受，為何要怪在祖母頭上！」

崔凝知道祖母與祖父的感情不和，可是祖母一直心境平和，她自己承擔了結果，縱然顯得有些窩囊，也總好過林娘這種把一切罪過都推在別人身上的人千萬倍！

崔凝氣急，急促地喘息著。

屋內安靜得只能聽見她的呼吸聲，忽聽外面守衛齊聲喊：「大人。」

崔凝微微一怔，林娘眼睛倏然睜大，露出些許震驚。

門被打開，正午的光線乍然湧入，一個高大挺拔的身影走進來，他身著一襲藍色布袍，微黑的面上鬍鬚有些亂，目光如鷹，眼裡布滿血絲，走過來的時候氣勢迫人，像是要撕碎獵物一般。

這人看上去四十歲左右，儘管風塵僕僕，略顯狼狽，卻俊美依舊。這種俊不僅僅是外表，也不像凌策他們那種意氣風發，而是沉澱了歲月之後的沉穩和深邃。

緊接著，兩名身著素衣的中年女子跟著進來，這兩人曾是老夫人的貼身侍婢，如今跟在崔玄碧身邊。她們並不是自薦枕席，而是老夫人心灰意冷之後代替去照顧崔玄碧的，至今忠心耿耿，不願生育子嗣。

其中一個微胖的女子見到林娘便衝了上去，揚手便是響亮的一記耳光！

「賤婢！」她目眥欲裂。「妳竟敢對娘子下手！誰給妳的膽子！」

說話間啪啪數巴掌扇下去，林娘鼻子裡都被扇出血來了，可見那女子心中不是一般的恨。

中年男人不管不問，只是低頭看向崔凝。「凝娘？」

崔凝目露疑惑。

另外一名婦人柔聲道：「這是娘子的祖父呢。」

崔凝嘴巴張得更大，聽說祖母只比祖父大三歲，為什麼看起來像差了一個輩分呢？

崔玄碧彎腰，竟是一把將她抱了起來。

崔凝一驚，反射性地摟住了他的脖子。

崔玄碧把頭埋在崔凝肩膀上，久久不動。所有人都以為他是親近孫女，然而只有崔凝知道，溫熱的眼淚已經浸透了她肩上的衣服。

片刻之後，崔玄碧再抬起頭，除了眼中血絲更多，再尋不出剛剛哭過的痕跡。

他放下崔凝，看了林娘一眼。

這時微胖的婦人已經不再打林娘，但是目光凶狠，恨不能將她噬骨啖肉。

有人搬來坐椅，但崔玄碧擺擺手，沒有坐下。

「早早招了，少受一些折磨，我有一萬種法子教妳生不如死。從今天開始，妳一天不說，我就送一根妳兒子的手指來，妳若是想死，我就讓他們比妳死得痛苦一萬倍。」

他有很多種辦法，可是沒有耐心耗著，於是選擇了最粗暴有效的法子。

「嗚嗚嗚……」

林娘急得眼淚直流。

崔玄碧抬抬下巴，那名微胖的婦人上前去把林娘嘴裡的布扯出來。

「我……」林娘的嘴被塞得久了，已經麻木，說話不甚清楚。「我說。」

事已至此，也沒有什麼好瞞的，得罪崔玄碧，比得罪那個人更可怕。

崔玄碧坐下。

林娘緩了緩，才道：「我什麼都說，求郎君放過我的孩子。」

「可以。」對於崔玄碧來說，林娘的孩子無足輕重，他想要逼得一個人活不下去還不容易，根本無需動手殺人。

林娘在崔玄碧平靜而疲憊的臉上看不出一絲破綻。

那微胖婦人冷聲道：「妳捧在手心裡的東西，郎君連看一眼都嫌髒！還不快說！」

林娘知道自己如今沒有交易的籌碼，真逼得崔玄碧動手，連這點條件都換不來。

「是孟大人說，只要我殺了老夫人，她便會讓我回到過去的生活。」

「孟瑤芳！」崔玄碧眉頭忽然緊鎖。

「是，孟大人說她與郎君情投意合，只是您礙於家裡還有個髮妻，無法娶她做正妻，而她又不願做妾。」林娘道。

「混帳！孟瑤芳算是個什麼東西！」崔玄碧怒道：「妳就為了這個可笑的理由殺了成玉！」

「有什麼不好？謝成玉早就死了！在你帶著兩個妾上京，不！在這之前她就已經死了！她精明得像鬼一樣，我從沒有想過自己的所作所為能瞞過她！」林娘發現崔玄碧居然像以前一樣在乎謝成玉，心裡震驚之餘，竟然特別痛快。「是你讓她的心死了，讓她像行屍走肉一樣困在小小的佛堂裡！我不過是替她解脫！」

崔玄碧幾乎坐不穩。

「別胡扯了！」崔凝這才聽明白那個孟大人竟是個女人，因為戀上崔玄碧才利誘林娘殺人。「祖母說過要親自教導我，說了很多關於以後的事情，她不會想死的！」

老夫人偶爾會露出一些憂傷的神情，但更多時候她很開朗，崔凝能感覺出她是一個豁達的女子，這樣的人不會想著自殺！

微胖婦人也道：「妳莫為自己的私欲找藉口。」

崔玄碧起身。「接下來的事情交給族長吧。」

微胖婦人輕輕推一下崔凝，崔凝不知道為什麼，就領會了她的意思，上前扶著崔玄碧出去。

外面陽光炙熱，照在人身上，崔玄碧卻覺得骨子裡越發冷。

林娘原來是個安分老實的，這麼多年照顧謝成玉也算盡心盡力，不然崔玄碧不會留著她，謝成玉也不會。

可是一個人從充滿希望到跌落絕望的懸崖，個中滋味，崔玄碧也瞭解一二。林娘心灰意冷了十幾年，在絕望中掙扎，費盡心機為自己的孩子謀求一席之地，長久的壓抑中，她不是沒有想過殺了劉介一了百了，可是曾經的夫妻恩愛，讓她對這個男人還存了一絲幻想。

習慣了絕望的人不可怕，就怕在絕望之中看見一絲希望，那時候不管是多麼羸弱的人都會變得瘋狂。

早在兩年前，孟瑤芳就來找過林娘，卻被林娘一口回絕。後來孟瑤芳找到劉介，不知道許了他什麼條件，劉介突然開始對林娘「回心轉意」，對她百般寵愛千般溫柔，對兩個兒子也空前上心，甚至把沒有生育過的妾室都打發出去了。

林娘嘗到了希望的滋味，就再不願放手，她掙扎了兩年，劉介近來催促得越發急了，恰好有一日她看見老夫人在寫遺囑，便覺得是上天賜的機會。

剛開始，她心裡很不安很內疚，可是耳邊不斷響起劉介說過的話：老夫人哀莫大於心死，早已經不眷戀紅塵了，否則也不可能青燈古佛這麼多年，妳這麼做只是幫了她一把。

一個人下了決斷才能將事情做到最好，怕就怕心裡左右搖擺。

林娘便是在猶豫不決中下手，所以才破綻百出吧。

崔玄碧去了佛堂，坐在桐樹下靜靜出神。

那個孟瑤芳長得什麼模樣，崔玄碧一點印象都沒有，若非她官職不低，他甚至都不會記得有這麼一號人！然而就這樣一個印象模糊的女人，竟然是害死他結髮妻子的元凶！

早年間，就有一些女子對已婚的崔玄碧暗送秋波，但因為那時的風氣不像現在這樣開放，又因謝成玉的光環，那些女子即便有心也不會自取其辱；而隨著時局的不斷變化，崔玄碧和謝成玉逐漸疏遠，越來越多年輕貌美的女子自薦枕席，有些甚至只求春風一度，不求天長地久。

崔玄碧雖不是好色之人，也不只謝成玉一個女人，但那也是年輕時候的事情了，近些年就連妾室都很少碰。年紀越大，越渴望心靈上的相通，他近來更多想起髮妻的好。

細想起來，他們是什麼時候開始吵架的呢？

是謝成玉開始干涉他在官場上的事情？還是她聽說他為一個歌姬寫了首曲子？

崔玄碧剛步入官場時什麼都覺得新鮮，又正是新婚濃情密意時，所以外面發生什麼都會說給謝成玉聽。謝成玉極有見識，初時給了崔玄碧不少幫助和啟發，而在此過程中，謝成玉對政事也越發瞭解。

他們在一起探索未知時十分和諧美滿，而當兩個人都漸漸成熟，卻有了各自不同的政治觀念和處事風格，於是矛盾就開始了。

似乎是在生了小兒子之後，兩人吵架越來越頻繁。崔玄碧每做一件事情，謝成玉都能挑出不好的地方，否定了他之後，又給出一個完全不同的行事方法，崔玄碧承認有時候謝成玉的方法會妥當一點，但他年輕氣盛，只覺得謝成玉似乎隱隱要控制自己！

念頭一旦生成，就讓他越來越反感，每當再出現類似情況時，他便極力掙扎，有時候言辭鋒利，而謝成玉是個吃軟不吃硬的主，每一次都是更加犀利地奉還。

吵架的時候氣昏了頭，專門撿著戳心窩子的話說。惡語傷人六月寒，再堅硬的心，也禁不起一次次摧殘。

他們從針尖對麥芒到冷戰，中間有大半年的過渡時間。那會兒崔玄碧剛剛調任地方官，謝成玉隨他上任，當時漕運稅收偷稅漏稅嚴重，再加上幫派盤踞，簡直混亂不堪，他就想著表面虛與委蛇，暗中收集證據。這時候他與謝成玉的關係已經大不如從前，不會將所有事情都告訴她。

他剛剛上任，漕幫就派人送來許多珍奇寶物。

崔玄碧準備先假意收下安了漕幫的心，但謝成玉知道這件事後就堅決反對，說這是泥潭，若不從一開始就摘除清楚，將來會越陷越深。

其實崔玄碧心裡也有些猶豫，上一任刺史就是因為太清正廉明，剛剛上任三個月就被暗殺了，他可不想出師未捷身先死。幾番掂量，他暗中也留了這些人賄賂的證據，雄心勃勃準備做出一番政績。可是一切還未實施就遭到了謝成玉的激烈反對。

兩人關起房門吵了半宿，最後崔玄碧一氣之下將賄銀丟還給了漕幫，氣急敗壞地對謝成玉道：「等我死的那一天，妳別忘記是自己親手把我推下懸崖！」

這話說得誅心。

謝成玉覺得好心被當成驢肝肺，冷笑道：「我情願你留得清名死了，也見不得你變成禍害！」

「妳清正廉明，這個官給妳做！」崔玄碧氣瘋了，把身上的官服一脫，扔到謝成玉的腳下便轉身摔門而去。

接任這個刺史一職，前方可能是路，也有可能是懸崖，端看如何顯神通了！

崔玄碧之前就研究過，心裡自有一套完整的計畫，雖然失敗有可能會落下一個洗不清的汙名，但他做過周詳的部署，有信心可以用最短的時間肅清漕運的烏煙瘴氣。

可萬萬沒想到的是，第一個打擊他的人，竟然是他最信任的愛妻。

他有心想要解釋自己的計畫，可惜一吵起來，整個腦子都是懵的。最讓他傷心的是，一直以為心靈相通的妻子竟然不瞭解自己，更不信任自己！

謝成玉看著腳下的官服，氣得渾身發抖，她……也不過是想提醒他一句，他不領情就算了，竟然字字如刀！

秦淮河畔，女兒最是婉約多情。

崔玄碧帶了兩個隨從，穿了一身灰撲撲的布袍，從那個讓他窒息的家裡逃出來散心。

到處鶯聲燕語、熙熙攘攘，崔玄碧無心加入，忽聞畫舫裡一陣清淖的琴音錚錚，彷彿蕩滌天地濁氣，令他心有所感。

後來崔玄碧認識了彈琴的女子，寫了一首抒發心中鬱結的曲子讓她彈奏。

從此以後，那女子便經常彈奏此曲，久而久之，大家都知道這是刺史專門寫給歌姬的曲子。

此事被謝成玉知道後，氣得一口血噴在了繡架上。

之前無論他們怎麼吵架，謝成玉都能寫字繡花來使自己平心靜氣，表現得比崔玄碧還冷靜。有時候他憤怒之下去找別的女子發洩，她也顯得很淡定，可是這一回吐了血之後，昏迷了四、五天才堪堪醒過來。

謝成玉從小到大接受的教育，使得她從未萌生出獨占一人的心思，儘管有時候心裡會難受，但也明白大家族最重子嗣，因而在這方面通情達理，侍妾通房從來都是由著崔玄碧自己喜好。

然而，這次她深深感覺到了背叛。她可以允許他有其他女人，並擔負起照顧她們的責任，但在精神上，他必須只有她一個人。與他在同一條路上白首偕老的，也只能是她一個人。

持續幾年的爭吵，讓他們之間的距離越來越遠，謝成玉本就覺得灰心。此事一出，就彷彿證實了她的那些猜測，她和他從此再也不是互相擁有，她變成他的其中之一，儘管地位要高一些。

情深不壽，慧極必傷。

他已不再是那個羞澀的少年，他有了抱負，有了主見，有了自己想要走的路；而她還是一如當初般深情與天真，註定會被傷得體無完膚。

謝成玉是聰慧的，明白自己的深情無法抹去，再糾纏下去只會兩敗俱傷，於是她選擇了退出他未來的路，保護自己，也封存了不堪歲月的感情。

「祖父。」

崔玄碧回過神，轉頭看見對面那個瘦巴巴的女孩兒歪頭看著他，也不知來了多久了。

「凝娘，妳祖母她過得好嗎？」崔玄碧知道全族沒有一個人敢苛待她，也事事都由著她，可自己仍不能確定她過得好不好。

崔凝想了想。「祖母心寬著呢，萬事隨風過，從不留心上！」

「是嗎？」崔玄碧笑了笑。「她確實不是個小氣之人。」

唯獨對他那般斤斤計較。

其實他回來看過她的遺容便知她仍有心結，一個真正心寬的人，容顏一般不會衰敗得太快。

「祖父，孟瑤芳是誰？你真的與她情投意合嗎？」崔凝問。

她以為祖父不會回答，誰料他卻冷冷道：「一個活膩的女人！這等噁心東西，我眼又不瞎！」

被崔玄碧拒絕過的女人不少，但這麼不知所謂的還是頭一個，他作夢也想不到會發生這種事。

不管殺人的是張三還是李四，歸根究柢都是因為他把妻子留在老家多年，才讓別人生出了妄念。

崔玄碧一輩子遇到難處無數，唯一一個讓他不知該怎麼辦的人便是謝成玉。多可笑，兩個聰明絕頂的人，都把對方放在心裡最重要的位置，可一輩子都沒有學會如何跟對方相處。

「我去跟妳祖母說說話。」崔玄碧起身道。

崔凝識趣地沒有跟著。

老夫人去後，佛堂幽冷，她不願再待在這裡，便回了前院。

案情已經查明，崔家和謝家都按下了這件事，發喪時只說老夫人是壽終正寢。可是那個幕後凶手一舉得罪了崔、謝兩家，估計想自裁請罪都晚了。

崔凝走在小徑中，遠遠看見魏潛在與崔況說話，她心中納罕，魏潛跟一個六歲小屁孩有什麼好說的？

「二姊。」

崔凝正在考慮避開還是過去，不料崔況已經發現她了。

崔況老成地衝魏潛道：「魏兄親自與二姊說吧，我先行一步。」

眼見崔況腿雖短，倒騰得倒挺快，一溜煙沒了人影。崔凝上前問道：「你有事要與我說？」

魏潛罕見地有些侷促，見她眉目之間仍有鬱鬱之色，便道：「崔二娘子節哀，老夫人一生積德行善，佛祖定會庇佑。」

崔凝道：「謝謝。」

「咳，崔二娘子還傷心嗎？」魏潛問。

「傷心如何？不傷心又如何？」崔凝奇怪道。

「若是傷心，在下準備多想一些安慰之言說給妳聽。」魏潛正色道：「若是不傷心了，在下想說另外一件事情。」

老夫人過世，崔凝著實傷心難受，但一想到自己身上還擔負著師門生死，就覺得不應該消沉下去，此刻陽光照在臉上，溫熱明亮，讓她生出一種「天無絕人之路」的感覺。「有什麼事就直說吧。」

魏潛見面前的小女孩雖然一臉憔悴，眼裡卻有遮掩不住的生機和光彩，不禁放下心來，從袖中掏出一物遞到她面前。「這是崔二娘子的東西吧。」

崔凝垂眼看去，只見修長好看的手裡躺著一塊雙魚太極玉珮，下面還綴著紅色的絡子……

「這個……這個……」崔凝一下子結巴起來，臉上剛剛浮起的血色一點點褪去。

魏潛見狀不妙，立即攥起玉珮，低呼了一聲：「崔二……」

崔凝身子一晃，他長腿急向前邁了兩步，一把撈住她，掐住她人中。

崔凝緩了緩，漸漸恢復過來。

魏潛放開她。「能站穩嗎？」

「你從哪裡得來此物？」崔凝扯下腰間一模一樣的玉珮，又拿過魏潛手裡那一塊比對了半晌，區別不大。

為何忽然冒出來兩塊玉珮？

情急之中，她腦子反而靈光不少，想起他方才那一聲「崔二」，她像是被針扎了一樣跳起來。「踢我的人是你！」

怪不得吞吞吐吐！

「妳大概是那日看見小廝進屋裡去取茶葉，就誤以為那間是長信住的屋子吧？他不太喜歡喝茶，早將茶葉都送給我了。」魏潛得了好茶葉，才突發奇想去收集露珠來煮茶，而這件事情符遠並不知道。

他們三人裡面，魏潛煮茶最好，但最嗜茶的其實是符遠。於是他便沒有直言，只叫身邊的小廝去取了茶來。

魏潛承認自己確實有一丁點、一丁點想逗逗崔凝的想法，但料事如神的他，居然失算，真是作夢都沒有想到這個蘿蔔頭大點的姑娘，居然做梁上君子做得那般順溜。

當夜他半睡半醒之間瞧見帳上有人影，本能地一腳踹了上去，還沒有踢到的時候就已經明白來人是誰，只是一瞬間的爆發力太大，根本來不及收住，只能盡可能地撤去力道。

一個男人生生把個八歲小丫頭給踢暈過去了，說起來著實不光彩。

魏潛就著月色看著四仰八叉躺在地上的崔凝，匆忙之中還抽空想：連一句「卿本佳人奈何做賊」都說不出來。

說她是佳人，他下不去嘴。

後來，魏潛就抱著崔凝悄悄潛入凌策屋裡，費了好一番口舌，總算解釋明白——你表妹原是想夜探你的「香閨」，但因為白天那點誤會，她不小心進錯了屋，他又一時不察將人給踢飛了……所以兄弟你看，此事因你而起，黑鍋你就妥妥地背起來吧。

這件事情由凌策背著，對任何人都好，凌策也明白這個道理，就果斷攬了過去。

崔凝的玉珮落到了床與行李包裹之間，魏潛一直沒有發現。自打隱約聽說老夫人不好了之後，魏潛便開始收拾行李，打算等崔家發喪前拜祭一下老夫人就離開，這才發現了玉珮。

此時距離崔凝被踢暈已經過了半個多月，魏潛知道凌策對她印象很差，他就沒有再提起那天的事情，打算私下偷偷還給崔凝，順便解釋一下外加道歉，免得以後這表兄妹因此結下什麼仇怨。而且，他確實挺內疚的。

崔凝瞧著兩塊玉珮，只好安慰自己，有兩塊總比丟了強，反正肯定有一個是真的！

這樣想著，她很快冷靜下來，看了魏潛一眼，忽然靈光一閃，笑咪咪道：「你這一腳踢掉了我半條命，是不是很內疚？」

魏潛微微瞇起眼睛。「有點，不過我已經還了妳人情。」

「什麼時候的事！」崔凝瞪眼。

崔凝被牽扯進殺人案，也是魏潛願意替謝灝辦事的原因之一，幫她洗刷嫌疑，算不算還人情？可是魏潛看著小姑娘靈氣十足的模樣，不太忍心再提到那件事情傷她的心，只好道：「我內疚。」

「那你答應幫我一個忙！」崔凝眼睛閃閃發亮，看著魏潛，她隱隱覺得已經看見了神刀的影子！

這個人只花了一天就找到殺害祖母的凶手，請他幫忙找神刀應該更有希望吧！

「嗯？」魏潛覺得一個八歲貴族小娘子的事情能有多大？只是稍稍猶豫了一下便答應她。「若是在下力所能及，自會幫忙。」

崔凝正要說神刀之事，突然想起分別之前，二師兄囑咐她萬萬不能洩漏自己的身分，她與魏潛相識時日甚短，怎能將如此重要的事情託付給他？思及此，她訕訕道：「要不先記下吧，等我想好以後再請你幫忙，行嗎？」

「可。」魏潛痛快應下。

聽得他答應，崔凝便如得了承諾，連日來盤踞心頭的陰霾都拂去不少。

「這幾日我與長庚便要離開，這就向崔二娘子辭行了。」魏潛微微頷首，錯身離開。

崔凝忙回過身去，向他確認道：「我若是想很久很久，到時候你還能幫我嗎？」

魏潛腳步微頓，嗯了一聲。

「那要是想好幾十年呢？」崔凝道。

他往前走著，沒有回頭，崔凝豎起耳朵，聽見他又嗯了一聲，不禁雀躍起來。

魏潛莞爾一笑，隨即又陷入沉思。

次日，符遠與魏潛便結伴離開，而凌策則留在崔家等候家中長輩前來弔唁。

崔家發喪，短短數日，大唐泰半都知道了老夫人的死訊。

當年奪目一時的江左小謝，在嫁人之後逐漸斂了光彩，獨居佛堂近二十年，孤寂而終。

昔日絕代佳人不日便要歸於一抔黃土，令人唏噓。

謝成玉與崔玄碧怎麼看都是一對璧人，大婚之時，半唐男子皆買醉，半唐女子俱心碎。

這天底下能配得上謝成玉的男子寥寥無幾，能配得上崔玄碧的女子也著實不多，難得他們又互相愛慕，有情人終成眷屬。

只可惜，外面那些紛紛擾擾難以撼動他們之間的感情，可他們卻無從躲開自身的鋒芒，情越深，傷得越深。

第十章　父親

時日隨風而過，一晃眼崔凝已經在崔家待了五個月。

老夫人的遺體早已下葬，而整個崔府都還衣著素淨，又逢寒冬，更添幾分悲戚之意。

暮色。

外面天色陰沉，屋裡火盆燒得暖融融。

燈下，凌氏在縫製中衣。儘管眼下的情形不應該開心，但是一想到即將夫妻團聚，她實在難以掩飾眼中的光彩。「我算著時日，你們父親還有兩日便能到家，正能趕得上凝兒生辰。」

再有三日便是崔凝的生辰，因著老夫人新喪，不好慶祝。

而崔道郁兄弟幾個則因親生母親過世，都得辭官回鄉丁憂。

崔況與崔凝執子對弈，未曾接話。

在一旁繡花的崔淨嘆道：「父親也就罷了，大伯卻是有些可惜。」

崔道郁在長安混了這麼多年，才混上個八品監察御史；但他大哥崔道默乃是中書舍人，且早就聽聞明年升遷有望。

中書省參議朝廷大政，臨軒冊命。中書舍人有六人，官職不算太高，正五品上，然而是中書省的骨幹官員，掌侍進奏、參議表章、草擬詔旨制敕和璽書冊命，乃是天子近臣。六名中書舍人分押尚書省六部，並輔佐宰相判案。

「文士之極任，朝廷之盛選」，簡單來說，中書舍人乃是清要之職，沒有什麼實權，卻是國家重要官員儲備人選，若是能力出眾，以後可做三省六部的主官、副官，甚至宰相。這個職位是每個天下飽學之士都求之不得的一塊跳板。

這回家一丁憂就是三年，官場上局勢瞬息萬變，誰知三年後又是怎樣的光景？

凌氏對這些也只是粗略瞭解一些，平日更不喜掛在嘴上說：「莫胡言亂語，這些事情哪由得妳一個小孩子操心。」

「呵呵。」崔況撐著肥肥的臉蛋怪笑兩聲。「大姊都開始思春了，一點都不小。」

凌氏放下手中活計，瞪著他道：「你這孩子！待你父親回來我必會告訴他！」

「唉！」崔況半點也不怵，反而長長一嘆，關切地看著崔淨，語重心長地道：「夫妻之間，還是要像父親和母親這樣才能長久，像祖父和祖母那樣就不好了。」

「呸！小小年紀知道什麼夫妻之間，羞也不羞！」崔淨羞惱啐道。

「為什麼呢？」崔凝總沒有想明白有什麼區別。「是說兩個人不能都精明嗎？」

崔況見她問得認真，也就嚴肅地答道：「精明不精明有什麼關係？重要的是心性。」

凌氏悚然望著自己才滿七歲的兒子。「你、你都是哪裡聽來這些話！」

崔況早慧，平常又自恃是大人，不肯和幼童一起玩耍，經常往兄長們跟前湊，自然知之甚多。他此刻瞧著凌氏瞠目結舌的樣子，很是不悅。「兒子自幼聰明過人，知道這些有何奇怪。」

凌氏覺得自己滿腦門都是冷汗，這可糟糕了！盼星星盼月亮盼來個兒子，夫君在外打拚，臨走前千叮嚀萬囑咐要她好生教導，結果長歪了……

可再仔細一想，這也不算長歪，崔況在族學裡都已經和哥哥們一樣的進度，知道這種事也不算多奇怪吧！凌氏暫將此事記在心裡，等夫君回來，一定要與他好生說道說道。

「還有妳。」凌氏忽然想起崔凝剛剛說的話。「妳說不能兩個人都精明？」

「對呀！」崔凝一臉正色。「父親就不怎麼精明！」

這可是有根有據的，父親要是精明，能混了這麼些年還混不出個樣子嗎？

崔凝不知道崔道郁具體是什麼官職，但聽崔淨替大伯可惜都不替父親可惜，心想應該是個不值一提的小官。

她想著想著，便將「父親」二字在心裡來回念了幾遍。

之前崔道郁奔喪回家，忙得團團轉，好不容易一切落定，他又急急趕回去將手上要事轉託給同僚，再辭官返家丁憂。崔凝總共就見過他兩、三面，話都沒說上幾句。

這回崔道郁在家閒賦三年，以後肯定會天天見面，崔凝覺得又緊張又有點期待。

「時間不早了，你們姊弟快回去休息吧。」凌氏放下手中針線，催促三人去睡覺。

崔況不捨地看了看棋盤。

崔凝見狀，對他使了個眼色。姊弟兩人會心一笑，一塊出門去了。

天剛剛黑，周圍侍婢打著燈籠，團團護著他們。

崔況繃著一張團子臉邁著小方步跟在兩位姊姊身後。

崔淨奇怪道：「你不回屋，跟著我們做什麼？」

崔況原是覺得自己堂堂三尺男兒不便與女子混住，堅持要去前院住著，結果被凌氏無情駁回，至今還委委屈屈地窩在主屋旁邊的房裡。

「天色晚了，姊姊花容月貌，又是待嫁年紀，我不放心。」崔況道。

崔淨忍不住伸手去扯他肉乎乎的臉，捏了一把肉。「再胡扯！」

「噭噭噭——」崔況直叫喚，暗自腹誹「唯女子與小人難養也」。

崔凝見他眼淚汪汪的，忙將他拉過來，諄諄教誨。「哎唷唷，臉都紅了，以後要撿著好聽的說，女的都喜歡聽好聽的！」

崔淨氣結，一跺腳，小跑著離開了。

「姊怎麼了？」崔凝奇怪道。

崔況揉著臉，斜眼看她。「妳可真是隨母親。」

崔凝覺得凌氏溫柔大方，喜孜孜道：「剛教你說好話，你這就會啦，學得真快！」

崔況驚嘆，我的老天爺！就這樣的腦子竟然能下得一手好棋，真是奇哉！

兩人一進到崔凝的屋子，就迫不及待地擺上方才沒下完的棋局，繼續廝殺。下完一盤，已經過了半個時辰，崔凝下午吃得少，肚子咕嚕嚕叫喚。

崔況嫌棄地看著她。

崔凝不以為然，叫清心把茶點端出來吃。

崔況一向十分克制，除了三餐之外極少吃其他東西，此時見崔凝吃得香甜，忍不住也捏了一塊。他平時不怎麼吃甜食，現在吃起來竟然覺得挺好。

一閒下來，崔況便注意到屋裡的擺設竟然透出幾分古樸，不禁奇道：「二姊，我覺得妳換了個人似的。」

崔凝正在吞嚥口中糕點，聞言心中一慌，整塊都卡在喉嚨裡，憋得她臉通紅。

青心忙幫她捶後背，總算將糕點吐了出來。

崔況剛才不過隨口一句話，這會兒早忘到九霄雲外了。崔凝暗道自己實在太大意了！她與崔況在一起處著很舒服，竟然忘記他不同於一般小孩！

崔況又重新起了話頭：「二姊，妳已經休養了好長時日，母親昨日同老師說，再過幾日就讓妳回去上學。」

噉噉！這小孩怎麼這麼討人嫌，專門戳人軟肋。

「我忘記以前學的東西了。」崔凝道。

崔況咧嘴笑得特別燦爛。「母親說讓妳從蒙學開始。」

「啥！」崔凝猛地坐直，哈哈大笑。「太好了！我就喜歡上蒙學！」

一下子撲滅了崔況看熱鬧的熱情，他惆悵地揉臉。「真是不求上進，不知羞恥，以後出去萬萬莫說是我姊姊。」

「你懂什麼！」崔凝已經開始打起算盤，蒙學可以故意表現差一點，多上幾年，然後她就有大把的時間去尋找神刀的線索。

姊弟兩人吃完茶點，又下了一局棋才各自休息。

次日剛過午時，崔道郁便到家了。

崔凝被青心、青祿催促著換了身月白色衣裙，小小的髮髻上簪了幾朵指甲大小的淺米色小花，素淨可愛。

「妹妹，收拾好了嗎？」崔淨走進屋來。

崔淨也是一身月白衣裙，頭髮只用一根同色髮帶挽好，同樣是素淨，卻因身量細長而多出了幾分少女的清麗。

姊妹兩個互相打量一番，便笑著攜手往崔氏屋裡去。

崔況早已肅著一張臉站在屋裡應對崔道郁的考校，待對答完了一輪，崔淨和崔凝才到。

「父親！」崔淨歡歡喜喜上前欠身施了一禮。

崔凝跟著往前湊了湊，學著她行禮，也弱弱地喊了聲：「父親。」

她本是活潑的性子，可是面對陌生的父親，表現不出像崔淨那樣發自內心的歡喜。

「好，淨兒長高了，像個大姑娘了。」崔道郁笑著說道。

崔凝大著膽子仔細看主座上的中年男人，一襲素服，烏黑的頭髮用白色髮帶綸起，鬍鬚整齊漂亮，如劍的雙眉略顯鋒利，但是他目光清和，膚色白皙，笑起來露出整齊潔白的牙齒，兩頰還有淺淺的酒渦，令人一見便生親近之感。

「凝兒過來。」崔道郁招招手。

崔凝走過去，仰頭直愣愣地看著他。

崔道郁笑著抱她坐在自己的膝上。「可憐我的女兒，妳母親都同我說過了。」說著，一個大男人眼睛竟是微微泛紅。

崔凝嗅著崔道郁身上淡淡的青草香味，感覺到從他身上傳遞過來的溫暖，心情變得很好。原來這就是父親啊，跟師父、師兄們都不一樣的感覺。

崔況滿臉不贊同地看著他。「父親，二姊都是有未婚夫的人了，你這樣抱著她不好吧？」說著邁著小短腿過去。「你若是非想抱，我們彼此勉為其難地抱一下吧。」

方才崔道郁只是考校了他學的東西，並未親近，他這是有些不開心了吧？凌氏心中稍安，笑容更深，兒子還是有孩子氣一面的。

崔道郁哈哈大笑，一手撈起他讓他坐在另一條腿上。「小小年紀，整日擺著一張晚娘臉做什麼！一點都不像我。」

崔況道：「那您該去祠堂燒香拜祭祖宗庇佑，兒子要是像您，一輩子都看到頭了，拚死拚活就是個八品監察御史，攢了七、八年的錢到現在連房子都買不起，只能蹭祖父的宅子住，妻兒都得撇在老家。」

崔玄碧孤家寡人，後院也就兩個妾室，人口簡單，家裡僕人也不多，置辦的宅子雖然不大，但也足夠容納十幾二十口人，可他私心裡也想把兒媳婦留在老家，免得妻子一個人孤零零地住在老家佛堂裡。當然，若是兒子們有能力置辦宅子，他也不會攔著。

「唉！被兒子嫌棄了。」崔道郁嘴上感嘆，臉上的笑容卻一點沒少，可見並不計較被兒子揭短。

崔道郁的性子更像謝家人，瀟灑不羈，骨子裡卻自持矜貴，這也是他在御史的位置上一直不能更進一步的重要原因之一，以他這種性子，就算在御史的位置上待兩百年也難有什麼作為。

崔道郁摸摸崔凝的頭髮，心疼道：「凝兒，父親對不住妳。」

「我都好了。」崔凝拍拍胸口，想體現自己現在有多壯實，卻忍不住咳嗽起來。

「哈！」崔況笑了一聲，跳下崔道郁的腿，坐回自己的位置上。

「太瘦了，要多補補。」崔道郁道。

凌氏嘆道：「是啊，這段日子凝兒遭了多少罪！」

崔道郁點頭。

「郎君、夫人，要擺飯嗎？」侍婢在門口問道。

「擺飯吧！」凌氏道。

須臾，一家人去了飯廳。

桌上沒有什麼葷腥，但是一桌子素食做得十分精緻，令人一見便食指大動。

崔道郁把兩個女兒拉到身邊，一會兒給這個夾菜，一會兒給那個夾菜，間或與凌氏相視一笑。

崔況低著眼皮把自己餵得肚皮圓溜溜。

待上茶漱之後，崔況用帕子擦完嘴，開口道：「不都說父母最疼幼子？我真是你們盼了好些年才生出來的孩子？若是哪個叔伯家過繼的，你們同我直說，我承受得住。」

「你又胡扯些什麼？你這孩子，成日嘴上不帶把門的！」凌氏斥道。

「你一個男人，與女子爭寵，丟人！」崔道郁樂道。

崔況鼓著腮幫子。「男人也是您兒子，您確定要厚此薄彼？」

崔道郁哼道：「不就是夾幾筷子菜？斤斤計較。」

「罷了，她們早晚都是別人家的人。」崔況決定不計較。「您能多看幾眼就使勁看吧，尤其是大姊。」

崔道郁被刺了一下，每個父親對待女兒出嫁這件事都是心情複雜，何況他常年在外，與女兒相處的時間寥寥。

「我也不想這樣，但沒辦法，兒子太討嫌，一點都不招人疼。」崔道郁抿了一小口茶，餘光瞟了崔況一眼，見他眼裡一閃而過的委屈，不禁心疼，但並沒有立刻安慰，從現在起必須得讓他明白，什麼年紀該做什麼樣的事，還有該如何為人處世。

崔況會是今天這種性子，除了早慧，更因為父親常年不在身邊，沒有人引導他所致。

飯罷，一家人說了會兒話，崔道郁便把崔況單獨叫到書房裡，父子倆整整聊了一個多時辰。

晚上崔道郁回到房裡，見凌氏站在門口等候，屋裡橘黃燈光在她身周鍍了一圈暖暖的光暈，他頓時感覺渾身的疲憊湧了上來。

「夫人。」崔道郁握住她的手。

一進屋，他便從身後抱住她，頭埋在她的頸窩裡，兩人久久未說話。

「累了吧？水已經備好了。」凌氏動了動。

崔道郁中午回來的時候就已經洗過澡了，晚上只洗臉洗腳。「妳幫我洗吧。」

凌氏喚侍婢端水進來，把布巾泡在熱熱的水裡然後拿出來擰乾給他擦臉。

屋裡光線柔和，只有衣服摩擦的窸窣之聲，崔道郁坐在胡床上，凌氏站在他面前，細細為他擦臉，兩人目光相對，看見彼此眼中的思念和柔情。

「一起泡腳。」崔道郁道。

凌氏方才已經洗過，但並未拒絕，在他身邊坐下脫去鞋子把腳放進盆裡。

崔道郁握住她的手，沉聲道：「辛苦妳了。」

「有什麼辛苦呢？你這樣好。」凌氏說罷，臉卻紅了起來。

崔道郁見妻子羞澀的模樣，心中動情，卻因是孝期，只抬手撫了撫她散落鬢邊的髮絲。

「我想丁憂之後便辭官，尋別的生計。」崔道郁用腳趾搓搓她的腳心。「妳不會嫌棄我吧？」

凌氏受不得癢，連忙笑著把腳抬起來。「我可巴不得你辭官呢！御史盡是得罪人，你是個老好人的性子，看你這樣為難自己，我心裡難受得緊。」

她從前也說過這樣的話，明知道崔道郁根本做不好御史，卻從來不說不好，只說自己心疼。

「我對不住妳。」崔道郁眼中一澀，伸手抱住她。「不能給妳掙個誥身。」

凌氏回抱住他，微嗔道：「難道我當初是為著誥身才嫁給你不成？那些都是虛名罷了，那些一品誥身，也未必過得有我這般舒心。」

有則錦上添花，沒有也不遺憾。凌氏對於名利從來都抱著這種態度，她很清楚自己的夫君是怎樣的性子，他是為了這個家才步入官場，努力爭取，她看在眼裡疼在心裡，卻因怕打擊男人的自尊，一直沒想好怎樣去勸他，如今他能自己想明白是一件好事。

「其實你若不是因為運氣不好被安排去做什麼監察御史，也不會在一個位置上熬這麼多年。」凌氏頗為氣憤地道：「我夫君的才華比那些人好千萬倍！」

崔道郁捏了捏她的耳垂，笑道：「夫人真會安慰人！我心裡舒坦多了。」

兩人說了一陣子，便熄燈就寢了。

第十一章　何為門第

夜深。

崔凝睜著眼睛瞪著帳頂，怎麼都睡不著。

有初見父親的激動，也有滿腹心事。這些天經歷的事情太多，令她一時消化不過來，而最讓她憂心的是尋找神刀一事。

應該怎麼辦呢？

當務之急應該是要努力提高自己的能力吧。如果能變成像魏潛那樣的人，興許找神刀會容易許多？

可是如何才能變成他那樣的人？他以前從未見過老夫人的書架，卻連幾百本書中少了一本都能發現。崔凝以前屋裡也有十幾本書，曾經被三師兄偷偷拿走了一本，足足半年多她都不曾發現，若不是後來三師兄自己說出來，興許她這輩子都發現不了！

可是，那些都是她不愛看的書，她收藏一櫃子的小玩意，別說少了一個，動個位置她都能一眼看出來，因為那些東西她每日都要把玩好幾回。

這種事要熟能生巧？

也不對啊，魏潛明明是第一次看老夫人的書架……他說書架上的灰塵？
胡思亂想了一通，崔凝眼皮開始打架，思緒也混亂起來。

……

又在家自由自在地混了兩日，到了崔凝生辰。

崔凝師門裡無人在意生辰這回事，所以她從不知道每到這天還需要慶生，在她的理解裡，認為只有到年老時才需要做壽，因為多活一天都是賺的，所以要慶祝一下！

這天，崔淨與崔況也沾了光，不用去族學。

雖然並不隆重，但家裡氣氛很好。

吃完午飯之後，每個人都給崔凝送上了生辰禮。凌氏送了幾匹嫩黃色的緞子，崔道郁送了一套小玩意，崔淨送了她十二條親手繡的帕子，崔況則送了一副棋。

而族裡也有所表示，族長依照老夫人的遺囑，把佛堂的鑰匙送了過來，並附上一份財物清單。

從此以後，那個佛堂，包括裡面所有的東西都屬於崔凝了。

崔凝原本很開心，但突然收到鑰匙，她的心情陡然低落下來。

「妹妹這樣可是對不住祖母一片心意了。」崔淨過來安慰她道：「妳可知道那佛堂裡都有些什麼？」

崔凝抽了抽鼻子。「書。」

「還有祖母的嫁妝呢！」崔淨點了點她的腦袋。「以後呀，待妳出嫁的時候定是十里紅妝！祖母待妳如此，定是希望妳高高興興，妳若不領情，兀自為她傷心難過，她怕是也要難過的！」

崔凝以後要嫁作凌家婦，老夫人此舉，合族上下包括謝家都沒有任何意見。其實由此便可以揣度出，老夫人只肯在崔家留下一個名分和一座墳，她平生最耀眼的那些東西，最終不會留在崔家。

不過崔凝以往吃喝、衣物都是師門供應，從未花錢買過東西，也極少見到銀錢，心裡對這些沒有絲毫概念。

崔況撐著下巴。「真是不知所謂，妳想想明日就要去上學了，再對比一下今天收到這麼多東西，會不會覺得今天特別開心？」

「你這是在安慰我？」崔凝不確定地問道。

崔況點頭。

崔凝皺起一張臉。「我感覺更難受了。」

崔道郁嘆氣，昨天與兒子一個多時辰推心置腹的溝通，白聊了！

崔凝這廂心情還沒有調整好，猝不及防就到了第二日。

她，在家玩了五個多月，終究還是被拎去上學了！

但是……

這也太悲劇了！崔凝抱著幾本書站在先生旁邊，看著滿屋子五、六歲大的包子瞪著好奇的眼睛看她，那種感覺，真別提了！

崔凝在師門最小，每次都是跟比自己大很多的師兄們一起聽師父講道，如今突然一下子變成了最「鶴立雞群」的一個，這種差距，讓她難以言表。

先生簡單說了兩句，之後便讓崔凝坐到最後邊，跟著一群奶聲奶氣的娃娃背了好幾遍三字經……

這倒沒什麼，待到中間休息的時候，她終於明白了啥是真正的乳臭未乾，崔況那種，簡直是異類。

「凝姊姊，聽說妳失憶了？」一個頭上頂著兩個小揪揪的小女孩跑過來問她。

崔凝點頭。

其他孩子可能覺得有趣，很快都圍過來。

「什麼是失憶？」

「蠢貨，失憶就是忘記好多事。」

「嗚哇——你罵我，我要告訴先生！」

「你連這個都不知道就是蠢貨！」

「嗷嗷，誰踩到我腳丫丫了，嗚嗚嗚——」

「凝姊姊，妳什麼都不記得了嗎？我是小落。」

「啊啊，我是崔冰。」

「哈哈，小胖尿了！」

眼前眼淚與鼻涕橫飛，尿尿共長天一色，嗷嗷嗷的聲音能掀翻屋頂！崔凝興致勃勃，恨不能上去指揮一下。

也不知是誰推了誰一下，窩在一起的小崽子們橫倒一片，被撞到的孩子下意識就以為是旁邊人推的自己，扯住便開始扭打起來。

崔凝這才感覺到事態有點失控，忙上去勸架。

她會武功，但是不太敢對這些嫩乎乎白生生的包子們下手，只好憑著力氣去扯，可是包子力氣再小，架不住人多啊，只幾息的工夫她就被埋起來，臉上也不知挨了哪個小兔崽子一腳。

於是，上學頭一天，她就滿身狼狽地被遣送回府。

這一回真是震驚整個邢州。

因為崔氏族學裡不僅收本族人，還有附近州縣的其他孩子。崔氏一族出了無數高官，自然有很多人慕名前來求學，附近州縣的適齡孩子只要通過考試便可以入學，資質好的也不在少數，因此崔氏族學裡上上下下加起來有四百餘人，遍布周邊大大小小的州縣，甚至還有長安來的學子……

崔氏一族羞得快要無地自容，趕緊下令把崔凝關進佛堂，然後派了四個宮女出身的侍女親自教導。

來到這裡五個多月，三進佛堂，直逼崔家能夠容忍的底線。

可是崔凝本人表示很無辜，她也沒有做錯什麼事呀！

這一回同樣是在佛堂，可是再也沒有慈祥的老夫人引導，四個侍女都是二十五、六歲的老姑娘，那叫一個狠，一個動作做不對，戒尺直接打到身上！沒有完成每日教導的東西，連飯也不給吃。

這是族長親自吩咐的，只要不出人命，誰也不能說她們一句不是。

崔凝頭上頂著一本書，咬牙切齒地瞪著面前的侍女。前兩天她聽崔道郁說崔況「晚娘臉」的時候還不太有代入感，眼下看著那名侍女，感覺太直觀了！而且更可氣的是，她們好像都專門練過打人似的，一戒尺下來疼得眼淚都出來了，偏偏還不會傷到皮肉，最多第二天留下一點點印子。

那日族長親自出面，聲色俱厲地令她好生思過，可崔凝想了好幾天也沒有明白自己究竟犯了什麼錯，她明明是受害者！憑什麼說她有失體統，沒有規矩，不懂禮讓？

「娘子這樣的神情有些失態了。」侍女恭聲道。

崔凝撇嘴，要不是她現在頭上還頂著一本書罰站，她一定會認為侍女態度恭敬。

「娘子的晚飯……」

「心蕊姑姑，我知錯了，剛才是我不好。」識時務者為俊傑啊，雖然這些人不敢把她給餓死，但連著兩頓只喝補藥吃小米粥，膽汁都要吐出來了。

心蕊抬手取下崔凝頭上的書。「娘子坐下休息一會兒吧。」

崔凝正要歡快地撲向坐席，忽然想到這樣估計也算失儀，只好蓮步輕移。待她坐下，心蕊才跪坐在她身旁，給她倒了一杯水。

崔凝強忍住端茶猛灌一通的想法，端著姿勢小口抿了半杯水，依依不捨地放下了。

「娘子還是沒想明白族長為何罰您吧？」心蕊問道。

崔凝點頭。

「這次事情，奴婢聽說了經過，娘子上前去阻止小郎君們打架，只是被連累了。」心蕊道。

崔凝真想一拍大腿，這可算找著個明白人啊！

「可是！」心蕊話鋒一轉。「娘子身為姊姊，為何不能震懾弟弟妹妹？」

崔凝張了張嘴，那一幫熊孩子，憑她能震懾？還是要當場碎大石，嚇唬他們一下？

心蕊緩緩道：「娘子才八歲，缺乏威儀本是正常，您錯就錯在無自知之明，更不知禮儀為何物！您身為崔家女兒，需要把禮儀道德刻進骨子裡，那等情況既然無法控制，您就應該立刻請先生管制。」

這個……以往師兄們背著師父違反觀規，她從來都不會偷偷告狀，在她的認知裡，這是對師兄們的保護，所以那天一幫孩子掐起來，她沒有多想便上前插手了。

心蕊自是不知道這些，見她沉思，停頓了一會兒才繼續道：「娘子可明白何謂世家？」

崔凝搖頭，她要是明白，就不會三番四次地被關進來了。

「崔家一門，久遠的就不說了，僅開唐至今便有二十六位丞相、近百位三品及以上的官員，三品以下的就更是數不勝數。」心蕊看著她道：「娘子覺得這些加起來等於什麼？」

「不知。」崔凝只覺得崔家厲害。

「門第。」心蕊平凡的面上似有光彩，彷彿能在崔家做婢女是件了不起的事情。「先帝曾有幾次想要將公主嫁入崔家，但是崔家嫌公主不工婦德，直言拒絕。」

「真的？」崔凝吃驚。「那陛下可有治罪？」

心蕊微微一笑。「沒有，陛下只覺得遺憾。娘子以為崔家憑什麼有膽子拒絕這樁婚事？」

崔凝不笨，略想一下也就明白了。「因為門第。」

心蕊道：「對。門第，是先輩們用血汗堆積起來的。作為崔家人，即便不能像先輩們一樣，也必須要維護好這來之不易的一切，而最基本的就是要維護家族名聲。」

如果不夠出色，就本本分分、規規矩矩、小心翼翼，一輩子別出頭，別給家族抹黑。

正是因為崔氏門第這麼高，所以才有無數雙眼睛盯著，有一點丟人的事情傳出去就會傳得特別快。

想到老夫人曾說過「規矩如衣服」的話，崔凝忽然打了個冷戰，倘若她這件事情確實做得差勁，那簡直就像是踩著先賢的白骨和尊嚴、光著身子丟醜一般！

「怎麼辦？」她忽然有些心慌。

心蕊暗想，凝娘子似乎不是那種冥頑不靈的孩子，可是作為崔家女兒，都八歲了為何還會不明白這個道理？難道凌氏從來沒有教過？不對……崔淨就明白得很。

「娘子現在能明白還不晚。」心蕊安慰她道：「放心吧，族裡長輩會平息此事。」

「怪不得這次罰得這樣重。」崔凝喃喃道。

之前的事情被凌氏及時捂住，並未造成惡劣影響，族裡也沒有像這次一般反應激烈。

心蕊見她明白，索性就說得更清楚一些：「除此之外，還有娘子的婚事。夫人的娘家也是世家大族，兩家繼續聯姻，不論對凌家還是崔家皆是有百利而無一弊。族裡悉心教導娘子，並不是為了討好凌家，而是表示對兩家之間關係的看重。」

崔凝若是嫁入凌家，將來是宗婦，要擔起很多責任，倘若她的才德不足以擔當，凌家豈會沒有怨言？才德不足也就罷了，萬一還惹出事端，那就不是結親是結仇——你崔家敢把這等教養的閨女嫁過來，根本就是居心叵測！

像他們這種世家大族的宗婦，一般很少結娃娃親，哪個不是待到歲數到了之後四下打聽、千挑萬選才定下來的？當初凌家能同意這樁婚事，主要就是信任崔家。

天下兒郎，哪個不爭搶著娶崔氏女為妻？哪個家族不想與崔家結親？況且，女孩兒的生母還是凌家女，凌家當然信得過自家閨女的品行，這等於是雙保險。

要說原來的崔凝，也就是因為幼時身體弱，家裡不太敢讓她負擔過重，寵得厲害，因而性子活潑調皮，但規矩方面還是很能拿得出手。

而現在的崔凝是真正山野裡長大的孩子，不是說沒規矩，但那點微不足道的規矩放在世家大族裡可以直接忽略不計。

心蕊將其中的關係細細說罷，問道：「娘子可明白了？」

「明白了。」明白歸明白，可她不可能一輩子待在崔家，不然上哪兒找神刀去啊！

不過儘管她將來不打算留在這裡，也不會嫁去凌家，但她仍下定決心要好生學習這裡的一切，除了因為當初與祖母之間的約定，她也實在不忍心糟踐人家多少輩人的血汗。

「我以後一定好好學。」崔凝道。

心蕊自問有幾分看人的眼光，見崔凝並不是敷衍，一貫嚴肅的面容總算變得柔和。

崔凝肯配合，用心去學，她們教起來也事半功倍。心蕊心情好了，倒是為崔凝掬了一把同情淚，看族老們的架勢，估計這回不是十天半個月這麼輕鬆。

「娘子，郎君來看您了。」青心在門外稟道。

崔凝忙起身迎出去。

也許是因為不需要像做監察御史時那麼繃著，崔道郁看起來比以前溫和許多。

崔凝規規矩矩地施禮。「父親。」

「嗯。」崔道郁道：「妳們都下去吧。」

侍女們欠身，然後依次退下。

院子裡就剩下父女兩人，崔道郁臉上的笑更多了幾分活潑，他拉了崔凝的手坐下，從懷裡掏出一包東西。「我剛剛在萬豐樓包的茶點，最好吃不過，連長安的茶點都比不上。」

崔凝確實餓壞了，忙拆開捏了一個塞進嘴裡。

明明是一塊糕點，塞進嘴裡沒嚼幾下竟沒了，只留濃郁的奶香。

「好吃吧？」崔道郁見她傻傻的樣子，笑得眼睛都彎起來了。

崔凝吧答兩下嘴。「我還沒嘗出什麼味兒，再吃一塊。」

一包茶點，她感覺自己只嘗嘗味道就沒有了。

「下次再給妳帶。」崔道郁看看四周一派清冷的模樣，嘆了口氣。「這次連妳祖父都贊成讓妳在佛堂裡好生學學規矩，為父也是無能為力啊！可恨那幫小兔崽子連累我的閨女！」

崔凝見他義憤填膺的樣子，心裡那點鬱悶一下子便煙消雲散了。「在這裡待著很好呢，我也想好好學規矩，不然總是莫名其妙地闖禍。」

崔道郁抬手摸了摸她的頭髮，欲言又止。

「父親，我這次闖了大禍吧？」崔凝原不覺得自己有錯，可是聽完心惢的話，才發覺自己捅了一個不得了的簍子。

「事情說大不大，說小也不小，不過這點事情對咱家無關痛癢。族裡是怕我閨女長大以後弄出什麼兜不住的事情，哈哈！」崔道郁開玩笑道。

說到底，崔家是歷史悠久的世家大族，多少代人積累起來的榮耀和名聲，也不是崔凝區區一個八、九歲的女孩可以撼動的，只是對於家族來說，這種事情需要防微杜漸。

崔凝稍稍放下心來。

「凝兒，學規矩是好事，可是父親更希望妳快樂，現在如此，將來亦如此。」崔道郁猶豫了一下，還是問道：「妳願意嫁給長信嗎？」

崔凝愣了一下，旋即搖頭。「表哥不喜歡我，我也不想跟他成親。」

崔道郁笑笑。「將來若是嫁給他，必然有得妳累！當時拗不過妳舅舅的好意就答應了這樁婚事，那會兒覺得自己賺了，可是如今覺得真是錯得離譜。這件事情我私底下與妳祖父、母親都說過，他們都有意讓淨兒嫁過去，可是我不想。」

嫁過去勢必一輩子操勞，把一生都獻給家族，不管是崔淨還是崔凝，他都希望她們一輩子逍遙快活。

崔道郁年輕時覺得女兒嫁入凌家做宗婦是好事，可是當他壓抑自己的本性去做監察御史，而且一做就是八、九年，才深切地體會到那種痛苦，若非他天性灑脫樂觀，早就不堪承受。

監察御史官職低微，卻必須是由人品高潔、有才有德的人來擔任。崔道郁當上這個監察御史，就是因為他名聲太好了。

可惜的是，崔道郁人品高潔，但並不像別人想像中那麼剛直不阿。他在任上政績平平，雖沒有任何錯處，但亦無太大功績。他一直在竭盡全力地保證自己不會被打發回家，也不會升成御史。

因為作為一名御史，想中庸都不行。

「父親為什麼不想讓姊姊嫁過去？」崔凝想了一會兒。「我今早看了祖母寫的書，其中有一句話叫『甲之蜜糖，彼之砒霜』，反過來應該也一樣吧？父親和我都覺得不好的事情，姊姊就一定會不喜歡？」

崔道郁屈指彈了她腦門一下。「人小鬼大，我會讓妳母親問問淨兒的意思。」

崔凝捂著腦門噘嘴。

「妳說得對。」崔道郁湊近她小聲道：「我突然想起胡御史，那老頭兒做了十幾年御史，最喜歡彈劾人，鬥雞一樣梗著脖子，兩眼放光地揪著別人的錯處，要是有段時間風平浪靜教他找不出事來，就整日蔫蔫地提不起精神！哈哈哈！」

崔凝捂嘴偷笑，不知為何，覺得與他親近了許多。

父女兩個說了會兒悄悄話，崔道郁便離開了，臨走時答應明天還給她帶好吃的來。

崔道郁信守承諾，次日又帶了茶點過來，之後每天都換著花樣帶些小吃來看她，凌氏、崔淨、崔況也都常常過來陪她說話，所以儘管她只有過節的時候才可以離開佛堂，卻絲毫不覺得孤單。

崔凝其實很享受這樣的日子，唯一讓她牽掛的便是師門。

隨著她越來越明白事理，也越發清楚自己以前的想法多少幼稚，隨之而來的就是深深的迷茫和恐慌。每當夜深人靜的時候，她藏在心底的惶然不安便會悄然出現，這個時候，她就會想到魏潛。

只要想起他順著蛛絲馬跡找到殺人凶手，想起他從容地說出所有證據，讓凶手無所遁形，她就覺得還有一線希望。

足足一年過去。

崔家與凌家的婚事暫時沒有下文，但她已經將老夫人留下的書囫圇讀了百餘本。老夫人的書數量不多，卻種類繁雜，崔凝每看一本便覺得開了一回眼界。

在佛堂裡還有一個好處，就是老夫人雖然不在了，但從大書房借書的權利還是為她保留，不過可氣的是，她借關於刀劍、武功之類的書籍都會被無情拒絕，而且會被四個教導侍女加倍教育。

崔凝自己無所謂，凌氏卻心疼得不行，三番五次催促崔道郁去找公公求情，放崔凝出來。可崔玄碧把自己囚在一方院子裡，竟是誰也不見，崔道郁只好去找族長說情。

族長以四位教導侍女中，還有兩位對崔凝的行為舉止不夠滿意為由，推了夫妻倆的請求。

凌氏只好天天往佛堂裡跑，今日送這個，明日送那個，恨不能自己也搬進來住。

自從凌氏不需要親自教導崔凝禮儀，反而覺得四個侍女太過嚴厲，對崔凝百般縱容，母女倆的關係倒是越來越親近了。

了。

而這段時間，族裡對崔凝的態度也在轉變，剛開始十分嚴厲，到後來就不大過問了。

雖然是懲罰性質的禁足，可族裡從未阻止過家裡對她的照顧，哪怕凌氏多送了幾個伺候的侍女過來，也沒有一個人跳出來反對，到後來偶爾還會有族老出言關心她的學業是否能夠跟得上族學的進度。而崔凝提出想學香道，宗婦還特別大方地讓一位調香師過來教授。

這麼一看倒不像是禁足，而是對「差生」進行重點補習。

崔家對外宣稱崔凝與祖母感情深厚，當初小小的失態是因為悲傷過度，族裡依著她自己的心願，允許她在佛堂守孝三年。

崔家並不在意外人是否相信這個說法，只要三年後的崔凝是各方面都合格的貴女就行了。

而崔凝沒有令人失望。

第十二章　再出佛堂

三年一晃而過。

除服這日，早春陽光大好。

崔凝一大早便在青心、青祿的服侍下換了一套嫩黃綴藍的衣裙，坐在屋裡翻看《幽亭香譜》。

或許是因為練武的緣故，崔凝的聽覺比一般人要好很多，院子輕微的窸窣聲並沒有逃過她的耳朵。

崔凝側耳認真傾聽，發覺一個輕輕的腳步聲正在靠近。

須臾，一個少女悄悄探頭朝屋裡看。

崔凝猛地抬頭，衝著她咧嘴微笑。

崔淨低呼一聲，撫著心口走進來。「原來妳早就發現我了，反倒被妳嚇了一跳。」

「難得見妳這樣活潑。」崔凝笑道。

崔淨今年已有十六，生得面若芙蓉，雪肌玉骨，再加上她素來穩重得體，名聲極好，頗有當年江左小謝之風，求親的人快要踏破門檻了，可崔家半點不急。

崔凝正是抽條的時候，崔淨有一個多月沒見到她，便覺得與之前又有所不同。

崔淨年歲越長，學的東西便越多，除了要完成族學的課業，凌氏還給她請了好幾個師父，專門教授她刺繡、香道、廚藝等各方面的技能，而且凌氏這一年來漸漸將院子裡的事情交給她來處理，整日忙得腳不沾地。

崔淨瞧見地上擺著兩口大箱子。「這些都是要帶走的東西？」

「嗯，是還沒有看的書。」崔凝道。

「妳看了不少啊！」崔淨驚訝地看了看書架上擺放的幾百本書。「聽說妳還常常去族裡的大書房借書看？」

「我都是囫圇看一遍，有特別感興趣的便仔細看看。」崔凝把《幽亭香譜》放進其中一口箱子。「咱們走吧。」

崔淨聞言，便令幾個小廝過來抬箱子。

姊妹倆帶著幾個侍女慢慢走回家去。

路上，崔淨略顯惆悵地道：「再過幾個月，我便不用去族學了。」

「那不是挺好？」崔凝一想到自己多半要去上學，心裡便十分焦躁。

這三年裡的每一刻於她而言都是煎熬，只能強迫自己冷靜下來，面對現實。她告訴自己：離開的時候，師門正在遭受屠殺，她昏睡在崔家的那幾天，一切就已經成定局了。只希望逃過一劫的同門能夠堅持下去，撐到她找到神刀為止。

「妹妹！」崔淨輕輕扯了扯她的衣袖。「妳又走神了！」

「啊。」崔凝回過神來。「妳說到哪兒了？」

崔淨有些擔憂地看著她，終是垂下頭，沒有說話。

崔凝見她這種反應，好像明白些什麼了，於是揮手令侍婢都遠遠退開。「母親與姊姊說過婚事吧？」

崔淨身子一僵。

「是不是與淩……表哥？」崔凝笑著拍拍她的背。「姊姊不必擔心，表哥很討厭我，我也不喜歡他，若是整日低頭不見抬頭見，將來肯定要打起來。」

崔淨慢慢抬起頭，看著她道：「真的？」

崔凝迎著太陽，眼裡盛滿了陽光，臉頰上有淺淺的酒渦。「真的。」

「我還以為母親哄我……」崔淨長舒了口氣。「這些天一直在想，怕自己以後再也沒臉見妳了。」

「姊姊替我上刀山下火海，我才沒臉呢！」崔凝嘆息。

崔淨笑著捶了她一下。「哪像妳說得那樣！」

「這麼說來，是已經定下了？」崔凝高興地問道。

崔淨仔細看了看她，見她非但不覺得難受反而像解脫了似的，這才真正放心。

「一個月前定下的。」

在這之前，儘管父母都已經說過妹妹同意結束這樁婚約，可一個月來，她還是夜夜被惡夢驚醒，生怕是妹妹是被逼無奈才只好放棄。

崔淨一直覺得妹妹自打失憶以後就變得不一樣了，姊妹倆之間也不似從前那樣親近，萬一再因此事姊妹反目成仇可怎麼辦？

崔淨幾番思量之後，覺得伸頭一刀縮頭也是一刀，還不如早早告知妹妹，萬一妹妹怨怪，她也能早早彌補，總比一直瞞著她好。

「姊姊可得答應我一件事情。」崔凝小聲道。

「嗯？」

崔凝看看後邊離得三丈遠的侍婢，壓低聲音：「妳嫁過去之後，幫我把表哥的刀都給我送來吧？」

「為什麼？」崔淨先是不解，接著恍然大悟。「當初妳闖進客院莫非就是因為這件事情？」

崔凝點頭。

「可那是他的東西，萬一他不願意……」崔淨遲疑道：「怎麼辦？」

崔凝瞪眼。「我把親姊姊都嫁給他了，憑什麼還捨不得幾把刀？」說的好像在嫁自家閨女似的。

「呿！」崔淨臉刷的一下漲紅。「妳怎麼越發像小弟了！」

「他呢？」崔凝也有好些日子沒見到崔況了。

「被父親拘在家裡讀書。過幾日童子試，族裡有意讓他去試試。」崔淨道。

崔凝對崔況有一種盲目的信心。「他去考進士都夠了，還考什麼童子試！」

「真不愧是親姊弟，他呀，同妳說了一模一樣的話，結果被父親逮去祠堂裡反省了一天。」崔淨道：「我看父親就應該放他去考，好教他知道什麼叫天高地厚。」

「我去跟父親說！」崔凝一副看熱鬧不嫌事兒大的樣子。

兩人回到家裡，先去見了父母。然後，崔凝便迫不及待地跑去找崔況了。

春寒料峭，書房外幾個小廝舉著扇子趴在地上燒地龍。

崔凝推門進去，滾滾熱氣撲面而來，崔況四仰八叉地躺在胡床上，手邊的三足几上放著幾盤精緻的糕點，一杯乳白的羊奶冒著絲絲熱氣。

「二姊？」崔況一抬眼看見她，老太爺一樣地招了招手。「來吃點東西。」

崔況十歲了，在崔道郁試用了各種方法之後，依舊沒有變成活潑的小少年。

崔凝撇了撇嘴，捏了一塊糕點塞進嘴裡，順手搶了他的羊奶喝了幾口，才嘖道：「不就是考個童子試嗎？不知道的還以為你要頤養天年呢！」

「妳懂什麼？我雖然是個天才，但也要小心應對，免得陰溝裡翻船，教人看笑話。」崔況把糕點碟子朝她面前推了推，一手支著腮幫子。「後天我便要去考試，妳有什麼臨別贈言？」

「考個狀元回來。」崔凝塞了滿嘴的糕點，心裡覺得痛快至極，這三年整天在四個教導侍女眼皮底下，好久都沒有這麼放鬆過了。

「……」崔況無語地看了她半晌。

崔凝被他看得脊背嗖嗖泛涼。「祝你今年童子試，明年考進士。」

初唐時科舉有五十多個科目，後來慢慢精簡了許多，如今主要考明經和進士兩科。進士重詩賦，明經重貼經、墨義。三十老明經，五十少進士。可見進士要難考得多。

此時科舉還沒有特別複雜的制度，也沒有年齡限制，只要先通過童子試，取得考試資格就可以進入書院、貢院，再由書院和貢院推薦參加科舉。學院和貢院裡崔氏族人很多，所以考試資格這種東西，不過是走走過場。

崔家讓自家兒郎去參加考試，主要是想知道他們在同齡人之中究竟排在怎樣的位置。

「明年不考。」崔況認真道。

「咦？」崔凝疑惑。「為何？」

「約莫是沒人同妳說那件事情吧。」崔況往前挪了挪，與她道：「去年長庚兄參加科舉，一舉奪得狀元之位，今年則是長淵兄參加，明年定是輪到表哥了。他們三個特地錯開，應是想連續三年奪得狀元頭銜，我若明年去參加，豈不是正與表哥遇上？」

「你怕搶了他的狀元，令他難堪？」崔凝問道。

崔況瞥了她一眼。「二姊對我如此有信心，身為弟弟的我很高興，但是……妳當旁人都是吃乾飯的？」

「咳！」崔凝想想，也是失笑。「表哥看起來是挺有才的。」

「我只是輸不起。」崔況老成地摸了摸自己嫩乎乎的下巴。「像我這種天才，若沒有第一相配豈不可惜？凡事要得第一，不僅需要有實力，還得有策略。」

崔凝佩服地點點頭。「你說得好有道理，那你有策略了嗎？」

「目前的策略就是——避開實力強的對手。」崔況又懶懶地躺回去，打了個呵欠。「那些人比我多吃十年飯，我往跟前湊有些吃虧。」

崔凝道：「可是壓倒比自己年長的人不是更有成就感嗎？」

崔況翻了個白眼。「我又沒說二十年之後再考！」

「那你……」

「我五年之內挑一個合適的年頭考上狀元，然後回家娶個妻子，等生了長子之後，我先在家教養幾年，那時候我二十五、六歲，正好出去做官闖一闖。」

崔凝眨了眨眼睛，又眨了眨眼睛，眼前還是一個白生生的包子臉，距離「生子」、「教養孩子」這些事情，似乎還差得很遠很遠啊！

「妳覺得如何？」崔況問道。

「那……那個……」崔凝被他一番話震得暈頭轉向，好一會兒才反應過來。「你自己都是個孩子，知道什麼叫娶妻生子嗎！」

「妳以為人人都跟妳一樣笨？」崔況吧答一下嘴。「我已經看好了一個人選。」

「我的娘咧！」崔凝此刻簡直不敢直視自家弟弟。

門外偷聽許久的崔道郁聽到這一段，快要忍不住衝進去把這兔崽子拎出來狠狠揍一頓，小小年紀不學好，一天到晚想的都是些什麼！

「是哪家娘子？若是日後我見著了，好幫你看看配不配你。」

崔道郁聽見崔凝這樣說，心裡暗暗讚了一句，好閨女！

「是裴家三房排行第九的娘子，叫裴穎，還沒滿七歲那年見過她一回，長得又白又可愛，聲音甜甜糯糯，想來若是不出意外，應該不會太醜。」

不滿七歲！崔道郁握緊了拳頭，算起來，正是老夫人去世那年，之後家裡一直都閉門謝客，族裡也不曾接待過裴家人，應該是裴家前來拜祭老夫人的時候見的。

「天哪。」崔凝還是不能接受這個事實。

崔道郁忍不住破門而入。「凝兒妳先出去。」

「父親偷聽，不是君子所為。」崔況忙穿上鞋，以防萬一。

「你！」崔道郁隨手拿起案上的紫檀鎮紙。「你六歲便偷窺人家女孩，還好意思跟我談什麼君子！」

崔凝連忙跑出去，順手把門帶上，趴在門縫往裡面瞧。

聽著動靜很大，其實沒有幾下是打到崔況身上的，這讓崔凝放心不少。

凌氏和崔淨正過來，遠遠便聽見書房那邊劈里啪啦的聲音，忙加快腳步。到了書房門口，便見崔凝撅著屁股湊在那邊偷看。

「凝兒。」凌氏喚道。

崔凝忙站直，端出一副淑女的架勢，弱柳扶風般到了凌氏面前。「母親，父親正在教訓小弟。」

「怎麼回事？」凌氏微驚，以前崔況可從沒有把崔道郁惹得這麼大火氣！

崔凝小聲道：「小弟說看上了裴家三房的九娘，準備娶回來做媳婦。」

「啊？」凌氏心頭突地一下，她以前只覺得崔況有點少年老成，可作夢也沒想到老成到這種地步！

「就為了這點事情不至於大動干戈吧？」崔淨道。

「可能是因為小弟說，是不滿六歲的時候瞧上的？」崔凝聽見屋裡的動靜，忽然急道：「母親快去看看吧，父親真的揍他了啊！」

凌氏這時也聯想到崔況八成是在葬禮上偷窺別家女孩，這事若是傳出去……

「以後萬萬不得提起此事。」凌氏忙叮囑。

崔凝與崔淨齊聲答應。

裡面崔況終於被逮到扒了褲子揍了幾巴掌，咬著牙愣是沒出一聲。

「你可知錯？」崔道郁問。

「兒子沒錯。」崔況倔強道。

崔道郁被氣得又要打，但理智占據上風。「好，我便聽聽你有什麼理由。」

「先時見著裴九娘並沒有別種心思，是今年有了計畫，想起所見過的女孩，對比了一下，覺得她更合適一點罷了！」崔況看著崔道郁。「父親，我今年想著娶妻之事又不是今年要娶妻，有什麼不妥嗎？」

這倒是沒有什麼不妥。

「那你說人家小姑娘又白又可愛，聲音還軟軟糯糯。」崔道郁知道他並非小小年紀便思情慾，氣也就消了不少。

「人生來知美醜，兒子難道還分辨不出難看好看？」崔況哼哼道。

崔道郁想起他剛剛說過的計畫，心裡忽然酸楚難當，聲音微啞：「你說要在家裡教導長子，然後再出去做官……你，心裡可是怪我？」

以前崔況說什麼，崔道郁只當是頂嘴開玩笑，從沒往心裡去，如今見兒子小小年紀便思及此事，才知他有心結。

「以往我苦苦維持，打算另尋出路，以為自己是很識時務的人。」崔道郁頹然坐在床沿。「可是我將自己困在一處這麼多年才看清現實，況兒覺得父親很蠢吧？」

崔況看著他，目光慢慢變得不那麼倔強。

「我常問母親，父親何時接我們去長安，母親總是說待我再長大一點就去。」崔況緩緩道：「所以我想快點長大，我也想知道，為什麼要等我長大之後才可以去長安。其實，我很早就知道母親是在騙我。」

「況兒覺得父親很無能吧。」崔道郁口中苦澀，沒有哪一個父親願意在兒子心中是那種形象。

「小時候是那樣想過，不過現在明白了，父親若是不聰明也生不出我來。」崔況嚴肅道。

崔道郁使勁揉了揉他的頭。「臭小子！你現在也還小！」

「我看過父親作的文章，寫的註解。」崔況也並不是只靠那種荒謬的推測去辨別。

崔況在知道父親七、八年來都一直只是個八品監察御史之後，就一直拿著他的文章、詩詞做範文，他起初打心底裡認為父親的文章不好，如果自己連這樣的文章都超越不了，以後一輩子撐死也就是個八品監察御史，所以他一直拚命地學，拚命地想趕超父親。

待明白更多道理之後，崔況才愕然發現，原來並不是自己想像的那樣。父親的文章，甚至比先生們好千萬倍。

崔況第一次在人前露出迷茫的神色。「我還是不懂，父親明明很有才華，為何一直都……」

有前車之鑑，崔道郁這回可不敢說「等你長大就明白了」，他想了想，說：「人生遠沒有你想像的那樣簡單，你才十歲，不急，我日後慢慢與你說。」

這時門被敲響。

「夫君，父親讓你過去一趟。」凌氏方才攔住了小廝，待父子兩個說得差不多了才上前來叫他。

崔道郁出去，對凌氏道：「我方才下手有些重，你照顧好況兒，我去去就來。」

崔凝第一個跑了進去。「你沒事吧？」

「不礙事。」崔況站起來，整了整衣服。

「對不起，我剛才聽見父親的腳步聲了……」崔凝覺得特別內疚，她剛剛是想，若父親真的動手她再進來阻止，誰料說了幾句話的工夫，崔況就被揍了。

那打在皮肉上的聲音，她可是聽得一清二楚呢！可是後來她又被凌氏攔在外面不許進來，好在父親沒有再繼續揍下去。

崔況小聲道：「我也聽見了啊，他咬牙切齒的聲音那麼大，我又不聾。」

所以說這純屬是皮癢找抽嗎？

崔凝無語，真是白擔心了！

正院。

崔玄碧與崔道郁坐在茶室裡，屋裡並無下人伺候，崔道郁親自泡茶。

父子兩個面容肖似，只是崔玄碧看起來更嚴肅。

「前日聖上召我回去復任。」崔玄碧端著茶沉吟片刻。「撒了這幾年的網，是該收一收了。」

三年前，林娘的夫君涉嫌插手兵器買賣被入獄問斬，其家中女眷、子女全部充作奴籍，林娘不堪打擊，自盡了。

崔道郁知道這一切都是父親所為，那個痴心妄想的孟氏恐怕會死得更慘吧。

那個孟瑤芳，崔道郁也有所耳聞，極有才幹，生得貌美如花，聽說年輕時曾經訂過一門親，但不知什麼緣由被男方退婚了，後來她考上了女官，在朝中混得挺不錯，是許多男人的夢中情人。

大概她是從自卑變成自負，以為自己現在比其他女人強千萬倍，足以配得上這世間任何男子，只要沒有謝成玉這個障礙，崔玄碧沒有理由會拒絕她這樣一個出色的女人。

「不仔細查，還真是不知道，孟瑤芳這個女人的確不簡單。」崔玄碧嘴角扯起一個弧度，顯得冰冷而譏誚。

孟瑤芳跟許多官員都有些不得不說的故事，崔道郁做御史的時候也有所耳聞，不過父親說過這些事情不許他插手，不知現在為何又說起此事？

叫他過來，恐怕是有其他事情吧？

崔玄碧喝了一口茶，道：「此番上京，我想帶凝娘一起過去。」

崔道郁畢竟是崔凝的父親，此事一定要經過他同意才行。

「父親。」崔道郁繃直身子。「兒子捨不得。」

崔玄碧並未著惱，而是問了別的：「聽說你要辭官？」

「是。」

「以後準備做什麼？」

「想重新投官，做個地方學政。」以他的名聲才學，做個學政是綽綽有餘，雖然沒什麼太大的前途，但勝在自在。

「白鶴書院的山長年紀漸長，正尋合適的人選接任，我向他推薦了你。」崔玄碧放下茶杯。「你的性子做學政也不見得更好，去任山長如何？」

書院依山而建，因此院長也稱山長。白鶴書院不收蒙學的孩子，只收那些參加過科舉，抑或將要參加科舉的學子。

唐朝門第分明，從初唐至今，貴族占據了朝廷絕大部分官職，而一般出身的學子想要入仕僅憑科舉還不夠，必須得由那些有名望的人舉薦才能獲得官職。而書院任教者多是名士，那些沒有門路卻想走科舉入仕的人皆會選擇就讀白鶴書院，因而這裡也是人才聚集之地。

山長雖然只掛七品閒職，但實際上好處極多，除了俸祿豐厚之外，但凡是白鶴書院出去的學生都得喚他一聲老師。這可是名利雙收的好位置。

「多謝父親。」崔道郁歡喜之餘又有點鬱悶，自己在監察御史的位置上掙扎得要死要活，這位兵部尚書大人不管不問，這會兒為了帶走孫女才順便出手幫他一把，這可是自己的親爹啊！

崔玄碧望著窗外滿枝梅花，神情鬱鬱。「你性子像你母親，老大、老二像我，所以我知道他們要什麼；而我雖眼見你過得不痛快，卻不知該如何幫你。」

他已經與妻子鬧成這個地步，不想再父子反目。

崔道郁一直以為父親只幫兩個兄長，從來不幫自己，是因為自己更像母親，所以不得他喜歡，不想竟是這個原因。因為太看重，所以更加小心翼翼。

「你說，我與你母親為何會走到今天這地步？」崔玄碧回頭看向他。

崔玄碧覺得自己掏心掏肺，她還是不滿意，眼見著謝成玉從風華絕代到形容枯稿，他既心痛又迷茫。直到今天，他回首過去，發現倘若要讓她快活，他就必須犧牲自己很多追求，難道只有這個辦法嗎？

「父親大概很少說出內心感受吧？」崔道郁印象中，父親是個很沉悶的人，也一貫嚴肅，誰也猜不透他在想些什麼。「倘若您與母親溝通過卻仍舊鬧得這樣僵，那只能說明不合適吧。」

人的感情不會因為某一件事情說斷就斷，真正的決裂，只會因為生活上那些瑣碎堆積。

崔玄碧不語。

如果時光可以倒回，他可能還是情願選擇與她互相折磨，而現在他已無從知曉，她會不會做同樣的選擇。

「父親為何要帶凝兒去長安？」崔道郁問道。

崔玄碧答非所問：「也不知有沒有來生。」

難得與她這麼投緣的孫女，應該很像她吧。如果他學會與崔凝好好相處，是不是來生再遇見她便能彌補？

崔道郁看他染霜的髮，眼角的皺紋，比之三年前看起來整整衰老了七、八歲。

「你先回去準備準備，半個月後與我一同上京。」崔玄碧道。

「是，兒子告退。」崔道郁起身出去，陽光照在身上，這才覺得心情好了許多，父親整個人透出的悲傷彷彿能把人凍住一般。

回到屋裡換了身衣裳，便有侍女請他去用午膳。

院子裡的花草泛了綠意，距離老遠便聽見飯廳裡傳出的歡聲笑語，聲音最大的就屬崔凝了。

崔凝的笑聲很有感染力，令聽的人也不由自主地嘴角揚起。

崔道郁開始希望女兒能夠令父親開懷了，或許讓父親教導凝兒是個很不錯的選擇。

「父親快來！小弟皮又癢了。」崔凝看見崔道郁便揚聲道。

經過剛剛那件事情，父子之間的關係好像反而更好了一些，崔況也不記仇，見崔道郁坐下，便道：「您有空還是管管二姊吧，又笨又皮可怎麼辦！」

「你二姊這樣正好！就生了你這個討債的才令我頭痛。」崔道郁瞪他。

「你和母親不生兒子要出大事吧？我這麼懂事來救急，倒遭了嫌棄，唉！」崔況一邊嘆氣一邊搖頭，滿臉的表情好像都在操心「世風日下，人心不古」。

凌氏笑道：「你要是懂事，就不該來得這樣晚！」

「父親，方才小弟還在說那裴九娘生得怎樣水靈可愛呢！」崔淨捂嘴笑道。

崔況哀嘆。「就不應該把二姊給放出來，連大姊都被帶壞了。」

「吃飯，吃完與為父好生說說裴家娘子的事情。」崔道郁一臉不善，顯見不是談心這麼簡單。

崔況反而挺開心，好像被揍是件多有趣的事情一樣。

崔凝覺得妖孽就是妖孽，想法稀奇古怪。

飯罷。

崔道郁便把舉家要一起上京的事情說了，所有人都十分高興，就崔況一個人道：

「十年了，父親終於從八品升了七品，真是可喜可賀。」

「混小子！」崔道郁抓住他的衣領拎去了書房，父子倆又「談心」去了。

崔淨拉著崔凝，高高興興地回去收拾東西。

「姊姊，表哥家是不是在長安啊？」崔凝問。

凌策原來是崔凝的未婚夫，每次提起他的時候，崔淨心情總是有些複雜。

不過崔凝倒是一點也沒感覺，興高采烈地謀劃要怎麼得到他手裡的寶刀。「姊姊快給表哥寫一封信，讓他把寶刀準備好送到咱家，表哥當時答應了的。」

崔淨不記得妹妹有這麼喜歡刀，很想問問她真的是只想要寶刀嗎？

「姊姊！」崔凝扯扯她的衣袖。「妳在想什麼？」

「沒，沒什麼。」崔淨沉默片刻，還是忍不住問了一句：「表哥……答應給妳寶刀了？」

「是呀，可是當時是有交換條件的，他要我好生學規矩才會給我，姊姊樣樣都好，他現在可是順心了，誰知道還作不作數呢？」崔凝拉著她的手央求。「姊姊，幫我幫我。」

崔淨見她不像是裝樣子，越發奇怪。「妳怎麼失憶之後忽然就對刀感興趣了？」

「我也不知道呀。」崔凝有些心虛，但只要有一點找到神刀的機會，她都不能放棄。「姊姊，我是真的想找到一把合心意的寶刀，若表哥的刀不合我意，我就還給他，妳幫幫我吧，我琢磨他應該很喜歡妳，妳去說興許更容易點？」

「妳又胡說。」崔淨羞紅了臉。

「姊……姊……姊……」崔凝叫喚了一路，捉著崔淨的衣袖撒嬌。

「好了，我答應妳！」崔淨被她磨得沒有辦法，只好道：「妳得容我尋個時機再要吧？總不能直接寫信去問他要東西。」

「嗯嗯嗯，都聽姊姊的。」崔凝現在指著她嫁過去換刀呢，自然不會有什麼異議。「姊，妳可得上點心啊，我的寶刀全靠妳了。」

「妳快回去收拾吧！」崔淨把她推出屋子。「別杵在我這裡礙事。」

崔凝得了她的話，一溜煙跑走了。

回到屋裡，崔凝讓青心、青祿收拾，從佛堂裡帶來的東西還沒有整理，正好整箱拉走，只是以後還會回來嗎？要不要把佛堂裡的東西都搬走？

崔凝準備去問問父親，不曾想卻有人替她做了決定。

崔玄碧派人過來找她要佛堂鑰匙，要把所有東西都帶到長安去。

崔凝把鑰匙交給祖父後，就覺得一身輕鬆，成日東邊串串，西邊轉轉，沒有人比她更閒了。

青心見她又要出去，忙過去拉住。「娘子，沒幾天就要走了，今兒可不能出去，您快看看，還想帶上什麼東西？」

「妳看著收拾唄。」崔凝第一天確認自己第一次收到的生日禮物都帶了，其他就一概不管，她對衣服、首飾都不怎麼執著，有更好，沒有也行。除此之外，她最看重的就是老夫人留下的那些書了。

「我去找姊姊。」崔凝一想到以後不用拘在這個地方，彷彿一切都有了希望，有了出路，心底的那塊大石頭終於移開了一些。

青心一不留神，她便已經提著裙子跑出去老遠。

看著兔子一樣的背影，青心狠狠嘆了口氣。

崔凝到了崔淨屋裡，發現所有的擺設物品都已經收了起來，屋裡一下子顯得空蕩蕩的。

「進來。」崔淨見她探頭進來，便招了招手。「我正想這些花茶要不要包。」

「包著唄，又不重，而且長安的花兒也未必跟咱們這兒長得一樣。」崔凝有點想不通，屋子裡那麼大的物件都帶著，這點東西有啥好猶豫的。

崔淨笑道：「妳說得也對。」

「姊姊，魏家也在長安嗎？」崔凝問道。

崔淨動作一頓，湊到她身邊，笑問道：「妹妹問魏家做什麼？莫非……」

崔凝一點沒感覺到她話裡的曖昧，兀自愁道：「我之前學世家譜的時候特意仔細看了，發現沒有魏家。」

崔淨以為妹妹年紀還小，有好感而不自知，也不急於戳破。「倘若妳是想問魏長淵，他家並非世族，世家譜上自然不會有。」

「那他家在長安嗎？」崔凝問。

「他家呀……」崔淨故意拖了長長的尾音，見崔凝伸長脖子等著下文，不禁笑著解釋：「他雖然並非世族出身，卻是名臣之後，貞觀時魏相公的直系子孫。他祖父曾任禮部侍郎，父親如今是國子監祭酒，妳說他家在不在長安呀？」

崔凝聞言，瞬間高興起來。

崔淨也就好人做到底，仔細說了一下魏家的情況：「他上面有四個兄長，他是幼子。聽說魏夫人一直想生個女兒，卻連生了五個兒子，心裡可希罕女孩了呢！嫁到他們家的媳婦都與婆婆處得很好。」

其實崔淨還曾偷偷考慮過魏潛，魏潛年少有為，家裡又是這樣的情況，實在沒有什麼好挑剔的，只不過看起來魏潛不是好相處的人，有祖父、祖母的前車之鑑，崔淨也就打消了對他的一點小心思。

崔凝對這些一點也不關心，只要魏潛在長安，能時不時地請教他就夠了。

得到肯定的答案，崔凝更覺得去長安簡直是命運的轉捩點！

待崔況考完試之後，一家子終於浩浩蕩蕩地出發了。

直到這天，崔凝才知道自己被親爹給「賣了」，從今以後她就歸祖父管了！

崔況得知此事，看向崔道郁那個表情，就差在臉上寫四個字——賣女求榮！

崔玄碧除了稍微嚴肅一點，看起來感覺挺像崔凝的師父那一類人，崔凝對他並沒有惡感，所以小小地牴觸了兩天就順其自然了。

剛開始，崔凝與崔況興奮異常，跟打了雞血似的，晚上也不睡覺，瞪大眼睛四處看景，五天過去，兩人興奮勁過了，面色發青地躺在馬車裡。

無奈之下，只好找了個客棧休整一天，待兩人又活蹦亂跳後，才又上路。

就這麼走走停停，足足兩個月才到長安。

長安城門樓岳峙，宛若伏虎踞守，待進了城門，眼前一片開闊，中間是筆直寬闊的石路，路邊花紅柳綠，兩旁屋舍鱗次櫛比，街道上來往的行人衣著打扮光鮮亮麗，還有許多從不曾見過的東西。

崔淨與凌氏還好，雖覺得新奇，但仍舊自持，顯出世家大族第一姓的氣派。

崔凝則張大嘴巴，眼睛都不夠使。

崔況抄著手蹲坐在窗戶邊上，皺著眉頭，乍一看一臉苦大仇深，但再看那眼裡光芒熾熱便知道他在努力壓抑興奮。

估計是壓抑得太過頭了，結果剛到長安，崔況就病倒了。

而崔凝八成是興奮過頭，也發起了高燒。

兵荒馬亂地過了兩天，總算慢慢安頓下來。崔凝與崔況又活泛起來，在院子裡閒逛，把邊邊角角都看個清楚。

崔玄碧原來的宅子有十幾畝地，在長安這寸土寸金的地方不算小了，只留下正房空著，另有兩個小院子給妾室，其他都交由凌氏安排。正房與崔凝一家住的地方中間建了一道隔牆，有門可以通過。

三年前還沒有那道牆，崔道郁一見，便知道父親早就想好要讓他們一家都過來，心裡有些酸酸的感覺。

這時，崔道郁接到了族裡的來信，崔況在考試中毫無懸念地獨占鰲首，同時還收到幾位學政的聯名推薦信，把崔況誇得天上少有地上難尋。有了這封信，他在長安也可以隨便選擇去任何一家書院。

不過族裡還順帶提了崔凝，大意是——千萬要看好她，別讓她再闖禍。

教崔凝鬱悶了好一會兒。

全家都笑得不行。

晚上。

凌氏忙碌了一天，好不容易坐下來與崔道郁說一會兒話。「凝兒還小，妳是否要給她找個女學去讀書？」

崔道郁想想，道：「既然父親說要管她，想必自有打算，我明日去問問。」

「好，有父親做主，我放心不少。」凌氏嘆了口氣，垂眸道：「凝兒讓人操心。」

「會好的。」崔道郁輕輕攬住她。

第十四章　新科狀元

讓人操心的崔凝次日便歡歡喜喜地與姊姊弟弟一起逛長安城去了。

因著還是孩子，便沒有去逛魚龍混雜的西市，而是去治安相對較好的東市。

崔道郁考慮到東市物價較高，便給了兩百貫，只要不買貴重東西，這些錢足夠在那邊花費了。

馬車停在了一個巷口，他們覺得外面景致很好，便都下車步行。剛下車，便聞到撲面而來的桃花香中夾雜著各種美食的氣味。

夾道兩旁桃花開到荼蘼，入目一片粉白桃紅，微風一拂，落英繽紛，煞是好看，那些行人衣袂飄飄宛若行在畫中。

「我來之前都打聽過了，西市比東市好玩，可惜母親不許咱們去。」崔淨一邊興致勃勃地看景，一邊說道。雖是惋惜之意，但面上盡是高興。

崔況就像是食古不化的老叟，看著眼前的新鮮事物，並不像一般小孩子那樣表現得歡喜雀躍，而是小心翼翼地觀察，也興奮也想去接觸，但內心又有些矛盾想要拒絕，他是用冷靜的外表來掩飾環境突然轉變帶來的慌亂和不安。

崔凝迅速適應了長安的環境，嘰嘰喳喳地不停與崔況說這說那。

崔況聽了一會兒，終於不堪忍受。「二姊，我又不瞎！」

他們看見的難道不是同一條街？

「這麼多東西，我怕你眼睛看不過來。」崔凝嘿嘿笑道。

「非得一天看完嗎？」崔況與她拌了幾句嘴，竟並無往日那般不耐煩，反倒覺得安心不少。

兩人吵吵了一路，崔淨不理他們，兀自看得開心。

一行人逛得有些累，正準備找個酒樓進去大吃一頓，卻見酒樓茶館裡的人紛紛往外跑，一打聽，才知道前面朱雀街上有狀元遊街！

崔況一下來了精神。「沒想到已經揭榜了，今年魏兄參加，咱們去看看狀元是不是他！」

難得他也有對某件事情這麼感興趣的時候，崔凝和崔淨都沒有反對，便跟著人群一塊往前跑。像這樣的人潮最容易走散了！跟在身邊的家僕緊張得不得了，不禁打起十二分精神應對。

跟著人群在巷中走了半盞茶的工夫，眼前豁然開朗，風捲起滿地落英，紛紛揚揚似鵝毛大雪。

崔凝他們被擠在人群後面，只能看見漫天落花隨風飛舞，根本瞧不見街道。

崔況往四周看看。「咱們到酒樓上去！」

兩旁的樓上都站滿了人，只他們身後的酒樓人還不算太多，於是三人從人群中穿過，進了酒樓裡。

「幾位客官是要看狀元遊街吧！這會兒上樓候著正好！」小二熱情地招呼著，把他們領到了二樓靠街的一個雅間裡。「按照往年時間來算，狀元還有兩刻才能到得此處，客官不如先點了菜，小的讓廚房做著，待看完之後正好用膳。」

崔凝第一次到這種地方來，想起二師兄給她說的那些話本子，便開心地道：「揀你們拿手菜上來。」

「好咧！」小二眉開眼笑地退下去，不多時又給他們上了茶水。「這是前天剛從江南運來的新茶，贈予客官品嘗。」

說著給三個人各倒了一杯。「客官慢用。」

三人走了這許久，也著實渴了。崔淨抿了一口，撇開茶碗看了看，不禁微微驚道：「這家酒樓好生闊氣，這麼好的雀舌都捨得用來做贈頭。」

崔凝喝不出什麼味道，只覺得裡面放了好些香料，不如魏潛煮的清香好喝，反倒是屋裡的擺設甚是華貴好看，還有一些異域風情，看上去很別致。

歇了一會兒，就聽見外面街道上歡呼聲忽然高昂起來，三人連忙跑到窗邊向外張望。

只見寬闊的朱雀大街上，粉白桃花間有一行著朱紅袍服的人策馬而來。

朱雀街上平時禁止縱馬，只有當日奪得狀元頭銜的人例外。所謂遊街，並非是像犯人一樣慢慢地溜達，好教全長安的人見識他長得什麼模樣，而是為了令及第之人宣洩內心的喜悅，所以他們皆會揚鞭疾馳，瀟灑肆意。

正所謂，春風得意馬蹄疾，一日看盡長安花。

因街上的人多，馬兒的速度並不是特別快，崔凝清楚地看見為首的那名年輕郎君的面容在眼前越來越清晰……

魏潛身量比三年前高大很多，一張俊顏稜角分明，比三年前更加好看，然而那漆黑如淵的眼眸和冷冽的氣質竟一如從前。他的廣袖在滿是花瓣的風裡翻飛，朱紅的袍服映襯著白皙的皮膚，令他少了些許冷峻，多了一些灑脫不羈。

這樣一個青年才俊，如何能叫人不心動？

他的樣子漸入視野之後，人群就開始騷動，尤其是那些熱情奔放的女子。

「魏郎君！」

「魏長淵！」

無數女子尖叫。

崔凝也被感染，跟著一起叫：「魏長淵郎君！魏長淵郎君！」

魏潛原是覺得刺耳，眉頭皺了起來，不妨竟聽見熟悉的稱呼，他控制胯下駿馬放慢一點速度，抬頭朝聲音來處看去。

兩人相距也不過七、八丈的距離，他一下子就找到了那個正手舞足蹈的女孩。

她已初顯少女模樣，瘦長的身條，巴掌大點的臉，乍一看上去春柳一般纖柔青澀，似乎並不起眼，要第二眼才瞧出她的五官居然生得十分精緻。

崔凝發現魏潛看過來，喊得越發賣力了：「魏長淵郎君最厲害！」

簡直不忍直視！崔況默默捂住臉。

魏潛瞧著她活潑的樣子忍俊不禁，笑著一揚馬鞭，從她眼前疾馳而去。

狀元已走，街上圍觀的人群很快就散了。

這時飯菜正好上桌，姊弟三人看著滿桌子精緻的菜肴，竟一時不知從哪裡下筷子。

他們平日在家裡吃得也很好，但這裡的每一道菜都像精雕細琢過似的，若不是散發陣陣誘人香氣，都覺得這是用來觀賞的擺設。

崔凝驚訝了好一會兒，才伸出筷子小心翼翼地夾了面前一道菜，肉入口中，似乎不用嚼就化開了，滿嘴都是肉香，肥而不膩。

崔淨原認為會肥膩，但見崔凝兩眼亮晶晶一副陶醉的模樣，也不禁夾了一塊送入嘴裡。

三人本就有些餓了，再遇上這樣的美味，吃得相當暢快，還賞了身邊侍婢幾道菜，讓他們在旁邊的几上用飯。
「呼！」崔凝摸著圓滾滾的肚皮，滿面饜足。
略坐了一會兒，崔淨便喚來小二準備結帳。
「客官，一共是一千二百六十貫。」
他話音一落，滿滿的尷尬就充斥了整間屋子。
還是崔況機靈，說道：「一會兒你們派人到兵部尚書崔家去取吧。」
「原來是崔尚書府上，小的先恭喜大人復職了！只是不知小郎君是？」小二依舊是笑咪咪的模樣。
「崔尚書的孫兒崔況。」他道。
小二忙道：「請恕小的眼拙。既是如此，小郎君只需留下字據即可。」
說罷便叫人拿紙筆來。
崔況字寫得不錯，大筆一揮，寫了一張一千二百六十貫的借據。
小二小心地收起，恭敬地送他們出了酒樓。
三人站在朱雀大街上，午後的陽光最是熾烈，他們卻只覺得渾身涼颼颼。
「怪不得他們樓上人這麼少。」崔淨臉色有些不好看。他們家雖說是門第很高吧，但沒誰規定門第高就是有錢人啊！也不是出不起這錢，可一千兩百貫對於他們來說，真不是一筆小數目。

「早知道就在他們毯子上使勁踩幾腳。」崔凝咬著帕子，五臟六腑都在疼。「還剩了那麼些菜，得值好幾百貫吧……」

「瞧你們倆那沒出息的勁兒，不就是一千多貫。」崔況嘴裡不屑地哼哼，心裡卻想，這回恐怕屁股又要遭殃了。

三人沒有多大心勁玩了，畢竟他們還從沒有這麼大手筆地吃過一頓飯。

沉默著走出百來丈，忽聽身後有個清朗的聲音道：「可是崔家小弟？」

崔況回頭一看，原來是符遠！

他一襲青衫，眉目朗朗，笑容溫和明亮若春末午後的陽光。

於崔凝而言，他比起三年前更加有二師兄的風姿了。

「這東西崔小弟收回吧。」符遠從袖中掏出一張字條，正是崔況方才在酒樓裡寫的那張。

崔況沒有伸手去接，皺眉道：「符兄花錢贖了來？」

他情願回家被揍一頓，也不願意在人前丟這個臉，他的臉皮可薄嫩得很。

「也不算，那間酒樓是我和長淵幾個人一起開的，我恰好看見小二拿了這張字據，這才追了出來。」符遠道：「幾位遠道而來，我應盡地主之誼，我們也算舊相識，崔小弟不會拒絕吧？」

崔況還在猶豫，崔凝已經眼疾手快地把字條拿回來。「哎呀，怎麼會，你太客氣了。」她並非是臉皮厚，只是覺得符遠十分親切，面對他很放鬆。

符遠微微笑道：「三位可急著回家？若是不急，不如喝杯茶敘說別來之情？」

崔況幾乎是逃似的出來，哪還好意思再進去，抱拳道：「不了，今日還有事，改日我定下貼請符兄來鄙府作客，屆時還請符兄賞臉。」

「一言為定。」符遠亦認真抱拳回禮。

別了符遠，回到家中。

崔淨還是把誤入天價酒樓的事情與父母說了，畢竟這麼大一筆錢，怕是欠了好大的人情。

崔道郁倒是沒有生氣，只是開玩笑似的囑咐他們：「日後朱雀街上的店可不能隨便進，你們三個若是一年進個十回八回，咱家可就要砸鍋賣鐵了。」

「日後要如何回報符郎君？」崔淨已經來來回回地檢討好幾十遍了，她對自己今天的表現很不滿意。

「他又不是做善事，怎麼不去請旁人吃飯？那是因為咱家當得起他請吃一頓飯！」

凌氏看出崔淨的心思，也沒有責備，反而教她如何處理這樣的事情。「況兒不是說要邀請符郎君來家裡作客嗎？下帖的時候順便備一些禮物表示感謝，若是有意與他來往便不需送太重的禮，否則人家會以為妳要劃清界限呢！」

「嗯。」崔淨點頭。

凌氏看向崔凝。「妳也聽明白了？」

崔凝已經昏昏欲睡，冷不防地被凌氏一問，也不知她說的是什麼就連連點頭。

「明白了，母親說得很有道理。」

凌氏瞧著那睡眼惺忪的模樣，無奈地摸摸她有點嬰兒肥的臉，吩咐青心、青祿帶她回去睡覺。

崔凝興奮了一整天，回到屋裡洗漱之後倒頭就睡。

次日竟是一直睡到天色大亮。

待洗漱完之後，崔玄碧便派人過來讓她一道用早膳。

崔凝這才想起來自己以後要抱上祖父的大腿了，忙整理了一下，顛顛兒地過去了。

崔玄碧似乎習慣獨處，飯廳裡只有他一個人，連兩個妾室都不在。

崔凝一進去便覺得他一個人坐在屋裡顯得形單影隻，像極了喪偶的大雁。

「祖父！」她脆生生地喊。

「坐吧。」崔玄碧道。

崔凝在他身旁坐下，規規矩矩地開始吃早飯。

崔玄碧用完一碗粥，開口道：「無需拘束，我不會管妳那些規矩。」

崔凝大喜，衝他咧嘴笑。「謝謝祖父。」

她碗裡的是羊奶，喝的時候在嘴巴上沾了一圈，饒是崔玄碧一貫嚴肅，看著她這滑稽模樣也不由得露出笑容。

崔凝見他笑了，心想祖父私底下也不是那麼嚴肅嘛！想必那時候是因為祖母過世，他心情不好吧！

這麼一想，她就不再懼怕，吃完飯之後便主動問起自己以後的安排：「祖父，我還要去上學嗎？」

「我給妳物色了幾間女學，名聲都不錯，妳可以擇一入學。」崔玄碧見她小臉垂下來，分明是一臉的不願意，便道：「妳可以先適應長安的生活，之後再入學，不過必須得先挑一間，我好安排。」

「都有哪些呢？」崔凝自知逃不過，便乖乖地順從。

崔玄碧打量她幾眼，令人將幾間女學的情況介紹拿過來。

共有四間學舍，看起來大同小異，崔凝便隨手指了一個。

「妳自己選了便不可後悔。」崔玄碧道。

崔凝一聽他這樣說，連忙問道：「這間有什麼不好嗎？」

「懸山書院並不以考女官為目的，相對來說課業輕鬆一些，但離家最遠。」這就意味著她天不亮就要出門才不會遲到。

崔凝覺得很滿意。「就這個，這個好！」

「善。」崔玄碧道。

「祖父什麼時候去上朝？」崔凝問。

「後天。」

崔凝大致知道官員平時有沐休，其他就不甚瞭解了，也不知道該與祖父聊點什麼。

崔玄碧沉默了片刻，問她：「妳平日都有些什麼消遣？」

「調香、撫琴、下棋。」她慎重地想了想，好歹沒有把喜歡嗩吶這件事情加進去。「還喜歡收集小玩意。」

前面三樣都是他髮妻平日最愛的消遣，崔玄碧表情柔和不少。「收集什麼樣的小玩意？」

「竹蜻蜓、小馬車這樣的。」以前在師門的時候能玩的東西很少，二師兄最喜歡給她買這些。這些小玩具幾乎是她整個童年。

想起從前，崔凝又挑了一些自認為可以說的事情，絮絮叨叨地說了一堆。

崔凝見祖父沒有半點不耐煩，聽得十分認真，心中對他的印象又好了幾分。她覺得祖父只是不愛說話，其實人很好。她不知道祖父與祖母之間發生了什麼，只是覺得他們倆各自過得都很孤獨，很可憐。
兩個人聊了一早上，主要是崔凝在說，崔玄碧在聽。
她一直忍著不提祖母的事情，可是說來說去，最終還是忍不住問：「祖父，您替祖母報仇了嗎？」
突然而至的話題，令崔玄碧微微怔了一下。
「報了。」他道。
可是報仇也只是讓活著的人心裡舒服一點罷了，無法挽回什麼，他連為她做最後一點事的機會都沒有。
崔凝見他神色黯然，決定以後再也不在祖父面前說這些。
「祖父，我以後能出去玩嗎？」崔凝最關心這個問題，她要去找神刀，肯定不能一直待在家裡。
「可以，不過每次出門都要先稟告妳母親。」崔玄碧心情低落，沒有心思再說下去。「妳先回去休息吧，以後每日早飯過後到我書房裡來。」
「我想與祖父一起用早飯！」崔凝想起方才看見他獨自坐在屋裡的樣子，就覺得很心酸。
「好。」崔玄碧隨口道。
崔凝得了回應，便起身退出去。

離開崔玄碧的院子，她快步往崔淨那裡去。

出門的頭一天就遇見了魏潛與符遠，長安城好像也不大嘛！可是那個手裡有寶刀的凌策呢？

她走得很急，但是到了崔淨的門前又徘徊起來，心裡猶豫，有些害怕知道結果。

崔淨早就看見她的身影，在屋裡等了好一會兒也不見她進來，便出來問：「妳在門外轉什麼？還不快進來。」

「姊姊。」崔凝跟著她進屋。「妳可曾寫信？」

崔淨沒想到她還念著這件事情。「不是說要找個時機嗎？」

崔凝眼睛一轉。「小弟不是說要邀請符郎君來咱家作客嗎？不如一併請了表哥和魏長淵郎君？」

「魏長淵郎君……」崔淨學著她昨天的樣子。「魏長淵郎君最厲害！」

「妳笑話我！我才沒有那麼好笑。」崔凝追著她撓癢癢。

姊妹兩個妳追我趕，笑作一團。

「好了，妳自己去同小弟說，我才不管！」崔淨怎麼好意思去提，崔況多麼愛揭短啊！

崔凝沒考慮到那一層，只覺得自己去說也沒有什麼。「那我去啦！」

第十五章　哪一把是神刀

崔況的毒舌在崔凝身上完全失效，為了找到神刀，她連命都能豁出去，別說聽區區幾句不中聽的話了。

崔況原就想請凌策，端夠架子後便答應了。

三人那邊很快回貼，均答應赴約。

崔淨聽崔凝喜孜孜地說事情辦妥了，心裡還有些吃驚，魏潛乃是新科狀元，最近一段時間必定很忙，居然肯在百忙中抽空赴這樣一個小宴？

說是宴會，其實是私人聚會。不過，畢竟是來長安之後的第一遭，凌氏準備得十分用心，低調而不失隆重。而凌氏之所以這麼用心，主要是為了崔況。

以崔況的心智，無法和同齡人打成一片，像他這樣的孩子本就不容易交到知心朋友，如今初到長安他肯定無所適從，若有這三位帶著，凌氏也能放心不少。

到了宴客這一日，凌氏便撒開手，一切都交給崔況自己處理。

這是崔況第一次以自己的名義宴請朋友，心裡十分激動，面上就更加嚴肅了，頗有種如臨大敵的架勢。

事實上，真正有見識的人很難把崔況當作什麼都不懂的稚子，儘管他缺乏生活閱歷，但讀書博雜，才思敏捷，即便有不懂的事情，只要稍一點撥，他很快便能意會。凌策、符遠和魏潛都未曾覺得和他聊天會有障礙。

崔況也發現三人都不把自己當成小孩，很快就放鬆下來，自然地與他們聊天。

幾人先去拜會了長輩，然後便聚在臨水亭裡喝茶休息。

聊了一會兒，話題自然就轉到了崔凝姊妹身上。

凌策從袖中掏出一張禮單交給崔況。「這是我收藏的所有寶刀，表弟幫我轉交給二表妹吧。」

他「二表妹」三個字一出口，其他人都哧哧笑了起來。

崔凝滿臉嚴肅地說「我就是二表妹」的形象太深入人心了。

「她整日惦記這個呢。」崔況沒有跟他客氣，直接將單子揣進懷裡。「近些天又哄著大姊給你寫信討要，你再不送來，大姊可要愁白頭了。」

「她沒有記恨我吧？」退婚對一個女子來說是一生抹不掉的汙點，凌策心裡頗覺得對不住崔凝，所以便捨了心愛的寶刀，希望能夠彌補一些。

「記恨？」崔況啜了一口茶。「我看，她八成得以後沒人要的時候才會想起來記恨。」

「表妹心性好。」凌策道。就算還有婚約的時候，他也從未覺得崔凝的性子不好，只是認為她擔不起宗婦的責任。

崔況道：「傻人多福。」

躲在假山後面的崔凝聽見這話，氣得哼哧哼哧。方才聽見凌策把寶刀交出來的時候崔況半點沒有推辭，她便在心中暗讚，可沒說三兩句就又開始損她。崔況就是有本事讓人前一刻欣喜不已，下一刻就想揍他。

「走吧。」崔淨覺得自己真是瘋了，居然跟著她一塊來胡鬧，不過遠遠看見凌策，發現他比以前更加好看，心裡又覺得不虛此行。

「崔大娘子快十六了吧？恭喜長信了，總算不用再苦守五、六年。」符遠笑道。

崔凝轉身要走，發覺崔淨還愣愣站著，扭頭一看，她臉紅彤彤的，一直到脖子都還能看見紅暈。

凌策但笑不語，他心裡對崔淨也十分滿意，卻不好表現得太過高興，畢竟他的滿意，是建立在與另外一個女孩解除婚約的基礎上。

崔家早在兩年前，就與凌家暗中透露過想要換人的意思，當時家裡問及凌策對崔凝的評價，他說是個很好的姑娘，只是活潑天真，不太適合做宗婦。再加上凌家也不太願意讓凌策等到二十五、六才成親，故崔家透出意思的時候，他們沒有反對。

但三年前崔凝剛剛鬧出一件不太光彩的事情，若是突然又被退婚，別人會怎樣看她？所以崔家不願意立刻解除婚約。如今凌策馬上要二十歲，而崔凝才十一、二歲，兩家便以當初考慮不夠周全，兩人年歲相差太大解除了婚約，然後又訂下了崔淨。

「你們兩個都比我大，家裡就沒有安排相看過？」凌策把話題轉到魏潛和符遠身上。

符遠乃是左僕射之孫，其父是武將，在他幼時便戰死沙場，母親在生他之時難產而亡，他是由祖父一手帶大，婚姻大事也由祖父操持。

符家嫡系就剩下符遠這一根獨苗，又這般出色，符相簡直覺得天底下的女子都配不上自家孫子，挑挑選選好些年也沒覺得哪個好，再加上符遠一直沒有中意的人，便拖到現在。

「我家那老叟正生悶氣呢，半年前剛說崔家淨娘子不錯，結果就成了朋友妻。」符遠懶懶地倚在亭欄上，手裡拈著一枝開敗了的桃花別在耳朵上。「這樣許是能招來幾朵桃花運？」

崔況很殘酷地指出。「那是爛桃花。」

崔凝探頭，看著戴花大笑的符遠。他青衫落拓，蕭散疏闊，那枝花隨著他的動作花瓣全都飄落在肩膀上，耳上只餘枝葉。她從來不知道，原來男子戴花也這般好看。

「你還嫌自己爛桃花不夠多？」凌策笑著把枝葉取了下來，看向魏潛。「你呢？伯父不會也看上我未婚妻了吧？」

魏潛彷彿渾身都散發著禁慾氣息，與這個話題格格不入。「我家裡不急。」

他上面四個兄長，家裡孩子一堆，他又沒有傳宗接代的壓力，相對來說要自由一些。

「你就不急？」凌策開玩笑道：「反正我早急了。」

魏潛道：「年紀輕輕何必把精力浪費在床榻之上。」

「長淵兄說得有理。」崔況道。

三人頓時一靜，覺得玩笑開得太過了，居然忘記這裡還有個十歲的崔況。

假山這邊，崔淨的臉已經紅透，剛剛想留下來只是聽一聽凌策對她的評價，誰知道他們忽然說到這麼露骨的話題！

「魏長淵郎君很有前途。」崔凝點頭。

崔淨正心虛，忽聽她出聲，連忙伸手捂住她的嘴，拽著她離開。

直到內院，崔淨才鬆開她，坐在石凳上休息。

「我還以為他們聚在一起會吟詩作賦。」崔淨覺得跟崔凝在一塊，禮儀規矩統統碎裂，到現在還不敢相信自己偷聽了郎君們聊那種話題。「妳方才說什麼？」

「我說魏長淵郎君很有前途啊。」崔凝道。

崔淨疑惑道：「此話怎講？」

崔凝的師門並不反對陰陽雙修，但更提倡獨自苦修參悟，認為這樣得來的修行不容易被外物影響。崔凝自然不能同崔淨解釋這些，支吾了半晌，道：「我就覺得他有前途。」

崔淨以為她害羞，遂未曾再問。

午飯過後。

崔凝叫上崔淨一起去找魏潛他們，崔淨想起早上聽到的話就無法坦然面對，於是推辭有事，待在屋裡平復心情。

崔凝便自己去了。

他們正在書房前面的院子裡下棋，崔況一見崔凝過來，立刻道：「表哥與二姊下一局如何？」

凌策背對著門，聞言回首，瞧見一個纖瘦的少女分花拂柳而來，一襲月白裙，姿態輕盈，娉娉嫋嫋，宛若天際飄來的雲。

崔凝面上帶著淡淡的笑容，衝三人見禮道：「見過表哥，見過符郎君、魏郎君。」

凌策面上掩不住的驚訝，這和三年前那個活蹦亂跳的姑娘是同一個人！

「二姊棋藝比我好點。」崔況起身給崔凝讓了座位。

凌策不禁看了他一眼，心裡猜測表弟是太沒心眼還是太有心眼？

崔凝大大方方地走過去。「若是表哥願意，阿凝自當奉陪。」

符遠和魏潛也不下棋了，抄手在一旁饒有興趣地看熱鬧，他們昨日見到的崔凝可不是這樣的！

「表妹請。」女孩子都不計較退婚之事，凌策也不好扭扭捏捏。

崔凝側身坐下，姿態優美，挑不出一絲毛病。

凌策正要出言讓崔凝先行，卻見她歪著腦袋在想事情，就沒有打擾。

「哎呀，我一下子竟然沒有轉過彎來，你們都知道我是什麼樣子的呀！」崔凝忽然覺得自己很蠢，整個人放鬆下來，方才的貴女形象一下子崩塌，露出一張笑容燦爛的小臉，豪爽地捏了一粒棋子。「來來，這局我先下。」

凌策心情混亂，棋局開始竟是被崔凝殺得節節敗退，他連忙收斂心神認真應對。

符遠低頭看著棋局，魏潛的目光卻一直在崔凝身上。她下棋的時候與平時截然不同，不是天真爛漫，也不是故作端莊，而是從骨子裡透出沉靜。

這種沉靜並非嫻靜，而是一種經歷過大風大浪之後的從容淡定。

魏潛想不明白，平時看她活潑的樣子也不像是偽裝，可這種氣質又是怎麼回事？按說崔凝生長在富貴之家，迄今為止經歷過最大的挫折也許就是老夫人去世，還有和凌策解除婚約，但這兩件事情能讓她變成現在這樣嗎？

一局棋足足下了一個半時辰。

「哈！贏了！」崔凝拍手，歡喜道：「表哥承讓了！」

凌策拱手道：「表妹棋藝高超。」

其實若是從一開始就公平對弈，凌策或許並不會輸，只是他剛開始有些走神，後來占了上風之後又糾結是否要讓她一回，待發現她棋力不弱決定要全神應對的時候，被她一招巧棋封了退路，此後便節節敗退，無力回天。

「時間不早了。」魏潛道。

這局棋下得確實有些久。

「多謝崔小弟招待。」符遠是個很體貼的人，今日宴會相當用心，他便猜到凌氏背後的意思。「後日在樂天居裡有一場詩會，崔小弟可要來聚聚？」

樂天居也就是他們幾個合開的酒樓，那天坑了崔家三姊弟一千多貫的地方。

「一定去。」崔況忍不住激動，以前他時常和族裡的青年玩，但是他們還從未邀他去參加過詩會。

三人起身告辭。

崔凝抿了抿脣，與崔況一起送他們出去。

恰好魏潛走在最後面，崔凝忍不住扯了扯他的袖子，小聲道：「魏長淵郎君，可否借一步說話？」

魏潛反手一動，崔凝以為他要掙脫，心裡不禁失望，誰料大袖微晃，遮掩了他的動作，她覺得手心一熱，手裡眨眼間多了一張字條。

而他卻像什麼事情都沒有發生一樣，目不斜視地隨其他人一道離開。

崔凝跑到沒人的角落裡打開字條，見上面力透紙背的幾個字：明日午時，樂天居。

崔凝大喜，旋即又想，他是何時寫的字條呢？難道說一開始來的時候就準備好了？

「明天問問好了。」崔凝心下安定，決定今天就把凌策送過來的寶刀全部試一遍。若都不是，她明天就去拜魏潛為師，求他教自己如何發現蛛絲馬跡再順藤摸瓜。

崔凝回去與凌氏說了明日午時要出門，剛開始凌氏不同意，她便把祖父搬出來，凌氏就痛快地答應了。

擺平了凌氏，崔凝又去求崔玄碧放行，說是母親已經同意並且安排好了，崔玄碧也就沒有多問。

愉快地定下了明日的行程，回到屋裡，發現廳中擺著九只長形木盒，崔凝一下子僵住了，旋即心臟開始不受控制地急速跳動。

刀……

「娘子，這是小郎君剛剛令人送來的東西。」青心遞了一封信給她。「這是禮單。」

崔凝接過禮單。「妳們都出去吧，把門關上。」

「是。」青心與侍婢們退出門去。

門關上，屋裡光線暗了許多，崔凝捂住心口，眼睛一下子溼了。

她抹掉眼淚，打開禮單看了一眼，上面介紹了每一把刀的名稱、歷史，以及曾被何人擁有過。

放下禮單，她深吸了一口氣，走到那些盒子前，雙手撫上微涼的木質。

稍稍平復一下心情，她便一股腦將九把刀全部都取出來放在胡床上，掏出兩枚雙魚玉珮一一開始嘗試。

一次、兩次、三次……

每排除一把刀，她就越緊張一點，到最後一把的時候，她的心都提到喉嚨了！

當兩枚玉珮仍舊毫無反應的時候，她雖覺是意料中事，但仍無法接受這個結果，渾身像是被抽乾了力氣一樣癱坐著，滿目茫然。

她無法解釋自己現在的心情，雖然已經做了最壞的打算，連魏潛這條備用的出路都準備了，但她還是難受。

胡床上擺滿了刀，她坐在中間捧著兩枚玉珮發呆。

不知道過了多久，她才猛然回過神來，想要再試一遍的時候發現天已經黑了。

守在外面的青祿聽見動靜，問道：「娘子，要奴婢點燈嗎？」

「點燈。」崔凝話出口，才發覺自己的聲音嘶啞。

青祿進來把燈點亮，看清屋裡的情況不禁驚訝。「娘子不是在休息嗎？」

青心與她換班的時候只告訴她暫時不要打擾娘子，並未說什麼事情，中間她也曾小聲喚過崔凝，並沒有得到回答，她還以為自家娘子在睡覺。

「妳出去吧，不要打擾我。」崔凝道。

青心見她臉色有些蒼白，不由得擔憂。「娘子身子不舒服？」

「沒事，妳先出去。」崔凝道。

崔凝整天嘻嘻哈哈，極少有這麼嚴肅的時候，青心乍看之下竟不敢反駁，無聲地退了出去。

「一定是剛剛試的方法不對。」崔凝告訴自己，一定是這樣！

於是她拿著兩枚玉珮翻來覆去地試探，甚至把刀全部拔出鞘後一一嘗試，可是始終沒有任何反應。

青祿在外面喚了好幾次，她都沒有聽見。

幾個時辰過去，屋裡燈火如豆，行將熄滅。

青祿忍不住又道：「娘子，二更了，早些歇息吧？」

崔凝看著燈火慢慢變弱，然後屋裡陷入一片黑暗。

「娘子？」青祿喊了一聲，仍舊沒有回應，於是又道：「您若不出聲，奴婢這就進去了。」

半晌沒有得到回應，青祿便輕手輕腳地推門進屋。

廊上燈籠光線照進來，青祿嚇得低呼一聲。

崔凝坐在胡床上，頭髮微亂，兩眼通紅，面色慘白，看見她進來一點反應都沒有，在幽幽暗暗的光線裡簡直像鬼一樣。

「娘子？」青祿心驚膽顫地靠近，心說莫不是這些刀不乾淨？

「青祿，點燈。」崔凝緩緩道。

青祿忙不迭地答應，重新換了一盞點亮。

屋裡慢慢亮起來，崔凝道：「妳回去休息吧，我今天想一個人待著，不用妳值夜。」

「娘子真的沒有不舒服？」青祿問。

有，她覺得自己快崩潰了……可是誰也幫不了她。

崔凝無助極了，卻只能逼自己答道：「沒有。」

第十六章　因緣

崔凝是個相信因緣的人，儘管心裡覺得凌策很有可能會擁有神刀，但理智又告訴她，天下的刀何其多，不要抱太大希望。

然而三年來每日堆起來的小小希望，再加上時間一天天過去帶給她的焦躁不安，在這一刻終於擊潰了她為自己築建的信心。

師兄們染血的身影夜夜入夢，她白天得到的快樂越多，夜晚就越煎熬。

崔凝有時候覺得自己很堅強，而現在卻不由得懷疑自己還能夠堅持多久。

她蜷縮成一團，把頭埋在雙膝間，耳畔一直反反覆覆地迴盪著二師兄臨別前說的話。

或許是累極了，崔凝居然保持著這個彆扭的姿勢睡著了。

醒來時天已經亮了，她走下胡床，外面立刻便傳來了青祿的聲音：「娘子醒了？」

崔凝微微一頓，打開門便看見青祿穿著昨晚的衣裳，面色凍得青白，心裡有些內疚。「抱歉，讓妳在外面受凍。」

「這是奴婢分內之事。」青祿搓了搓手，仔細看了看她。「倒是娘子，臉色不大好。」

崔凝摸了摸她的手。「妳快回去休息吧，叫青心給妳煮碗薑湯喝。」

「那奴婢喚青心來伺候。」青祿欠身，快步離開。

崔凝洗漱後，飛快地用梳子將頭髮窩成一個團子，又換了身輕便的衣裳。

青心趕過來時，她已經都收拾好了。

「我去祖父那邊吃早飯，昨晚青祿受了寒，妳去照顧她吧。」

「那怎麼行，奴婢和青祿一定要有一個與娘子寸步不離。」青心道。

「我就在自己家裡，能出什麼事？」崔凝頭腦昏昏沉沉，脾氣不如平常好。「反正我一早上都要在祖父那裡，妳近午時過來接我便是。」

青心卻堅持道：「奴婢送您過去再回來照顧青祿。」

崔凝拗不過她，便只好答應，幾乎是一路小跑到了崔玄碧的院子裡，然後便立刻趕青心回去。

崔玄碧早已經坐在飯廳，卻沒有動筷子，似乎是在等著她過來。

「祖父，我起晚了。」崔凝覺得自己現在連難受都要付出代價，她傷心了一晚上，結果就有人跟著遭罪。

「無妨，坐下吃飯吧。」崔玄碧淡淡道。

崔凝在他身邊坐下，祖孫倆沉默著開始了早膳。

院子裡的桃花已經落盡，枝頭長滿了嫩綠的葉子，滿院草木清香，令人不自覺地便放鬆下來。

飯罷，崔玄碧才問她。「臉色不大好，病了？」

「沒有，就是昨晚沒休息好。」崔凝也問道：「祖父等了我很久嗎？」

「不久。」崔玄碧道：「今日不用去書房了，妳回去休息吧。」

「祖父，我一次都沒有去過。」自從上次說定之後，她整天四處亂轉，一次也沒有去書房學習過。「今天想去。」

崔玄碧瞧著她蒼白的小臉，頓了頓，沒有拒絕。「那走吧。」

飯廳距離書房有一段距離，崔玄碧走在前面，崔凝跟在後面盯著他高大的背影。

「祖父，你年輕的時候也這麼不愛說話嗎？」崔凝問。

「年輕時話不少。」只是這些年來，他覺得除了政事之外，很少有必須要說的話。

崔凝道：「我從小就特別愛說話，可是有人告訴我言多必失，祖父是怕說錯話嗎？」

「年輕時話雖不少，但對的沒有幾句。」他以前在謝成玉面前說一句錯一句，到後來他開始沉默，結果沉默又變成了最大的錯。「大概確實如此吧。」

他也弄不明白，自己與朋友、同僚相處的時候都很正常，可與妻子在一起時，就各種矛盾。

「我也經常說錯話。」崔凝落得遠了一些，一蹦一跳地追了上去。「但總還是忍不住要說，因為我要是不說自己想要什麼，別人就不會知道。如果我不懂別人的意思也不去問的話，別人也不知道我不知道他的意思。」

崔凝把自己繞得暈暈乎乎，掰著手指算了一下，覺得自己說得沒錯。

「妳說得對。」崔玄碧面上浮起淡淡的笑容。

崔凝有些洩氣，自家祖父很憂鬱，話又少，跟他在一起很容易就變得心情低落，她琢磨著要想改變現狀，話多一點或許看起來就不會這麼憂傷？

不過，崔凝沒想到的是，這種情況在書房裡有了一些改變。

崔玄碧給她講書的時候嚴肅認真，絲毫不見那些鬱鬱之氣。

開始是從《孟子》講起，崔凝在家裡蒙學的時候曾經讀過，可是崔玄碧眼界開闊，學識淵博，她像是在聽一本完全不同的書。

不知不覺就過去了一個時辰。

崔玄碧布置了一些作業，便打發她回去休息。

崔凝回去後立即將講過的章節做了詳細註解，忙到快午時，便帶上青心一同前往樂天居。

那日狀元遊街，朱雀街人滿為患。今日行人並不多，顯得街道頗為寬闊。

大街兩旁店鋪林立，每隔幾家店鋪中間就有一塊空地，專門供客人放馬車用，但奇怪的是店鋪裡面好像並沒有多少人。

馬車行至樂天居門前停下，小二在門口殷勤迎接。「可是崔二娘子？」

「正是。」青心道。

「快請進，郎君早上便到了。」小二還是像那天一樣，熱情地領著她進門。

這一回卻是帶她去了後院。

原來酒樓後面還有一個挺大的園子，亭臺樓閣，飛簷斗角，園子裡花草樹木種類繁多，而最多的就是牡丹，綠叢叢的一片長勢喜人，不少已經含苞待放，可以想見開花之時必定十分絢麗。

「崔二娘子，郎君就在那邊的閣樓上。」小二在一座曲橋前面停下。

崔凝順著他指的方向看見一座兩層閣樓建在水中央，四下碧荷亭亭，散發著幽幽香氣。她道了聲謝，便走了過去。

剛走到曲橋的一半，便見閣樓的門打開，身著一襲淺色寬袍的魏潛站在門口。

「魏長淵郎君。」崔凝加快腳步。

他看見她的面容，微微蹙眉，沒有說話便轉身進屋。

崔凝只好收起寒暄的言辭，跟著他進去。

「去樓上。」魏潛帶著她走到狹窄的樓梯前，示意她走在前面。

師門中這種樓梯多得很，她經常爬上爬下，而魏潛走在自己身後，就好像倚著座山，讓人覺得心裡踏實。

樓上擺好了飯菜，四面窗戶打開，能看見整個院子的風景。

魏潛把四周的窗子一一關上。「先吃飯吧。」

「為、為什麼關窗？」與一個不太相熟的人共處在密閉的空間裡，令崔凝有些緊張。

「妳昨晚沒休息好，吹風容易染上風寒。」魏潛坐了下來。

崔凝不好意思地笑了笑，在他對面跪坐下來，好奇道：「你怎麼猜到我沒睡好？又怎麼知道我沒吃飯？」

「不需要猜。」魏潛給自己倒了杯酒，抿了一口，一副不打算再與她說話的樣子。

崔凝有些氣悶，在家剛剛面對一個老悶葫蘆，現在又對著個小悶葫蘆！

不過想起這間酒樓裡的飯菜值那麼多錢，她突然又高興起來，端著飯碗，惡狠狠地將面前幾盤菜掃蕩乾淨。

待她吃到打飽嗝，抬頭看見魏潛面前的菜都沒怎麼動。「你不吃嗎？」

「我之前吃過了。」魏潛面上笑容淺淡。「原是怕妳一個人吃尷尬，不過……看來是我想多了。」

崔凝臉一紅。「我也會尷尬啊，可是一想到你們家的菜貴得離譜，就捨不得乾看著。」

崔凝看著他修長白皙的手指執著玉壺的樣子分外好看，裡面倒出來的液體散發著淡淡香氣，舔了舔唇。「我也渴了。」

屋裡沒有人伺候，魏潛便起身走到她身邊，俯身給她倒了一杯。「少喝點。」

崔凝端起來喝了一大口，剛剛入口的時候感覺嘴裡甜甜的，還有點花香，但是到了喉嚨處就突然變得辛辣刺激，她忍不住嗆咳，一口酒噴得滿桌都是。

而後，嘴裡剩下了淡淡的藥味。

「這是什麼？」崔凝辣得臉通紅。

「玉梨釀。」魏潛頓了一下，又道：「是酒。」

「這是酒？」崔凝見過酒，不過氣味都很刺鼻，並不是這樣的。「很貴吧？」

「是我釀的酒。」魏潛見她似乎鬆了口氣的樣子，不知怎地，心裡浮起一點小小的惡意。「噴一口號稱『千金難求』的玉梨釀，感覺如何？」

「啊？」崔凝瞪大眼睛。

魏潛好心解釋道：「妳噴這一口，別人拿千金也買不到。」

「啊！」崔凝眼睛瞪得更大。

魏潛看著她的反應，嗤的一聲笑了出來。

「你是哄我的吧！」崔凝看他笑得開懷，覺得自己上當了，氣鼓鼓地道：「你的性子跟表面完全不一樣。」

看起來沉穩老實十分可靠，誰知道本質竟然如此惡劣！到底還能不能相信他啊？

魏潛微斂笑意。「這酒可強身健體，妳少喝一點也無妨。」

崔凝端起來又小心地抿了一點，覺得還不錯，放下酒杯便直接說起了來意：「我來找你其實是……」她覺得魏潛一直在晃。「你別總是動來動去好不好？」

魏潛目露詫異之色。

咕咚！

崔凝四仰八叉地栽倒在地，那動靜，魏潛都覺得自己後腦杓隱隱作痛。

「崔二娘子？」魏潛走過去，發現她已不省人事。

屋裡一片寂靜，才高八斗的新晉狀元郎愣住，一時竟是不知該如何處理。見過酒量差的，差到這種程度的還真是頭一回見！

「青心？」魏潛記得她身邊的侍女是這個名字吧。

青心早就聽見聲音，聞言匆匆上樓，瞧見自家娘子躺在地上，魏潛遠遠避開。

「崔二娘子不勝酒力，妳帶著她去風荷居休息。下樓之後問小廝，他自會領妳過去。」魏潛道。

青心對魏潛頗為不滿，怎麼能讓小女孩喝這麼多酒！而且方才是避嫌也就罷了，現在也不知道過來幫忙。

魏潛見青心費力地把崔凝背起來，揚聲道：「來人。」

樓梯處立即傳來登登登的腳步聲，一名小廝跑上來，垂首道：「郎君。」

「護著她們下樓。」魏潛道。

那小廝應下，走在前面以防止青心摔落。

待走出閣樓一段距離，小廝才開口道：「姑娘莫怪，我家郎君不喜與女子接觸。」

青心覺得好像聽到了什麼不得了的祕密，猶豫了一下，問道：「為何？可他與我家娘子方才不是一起在樓上吃飯？」

「崔二娘子還是個孩子罷了。」小廝解釋道。

青心聽說有些人是好男風，再看眼前的小廝，白淨俊秀，心裡便有些不大自在了。

她知道不應該多問，但想到自家娘子似乎對魏潛有別樣情愫，便也顧不得什麼規矩禮數，一心想打探出魏潛是不是有什麼毛病。「魏郎君不喜女子？」

小廝愣了一下，旋即明白了她的意思。「那倒不是，郎君……幼時險些被人溺死，那凶手便是個年輕女子，所以打那以後，便不太喜歡隨便與年輕女子接觸。」

這件事並不是祕密，魏家的家風一向是「我自行端坐正，你愛猜測請自便」，這些事情從不懼被旁人知道。

當年的事確實給魏潛留下了陰影，但是隨著時間漸長，陰影已經慢慢消散，導致他表現如此敏感的並非僅這一樁。

魏潛五官過於精緻，童年時生得可愛，被魏夫人帶著參加宴會，無論走到哪兒都要慘遭一群婦人揉捏。可以想像，他本就有些怵女人，再遭到這樣的對待時會多麼反感！

待到少年時，因著從前的遭遇，使得他渾身都散發出禁慾的氣息，可他越是像個守戒律的和尚，那些作風豪放的女子就越想撩撥他，無數次把他逼得窘迫至極。

漸漸地，在魏潛心裡，成年女人已經變成了隔離物種，是絕對要敬而遠之的對象。

這些事情，青心沒怎麼費力氣套話，小廝便一股腦地全倒了出來，她不禁懷疑小廝是不是在為魏潛找藉口。

屋裡的崔凝睡得舒服極了，甚至響起了輕微的鼾聲。

青心向小廝要了一盆水，幫她擦拭臉龐，確定她只是睡著並無大礙，便輕輕帶上門出來。

小廝還在外面等著。

「青心妹妹，妳還想知道什麼事兒？」小廝一臉期盼地問。

青心怪異地看著他。「你叫什麼名字？」

「雲喜，我從小就伺候郎君的。」雲喜笑咪咪地道：「其實我家郎君除了這一點，其他都特別好。郎君看起來不太溫和，其實再細心不過。」

聽起來……好像在兜售他家郎君？

「嗯，能看得出來。」青心勉強附和。

「對吧！還是青心妹妹有眼光。」雲喜特別開心，繼續道：「我家郎君小時候就特別聰明，什麼書看過一遍就不忘，先生誇他說世間不乏過目不忘者，但是難有我家郎君這般靈氣。」

年紀輕輕考上狀元，能不聰明嗎……

「我家郎君十五歲時跟著二郎君去衙門，有一樁凶案懸著總也找不到凶手，我家郎君看過卷宗之後又審問一遍疑犯，一下子就捉到凶手了！你說神不神！」

這些事所有人都知道了。

「來，我與妹妹仔細講講……」

青心在別處早就打聽過，於是忙打斷他。「其實，我想知道魏郎君可有婚約？」

雲喜一拍大腿，覺得青心特別上道！「我家郎君年方雙十，尚未有過婚約，先前也曾相看過幾家，那些娘子都哭著喊著要嫁給我家郎君，妳說這樣的女子怎麼能要？智一大師說過郎君良緣未至，而且以後要娶個比他小許多的才合襯，可不是嗎？那些年長又豪放的，我家郎君避之唯恐不及啊！妹妹妳不知道……」

雲喜愛說，卻又全都說一些老王賣瓜的話。青心都不想聽了。

恰好這時崔凝推門出來，青心忙丟下雲喜奔了過去。「娘子可算醒了。」

雲喜也跟著湊過來，還很大膽地多看了崔凝幾眼，越看嘴巴咧得越寬。「娘子，小的叫雲喜，是我家郎君派我過來守著，怕您有什麼需要。」

「多謝。」崔凝神清氣爽，心情大好。「魏長淵郎君呢？」

「郎君在書房！娘子直接隨小的過去便是。」雲喜道。

崔凝道：「好呀，就勞你領路了。」

「娘子客氣了。」雲喜走在前面，喋喋不休地道：「小的聽郎君說與您相熟，娘子怎麼還喚郎君魏長淵呢？」

咦？有很熟嗎？崔凝想了想，勉強算是熟吧，都塞過小紙條了呢。「那應該喚什麼？」

「哎唷，這個您還是問郎君，小的哪敢做主。」雲喜在前頭樂顛顛地道。

崔凝不疑有他，只覺得雲喜為人不錯，她就喜歡與這樣開朗熱情的人說話。「那我回頭問問他。我來叨擾，你家郎君不會煩吧？」

「郎君昨天都歡喜得睡不著覺呢！」雲喜張嘴胡扯。

「你昨日與你家郎君一起睡了？」青心冷颼颼地問。

雲喜被拆穿也不羞惱，嘿嘿笑道：「那倒沒有，不過這點眼力還是有的，反正我家郎君就是歡喜得很。」

第十七章　魏郎君的壯舉

到了書房前面，雲喜一改先前作風，恭謹地微微垂頭。「郎君，崔二娘子到了。」

屋裡靜了須臾，響起魏潛微微低啞的聲音：「請進。」

雲喜打開房門。「娘子請。」

崔凝走進去，青心卻被雲喜面無表情地擋在外面。

魏潛站在窗邊望著外面的牡丹園，頭髮微有些亂，臉上還有淡淡的衣褶印子，黑白分明的眼眸中帶著些許慵懶。

「坐吧。」魏潛的聲音很快恢復如常。

崔凝找了個位置坐下，魏潛從爐子上提了茶壺，慢條斯理地泡茶。「舒服了？」

「嗯，你剛才在睡覺？」崔凝指了指他臉上的印子，笑問。

魏潛不置可否地看了她一眼，並未回答，而是道：「雲喜沒嚇到妳吧？」

崔凝茫然道：「沒有呀，他人不錯。」

魏潛多看了她幾眼，微微笑道：「那就好。」

「他說咱們這麼熟了，不該喚你魏長淵郎君，那我應該喚什麼呢？」其實崔凝有求於他，正想著怎樣套交情，正好順著雲喜的話說。

魏潛頓了頓，才道：「隨妳。」

「魏兄、魏郎君、長淵郎君、魏大哥、長淵哥哥、長淵、阿潛、阿淵、阿魏……」崔凝見他並不反感便數了一堆，還貼心地詢問他的意思：「你喜歡哪一個？」

魏潛遞了一杯茶給她。「妳叫著順口便好。」

崔凝接過來喝了一口。「咦？」

她看了看杯子裡白白的液體，居然是溫好的羊乳，再看小几上冒著熱氣的分明是剛剛泡好的茶，也不知他是從何處變出這杯東西。

像是明白她的疑惑，魏潛道：「小孩子不宜多喝茶。」

崔凝忽然覺得他雖然擺著一張生人勿近的臉，但是個溫柔的人，便道：「喚你魏大哥好嗎？」

「魏五哥。」他在家裡排行老五，若喚「魏大哥」，不知情的還以為指的是他大哥。

「魏五哥！」崔凝甜甜地喊了一聲，轉而道：「那你也不要叫我崔二娘子了。」

「嗯。」他應了一聲。

崔凝等了半晌不見下文，忍不住問道：「你打算如何稱呼我？」

「崔二。」魏潛道。

「不行不行，這個太見外啦，我都叫你五哥了。」崔凝想了幾個稱呼。「崔二妹、阿凝、凝凝、凝兒、阿崔，你選一個。」

崔二妹……

魏潛無奈，只好道：「那就阿凝吧。」

「你喊我一聲試試。」崔凝笑嘻嘻地道。

魏潛薄唇微抿，頓了片刻，才垂眸飛快地喚了一聲：「阿凝。」

他的聲音並不算特別清朗，但是很好聽，有一種勾動人心弦的魅力。

「魏五哥！」崔凝很滿意自己套交情的結果。

她低頭喝羊乳，心裡思索，剛剛套完交情就有求於他，會不會太明顯啊……她一邊喝，一邊偷偷看他。

魏潛靜靜喝茶，嫋嫋霧氣將他面部的硬朗線條渲染得柔和了許多，不像以往那麼難以親近。

他抬眼，捉住她的偷窺目光。

崔凝不好意思地嘿嘿笑起來。

魏潛移開目光，唇角微微勾起。「有話直說。」

「咳。」崔凝清了清嗓子，放下杯子，表情變得嚴肅起來。「我想拜你為師。」

魏潛盯著她，面上笑容更甚，一副忍俊不禁的樣子。

崔凝心中暗喜，莫非這是答應了，於是愈發鄭重。「你教我如何破案，我終身以師禮事你。」

此刻，夕陽從窗戶照進來，落在她嚴肅的小臉上，臉頰上細細的絨毛依稀可辨，臉雖不大，兩腮卻有些嬰兒肥，嫩乎乎的唇畔沾著一圈白白的小鬍子，襯著她此刻的表情，格外喜感。

魏潛忍笑忍得俊臉微紅，抬手指了指唇邊，示意她擦拭嘴巴。

崔凝卻慢慢皺起了眉頭，心道，這是什麼意思？試探她的悟性嗎？

她起身湊近他，仔細觀察他的嘴……嗯，薄厚適中，顏色也滿好看，但別的沒什麼了呀！

魏潛實在忍不住了，掏了帕子幫她細細擦拭嘴邊的奶漬，順便叮囑：「以後出門在外，莫要喝羊乳。」

「啊……」崔凝窘窘地用袖子胡亂抹了抹嘴。「我還以為你要考驗我呢。」

「想考女學？」魏潛問道。

「咦？」崔凝覺得這個藉口好像不錯，於是忙不迭地點頭。「對對對，考女學。」

魏潛如何看不出她連一個像樣的謊言都沒有準備，卻也不拆穿她，也不再刨根問柢。「好。」

「真的！」崔凝大喜，一把抱住他使勁拍了拍。「五哥，你太好了！」

得，這會兒聽著直接像親哥了！

「天色不早了，我送妳回去。」魏潛有些尷尬地起身，垂眸道：「走吧。」

「嗯！」崔凝太興奮了，全然沒有注意到他的異樣。「什麼時候開始呀？」

「過幾個月我會在監察司領個差事，到時候帶上妳吧。此事妳需經過家中同意，不可自作主張。」魏潛頓了頓。「小事而已，妳不必拜我為師。」

崔凝仰望著他的後腦杓，門忽然打開，光線從他身周照進來，這一刻，她覺得他特別偉岸，特別瀟灑！

「嗯嗯，我會同家裡講。」崔凝滿口答應，疾步跟上他。

雲喜和青心跟在後面，心思各異。

魏潛送崔凝上了馬車，又從馬廄牽了匹馬出來，跟在車旁緩緩而行。

「魏兄！」路旁有人喊了一聲。

魏潛回頭見是熟人，下馬還禮寒暄。聊了幾句，便匆匆與那人告辭，驅馬跟來。

崔凝聽見外面馬蹄聲又近，掀起簾子，衝他笑得開心。

魏潛別開頭不看她。

崔凝愣了愣，探出頭順著他的目光看了半晌。「那邊有什麼好看的嗎？」

魏潛沒有答話，坐在前面的雲喜一本正經地道：「郎君是羞澀了。」

「為什麼羞澀？」崔凝挪到前面，要出去跟雲喜聊聊卻被青心擋住。

「娘子，快到家了，您坐在前面不太好。」青心道。

雲喜狗腿地道：「青心妹妹說得對，娘子身分尊貴，若是想聽雲喜說話，不如隔著簾子說吧？」

「也行，你說魏五哥為什麼害羞？」崔凝問。

「他……」

「娘子！」青心捂著肚子道：「娘子，奴婢肚子疼。」

「啊，怎麼回事？」崔凝立刻把方才的問題拋之腦後，關切地看著青心。「我請魏五哥幫忙請個大夫來吧？」

青心忙道：「奴婢沒有大礙，就是老毛病犯了，可能是吹了冷風，肚子有點不舒服，回去休息休息就行了。」

「快點回家。」崔凝催促車夫。

雲喜嘆道：「真羨慕青心妹妹。」

羨慕有個這麼好糊弄的主子！哪像他家郎君啊，簡直跟鬼一樣，還好他上面有人，不然真混不下去！

長安明文禁止跑馬，但若有朝廷令文或急病、奔喪，則可例外。

馬車一路急行回府，下車的時候，青心表示已經好多了，崔凝鬆了口氣。

雲喜見狀，更加羨慕了。「娘子心腸真好，體恤下人。」

「何止是體恤下人。」魏潛聲音冷淡，意有所指，似乎早就把他那點心思看得一清二楚。

雲喜縮了縮脖子。

「魏五哥，進來喝杯茶吧？」崔凝道。

魏潛已經調轉馬頭。「我還有事，改日吧。」

「好。」

崔凝目送他走遠，正要轉身回府，卻見雲喜笑呵呵地湊上來道：「娘子方便的話，能否借匹馬用？咱家離這裡有點遠呢。」

崔凝這才發現魏潛把雲喜給撇下了，忙轉頭吩咐車夫帶他去牽馬。

青心跟著她進了門。「娘子，魏郎君雖是名門之後，但奴婢覺得他們家風不甚嚴謹，治下不嚴，一個小廝竟敢說三道四。」

「雲喜說什麼了嗎？」崔凝想不起來。

青心嘆了口氣，今日那魏長淵哄娘子飲酒以至醉倒，後來又關門在屋裡不知道說了些什麼，出來後兩個人似乎就更親近了。青心暗生警惕，沒想到魏長淵看起來不近女色的樣子，居然頗有哄女子的手段！娘子如此天真，若是被騙了可怎生是好！

回屋之後換了青祿在崔凝跟前聽候差遣，青心便去了凌氏屋裡，稟告所有事情。

恰好崔淨也在，待青心走了之後，她便道：「母親，妹妹對這等事情尚未開竅，但依我看，她似乎對魏郎君頗為不同。」

「哦？」凌氏覺得魏潛很不錯，但也有顧慮。「魏郎君如此出色，居然這個年紀還未說親，總該有個緣由吧？」

「表哥和符郎君不也沒成親嗎？」崔淨覺得像他們那樣出色的人，眼光挑剔也不足為奇。

「符長庚家裡的情況，我略有耳聞，符相為他相看了不少家。你表哥與你已有婚約，只待明年科舉之後成親。」凌氏道。

自女皇登基以來，大力推廣科舉制度，為了讓天下學子們盡快適應，已經連續舉辦五年，每屆殿試前三名都會很快委以官職，職位雖然不算太高，但都是絕對的實權派。

明年仍然繼續舉辦，直到官場人才達到飽和，再恢復三年一次。

這種舉措撼動了貴族掌權的局面，逼得他們不得不也走上這條道路。

崔淨還是第一次聽說自己的婚期，臉色微紅，羞道：「還是說說魏郎君吧。」

凌氏笑道：「我先去打聽打聽。」

「母親，我回來啦！」崔凝換過衣服後便來見凌氏。

「瘋丫頭。」凌氏見她一陣風似的衝到自己跟前，心裡也歡喜得很，仔細看了看。「侍女說妳昨晚沒睡好，看著氣色倒是不錯。」

若不是在魏潛那兒睡了一個時辰，她哪能這樣活蹦亂跳。

「母親，我想跟魏五哥學點東西。」崔凝在凌氏身旁坐下。

「學什麼？」凌氏問她。

崔凝覺得若說想學破案，凌氏準不會答應，於是耍賴。「他是狀元，什麼都能學呀！」

凌氏道：「我要考慮兩日。」

「好！」崔凝對這個結果挺滿意。

她打算去說服祖父，然後再讓祖父跟母親說。

崔凝忽然覺得有兩個人管著自己挺好，可以兩頭瞞，能辦成不少事情呢！

凌氏剛到長安，還沒有什麼交際圈，只好將這件事交給崔道郁去打聽。

崔道郁以前是御史，同仁均知曉各家不為人知的祕辛，當天傍晚就打聽得差不多了。

原來，魏家在魏潛滿十六歲的時候就開始為他相看，以他的品貌名聲，頗有些人家想把女兒嫁給他，但是因著坊間傳言他小時候受過驚嚇，在那個方面有點不行，各家又都有點顧慮。

三年前，終於相看好一家，雙方家裡都很滿意，魏潛似乎對那家娘子也很是中意。

本來是很好的姻緣，但女方家裡始終有些擔憂，於是在準備訂婚前，準岳父就邀請魏潛到家裡作客，酒過三巡，請他到廂房裡休息，然後派了一個頗有姿色的侍女過去伺候。

一般男方對這個都沒有意見，但魏潛不是一般人啊，作為迫不得已的禁慾派，難得有個看著不錯願意娶回家的女子，他自己也挺高興，誰料，在準夫人家裡休息的時候有個不認識的女人，脫了衣服就往他懷裡鑽！

魏潛第一反應是防禦，但彼時他已有五分醉意，下手過重，一掌將那侍女摔出老遠。那侍女倒在地上時，正好撞到琉璃屏風，於是八扇巨大的屏風倒塌壓在侍女身上，聽說當場就吐了血。

後來魏潛鄭重賠禮，並表明自己確實很想娶那位娘子，可是準岳丈家裡根本就不相信。這絕對不僅僅是那方面不行啊，氣急敗壞還要把人摔個半死的！萬一以後閨女被虐待怎麼辦！

結果，這樁婚事就黃了。

當時兩家談婚論嫁並不是祕密，而且郎才女貌、天造地設的一對璧人，若非意外絕不應該黃了啊？女方家裡因擔心女兒名譽受損，雖然沒有四處宣揚此事，但也未刻意隱瞞，於是乎，全長安的權貴圈子裡都知道了魏潛的「壯舉」。

這世上總有那麼些好事者想去證實傳聞，而魏潛面對各式各樣的女色依舊巋然不動，比那些守戒律的和尚更甚，從此之後，魏潛不能人道的傳聞便在貴族圈中暗暗流傳。

哭著喊著要嫁給魏潛的，都是那些不知情的仰慕者。

魏家現在也不考慮門第什麼的，只求魏潛能喜歡就行。

不過崔道郁得到的消息，大多都是貴族中當作祕密流傳的版本——魏潛不行，鐵證如山！

「幸好打聽了！」凌氏心有餘悸，想起來又不由惋惜。「不過，真是可惜了魏長淵的人才。」

什麼都好，就是……

「可見老天是公平的。」崔道郁感嘆。

「可恨他還哄著凝兒去找他！」凌氏忽然想起青心說過的話，對魏長淵由憐憫同情一下子變成了憎惡排斥。「專撿著凝兒這樣什麼都不懂的小孩子哄騙，他怎不去哄那些十六、七歲的待嫁閨秀？咱們凝兒哪有他那樣多的心眼？他三言兩語就能騙了去。」

「以後叫她少接觸長淵吧。」崔道郁是男人，對魏潛仍抱著極大的同情心。

「可是凝兒說要跟著他學習呢？」凌氏想起女兒亮晶晶的期盼眼神就覺得心疼，

也不忍拒絕她。「這個傻丫頭，一準都不知道旁人對她有歹心。」她憤憤不平，壓根不曉得，有「歹心」的可是自家閨女！

「夫君，你說我如何對凝兒講？」凌氏愁道。

「放心，我來辦。」崔道郁握著凌氏的手道。

兩人又說了一會兒話，便相攜入了內室。

之後連著兩日，尚不知情的崔凝天天讀完書就到凌氏跟前獻殷勤。

第三天下午，她又準時過來。

「凝兒快過來。」凌氏今日很高興，不像前兩日那般敷衍，而是主動提起了那件事。「妳父親幫妳辦好了。」

「辦好？」崔凝想了想，莫非還要送禮什麼的？也對，是她想得太簡單了，雖然魏潛說是小事一樁，但她也不能就真的白白占人便宜。

想明白之後，崔凝開心道：「謝謝母親，也謝謝父親！」

「妳父親今日請了符郎君。」凌氏幫她整了整衣服。「我現在帶妳去前院。」

「好！」崔凝跟著凌氏出門。「母親，父親請符郎君做什麼呢？」

「妳前幾天不是說要隨魏郎君學習嗎？我與妳父親考慮了一下，覺得他不太合適，還是符郎君更好些。」凌氏笑吟吟地看向她。「符郎君也是狀元呢。」

崔凝目瞪口呆，這……是哪個環節出了問題？

凌氏見她呆若木雞的樣子，微微一頓。「怎麼了？」

「魏五哥哪裡不行？」崔凝糾結道。

這話問的，簡直要真相了。

凌氏乾咳了一聲：「小孩子家家，問這麼仔細做什麼。」

崔凝無語，哪兒仔細了？她要魏五哥，突然一下子變成了符郎君，還不能問問為什麼嗎？

凌氏牽著不情不願的崔凝到了前院。

崔道郁已經與符遠說好了，讓他帶崔凝學習兩年，待她年紀稍微大一點就不再麻煩他。

崔凝平日要上學，符遠也無需每天授課，只是偶爾指點一下罷了，所以他便爽快地應了。

「崔夫人。」符遠見凌氏領著崔凝進來，起身施禮。

「符小郎君不必多禮，快坐吧。」凌氏催促一旁的崔凝。「還不快見過符小郎君？」

「見過符郎君。」崔凝施禮。

幾人落座之後，凌氏便與符遠聊了起來。

符遠還是一襲普普通通的青衫，渾身上下無一點多餘的裝飾，然而卻掩不住他如溫玉一般的光彩。

他的相貌不像魏瀊那般俊得無可挑剔，但一舉手一投足，自有旁人難以比擬的風流疏闊，再加上笑起來的樣子和煦如春風暖陽，凌氏是越看越滿意。

凌氏和崔道郁想過，崔凝現在還小，跟著二十歲的男人學習並不出格，待她大一些便不能容她這麼任性；可是也得防著萬一日久生情，所以從一開始就得挑一個門第合適、品行端正的青年，從各個方面來看，符遠都是完美人選。

符家雖不是大世家，但他祖父是一人之下萬人之上的尚書左僕射，乃是崔玄碧的頂頭上司；而崔家不論是門第還是實力，匹配符家都綽綽有餘。

「母親，我能單獨跟符郎君說說話嗎？」崔凝心想，要是符遠也有魏瀊那樣的能力，那不一定要在一棵樹上吊死，畢竟她面對符遠比面對魏瀊要輕鬆很多。

「妳這孩子。」凌氏不好意思地看向符遠。「符小郎君見笑了，我這女兒性子太活潑，叫人頭痛。」

「哪裡，孩子還是活潑一些好。」符遠微微笑道：「既已說定，那小子就先帶二娘子去一趟書局吧。」

崔道郁開口留飯。

符遠婉言謝絕，帶著崔凝出府了。

馬車裡。

崔凝托腮道：「符大哥，我這樣喚你成嗎？」

「自然好。」符遠倚坐在她對面。「妳看起來對我不是很滿意？」

「怎麼會！我很喜歡符大哥，可是我想學破案。」崔凝滿面愁苦地望著他，很自然地就說了實話。

符遠略微一想便明白了緣由，定是這丫頭想跟著長淵學習，又沒有說清楚學什麼，崔道郁夫婦考慮到長淵的名聲，所以給她換了自以為更合適的人。

「這也不是難事。」符遠道。

「你會？」崔凝眼睛一亮，一掃愁緒。

符遠手指一下一下輕輕叩著膝蓋，悠悠道：「術業有專攻，我這方面自是比不上長淵，不過也不是沒有法子讓妳跟著他學。」

「你是說……」崔凝咧嘴笑道：「你可以幫我瞞著家裡？」

符遠抬手輕彈了一下她光潔的腦門，衝她眨了一下眼睛。「聰明，不過……」

崔凝見他不說下文，默默地揉著肩膀，立刻明白了，狗腿地爬過去給他揉腿捏肩。「符大哥，你幫幫我吧。」

符遠本只是逗逗崔凝，可是沒有想到，她長得又瘦又小，手勁竟然不小，捏起來相當舒服。「我心情好一天就幫妳一天。」

「那你今天心情好不好？」崔凝一臉諂媚地問道。

「嗯，還不錯。」符遠笑道：「行了，別累著，我帶妳去酒樓找他。」

「姊姊說新科狀元應酬多，可我見魏五哥整天都閒著呢？」崔凝疑惑道。

魏潛不喜應酬，他每次到那種場合，總是有人慫恿歌姬舞姬投懷送抱，有幾次不知是那些女人身上脂粉太厚還是香粉太濃，他被弄得渾身起紅疹，癢得要死要活。

所以說，女人真是魏潛這輩子的惡夢。

「平常他只接受一些私下相熟的朋友邀約。」符遠的話點到即止，不像雲喜，跟媒婆似的。

前幾日凌氏與崔道郁決定請符遠的時候，還拉上了崔淨一道做說客，崔淨沒有明說，但那兩日明裡暗裡把魏潛與符遠拉出來對比了好多回，把他倆的事蹟也都講得差不多了，當然都是講符遠好話，說魏潛各種不好。

崔凝原本就對符遠印象很好，現在就更加好了，而那些說魏潛不好的話，她卻不怎麼能聽進去。

崔凝雖然在很多時候反應比較遲鈍，可直覺還算敏銳，經過幾次相處，她覺得魏潛是個好人。

馬車裡，符遠很有使命感地開始教崔凝怎麼對付魏潛，譬如撒嬌、裝可憐、突然的肢體接觸……

崔凝現在覺得魏潛並不是想像中那麼冷酷，但本著日後要和諧相處的心態，聽得特別認真。

到了酒樓。

符遠直接帶著崔凝去那日飲酒的閣樓尋人。

兩人上樓，見魏潛躺在臨窗的胡床上，一襲玄色的袍服有些散亂，面上覆著一本書，胸膛有節奏地起伏著。

符遠往席上一坐，笑著抬了抬下巴，示意崔凝自己去叫醒他。

崔凝深吸了一口氣，上前輕輕拿了他覆在面上的書。

窗外刺眼的光線照進來，魏潛皺起眉頭，緩緩睜開眼睛。

崔凝看著他睡意朦朧的樣子，微微一怔，旋即笑道：「魏五哥！」

眼前放大的一張小臉笑得太燦爛，比陽光還耀眼，他忍不住輕輕把她往後推了推，聲音微啞：「什麼時候來的？」

魏潛睡著的時候對聲音不太敏感，可刺目的光線卻能讓他立刻醒過來。

「我和符大哥剛剛到。」崔凝道。

魏潛看了符遠一眼，見他們倆在一起，似乎一點都不吃驚，只是垂首用手指揉了揉眉心。「你們兩個打算瞞天過海？」

「五哥，你真神！一下子就猜到了。」崔凝對他越發有信心了。

其實這個推測一點都不難，在崔凝求他的時候，他就已經料到結果會是這樣。

「回去同家裡說清楚，我不打算同流合汙。」

「別為難她了。」符遠遞了一杯茶給他。「你鬧出的名聲，自己不清楚嗎？她家裡能同意才怪。」

魏潛似乎有一點起床氣，始終黑著一張臉，眉頭緊皺，好在說話還算溫和。緩了一會兒，他面色恢復如常。「妳若跟著我學習，日後難免要在外走動，長安城很大，消息又傳得快，遲早要露餡。」

何況魏潛這麼「赫赫有名」，身邊突然多了一個小姑娘，肯定會成為新聞。

「五哥……」崔凝想到符遠教她的話，立即扯著他的袖子撒嬌。

魏潛窘迫地拽著自己的袖子，想要拽回來，又不敢太使勁。

「長淵之前答應的話，莫不是哄哄小姑娘？」符遠靠在窗邊喝著茶，笑吟吟地道。

魏潛扭頭看著崔凝可憐巴巴的眼神，不知怎地，那個「是」字就是說不出口。教崔凝破案於他來說確實不難，但他也沒有帶著小姑娘去辦案的癖好，他那天輕易鬆口，大半原因是覺得崔家不會同意。

崔凝見他不說話，心都涼了一半，泫然欲泣。「我去求母親，我不能不學破案。」

說著轉身就要走，手卻被魏潛一把拽住。雖只是一瞬就鬆開了，但是崔凝還是清楚地感覺到他大手溫熱，暖得她有些想哆嗦。

「罷了，妳若願意扮作小廝就隨妳。」魏潛喝了口茶，覺得自己簡直要瘋了，明明知道這件事情若是被拆穿，崔家一定會以為他不懷好意，居然還是答應了！

女人果然都是孽障，大的小的都一樣！

魏潛忍不住嘆氣。

崔凝臉上立刻多雲轉晴，衝符遠笑著眨眨眼睛。

符遠亦笑著眨了一下眼。

「五哥，你什麼時候辦案？」崔凝急不可耐地問。

符遠替他答道：「公文下來了，長淵任監察司巡察使，七品上，十日後啟程去江南。」

崔凝傻眼。「什麼時候回來？」

「年底之前。」魏潛道。

「那我怎麼辦呢？」崔凝急道，現在才初夏，距離年底還早著呢。

魏潛看了符遠一眼。「長庚亦通此道，這大半年由他先教妳吧。妳也可寫信給我。」

崔凝覺得這樣的安排有些不好，她想接近魏潛，除了學習破案之外，也想看看他這個人值不值得信任。她知道學習破案並非短日之功，等她學會估計師父墳頭荒草都黃好幾次了，最好是能直接請他幫忙尋找神刀線索。

只是魏潛這麼聰明，或許根據隻言片語就能推測到很多事情，她不敢貿然說出祕密。

不過，有安排總比沒有的好吧！人家能答應就不錯了，做人不能太貪心。

崔凝自我安慰了一會兒，心情總算好了起來。

「先帶她去找幾本書看看。」魏潛道。

符遠手肘支著窗欞，享受幽香荷風。「你不去？」

「我不想明日被滿長安的人當作談資。」魏潛看向崔凝。「妳也不想吧？」

「為什麼會成為談資？」崔凝似懂非懂。

魏潛扶額。「妳長大後就明白了。」

符遠哈哈一笑，將茶杯放到几上，看著崔凝。「走吧？」

「五哥，一起去吧。」崔凝拽著他的袖子，再次啟用撒嬌技能。

符遠也不攔著，抱臂站在一旁，一副看熱鬧的架勢。

魏潛一臉尷尬，半晌不知該做何回應。

崔凝見撒嬌沒有奏效，又想起符遠說過的話，忽然鬆了他的袖子，改為抓住他的手。「五哥？」

儘管崔凝還只是個小女孩，但已經初顯少女姿態。軟軟的微涼小手抓著他的手，他好像半邊身子都麻了，一點都使不上力氣。

「你能出去一下嗎?」魏潛看向符遠。

符遠笑了笑,緩步出去。

魏潛嘗試著把手抽回來,卻發現她看似沒有用力,其實抓得挺緊。「妳、妳先鬆開。」

「不鬆開。」崔凝不僅沒鬆開,反而連另外一隻手都用上了。

魏潛實在有些不耐,語氣冷了下來:「鬆開。」

以往他雖然板著一張臉,但說話很溫和,崔凝第一次見他這副模樣,嚇得不由自主地鬆開了手。「那……那你不去便不去吧。」

崔凝原想就這樣走了,可一想到日後若不能真正親近,得什麼時候才能求他幫忙尋神刀呢?

想到這個,她又忙暗中狠狠掐了自己一下,眼圈立刻就紅了起來,泛起了淚花。

魏潛還是一張冷面,可是崔凝明顯看出他已經手足無措。

「妳莫哭,我去。」

崔凝覺得符遠教的法子真是很靠譜,心裡一鬆,眼淚一下就掉了出來。

「嗯。」崔凝抹了抹眼淚,轉身出去。

符遠見魏潛跟了出來,衝崔凝讚許的一笑。

崔凝吐了一下舌頭。

樂天居對面就是一家書局，三人走出酒樓直接步行去了那邊。

科舉剛過，書局裡的人並不多。

符遠到樓上找了個位置坐下。「阿凝跟著長淵去挑吧，我歇一會兒。」

魏潛認命似的，一言不發地帶著崔凝去找書。

這家書局的書種類比較雜，魏潛常常光顧。不過，關於破案一類的書籍著實不多，整個書局也就幾本。學習破案最好是看案例，不僅能夠培養敏銳的觀察力、邏輯性，還可以積累經驗。

魏潛選了一本內容比較基礎又合乎邏輯的書給她當作啟蒙，又選了一些詩詞歌賦類的正統學問。

「要這些做什麼？」崔凝拿起那些詩集。

「掩人耳目。」魏潛道。

崔道郁夫婦知道他們今天來書局，若是只帶回去一本奇奇怪怪的書，恐怕立刻會露餡。崔凝不禁吐了吐舌頭。「還是五哥想得周到。」

魏潛沒作聲。

「五哥，你是不是生氣了？」崔凝感覺到他與平常不太一樣。

任誰被半強迫去做不願意做的事情，心情都不會太好，尤其是魏潛還看出崔凝是在裝可憐。不過，魏潛一向喜怒不形於色，沒想到崔凝能看出來。

「你別生氣了，我給你賠禮。」崔凝欠身。

她暗自決定，下回不能用這種法子強迫他了，萬一他真的惱火怎麼辦？

「起來吧。」魏潛看了她一眼，把書遞給她。「讓長庚送妳回去，我先回酒樓了。」

「五哥。」崔凝抱著書，跟在他身後。「我必須學破案，我有不得已的苦衷，可家裡不會同意，並非是刻意為難五哥，等我辦成那件事情……我一輩子做牛做馬報答你。」

若是這輩子沒有機會報答，那就下輩子償還。

魏潛垂眸靜靜看著她，然後嗯了一聲，目光從她腰間的雙魚珮滑過，而後直接轉身離開。

崔凝心裡驀地跳了一下。

他，剛剛看了雙魚珮？什麼意思？他看穿了她的祕密？

魏潛人高腿長，等她反應過來再想追上去詢問的時候，他已經出了店門。

「看什麼？脖子都要伸出大門了。」符遠俯身順著她的目光看見了一片玄色衣角。聲音突然在耳畔響起，崔凝被嚇了一跳。「符大哥，你怎麼走路沒聲的！」

「是妳看得太出神了。」符遠看了看她手裡的書。「挑好了？那就走吧。」

崔凝跟著她下樓，掌櫃迎了上來，笑道：「魏狀元說了，這幾本書都記在他帳上。」

符遠點頭，待掌櫃確認過書籍之後，便帶著崔凝到對面上了馬車。

回到家裡，崔凝就迫不及待地看書。

這是一本漢代的雜記，裡面不全是破案，還有很多鄉野趣聞，崔凝看著看著就忘記了目的，沉浸其中。

之後每天除了去書房聽崔玄碧講課，其他時間都用來看書。

就這樣廢寢忘食地看了八、九天，終於將這本「故事」看完。

崔凝發現自己看得太快了，除了覺得有趣之外，別無所得。

「娘子，方才符郎君令人送來一些東西。」青心捧著一個盒子進來。

崔凝接了盒子。「妳先出去吧，把門關上。」

青心應了一聲，便退了出去。

屋裡只剩下崔凝一個人，她才打開木盒。

裡面放著厚厚一遝書，封皮上霸氣十足的兩個字映入眼簾——案集。

那字如刀鋒一般透著凌厲，濃黑的墨色似乎要溢出紙張。不知怎地，崔凝忽然就想到二師兄說過的那把神刀的名字——「斬夜」。

真要斬開夜色一般的氣勢。

看紙張和字跡，似乎都是新的。

崔凝拿出最上面的一冊翻開來看，裡面記錄了一個個案件，案件後面有詳細解析。崔凝只翻了幾頁，指頭上就沾染了黑色，顯見有些地方墨蹟未乾透，再仔細看，寫字的人似乎極力保持著字跡工整清晰，但因寫得太急，連筆甚多。這般一氣呵成的字，潦草中透出一種狂氣。

崔凝看見旁邊附著一封信，便將書放下，先拆了信。

信中文字清俊有力，總體看來極為雅致，只在某些地方隱隱能看見一些鋒芒，與書上字跡完全不同，崔凝看到最後，落款是符長庚。

信不長，主要是告訴崔凝，這些書是魏潛託他轉交的。符遠還說，魏潛昨日已經前往江南，待到那邊之後會寫信回來，如她想寫信，可由他代為轉寄。

「真是怪人。」崔凝說的是魏潛。

表面上看起來很冷酷，接觸之後又覺得他其實是個很溫柔的人，然而溫柔裡又透出一股子冷漠，讓她感覺忽冷忽熱。

「唉！」崔凝捧著書，無限感慨。

如果精通破案的人是符遠，或許情況會好很多？崔凝不敢下這種結論，如果符遠性子也像二師兄，那還真不如魏潛可靠。

崔凝看了幾頁，覺得很枯燥。魏潛能考上狀元，說明很有文采，可這本《案集》寫得很無趣，就是乾巴巴地敘述案情，著重寫什麼動機、推理、屍體、傷口、證物，崔凝看著看著就開始犯睏，不知不覺趴在桌上睡著了。

之後就開始作惡夢，方才看過的描寫全部都在夢裡變成了實物，嚇得她被驚醒了。

就這樣，崔凝又在家裡混了三五天，終於被攆去上學。

第十八章　懸山書院

懸山書院在長安頗有名，不僅有女學，也有男學，兩處相隔不到一里。

崔凝原以為書院是建在山上，結果問了之後才知道，原來創辦這座書院的人號懸山居士，是個有名的大儒。

這位懸山居士生性不喜爭，一直獨自隱居在郊外，起初辦書院也只是想教人識幾個字，後來慕名而去的人越來越多，他反倒覺得沒什麼趣味，就拉了一個徒弟過來撐著，自己一個人遊玩去了。

如今懸山居士已故多年，但他當年的院訓還保留著——充實、淡泊、不爭。

崔凝下了馬車，只見四周綠柳垂垂，清竹蕭蕭，書院的正門掩映其中。

循著曲徑前行，很快就看見大門牌匾上「懸山書院」四個瀟灑肆意的大字，隱約有讀書聲傳出。

「這位娘子找誰？」看門的婆子問道。

崔凝拿出推薦信。「我是來就學的。」

那婆子看了一眼。「您請隨我來。」

崔凝跟著婆子進門。

「娘子應知我們書院的規矩，來求學的人一律不許帶侍女。」婆子邊走邊給崔凝講規矩：「湖邊有茶室，您可以讓侍女在那裡等候，或者下學的時候過來接您。中午書院供應餐飯，都很乾淨，只是肯定比不上家裡精緻。」

「嗯，我明白，謝謝。」崔凝道。

「娘子客氣了。」婆子微微躬身。

兩人走到了一間屋舍前。

房門未關，崔凝看見裡面坐著一名著深青色衣裙的中年女子。

「先生，有位娘子拿著推薦信來報到。」婆子道。

「進來吧。」

聽聲音，像是個端莊溫和的女子。

崔凝略略心安，拿著推薦信走進屋裡。

「學生崔凝，見過先生。」崔凝躬身施禮。

「請坐。」她道。

崔凝落座後才抬頭仔細看眼前的女子，她約莫四十歲上下，膚白而豐腴，年輕時定是個美人兒，如今歲月在她臉上留下了痕跡，雖稍損容色，但卻賦予了她成熟穩重的韻味。

「吾字臨軒，妳可喚臨軒先生，抑或先生，目前打理懸山書院事務。」臨軒先生面上笑容得體。「把妳的推薦信拿來我瞧瞧。」

崔凝恭恭敬敬地將推薦信雙手呈上。

臨軒先生接過信拆開看罷，微笑道：「原來是崔尚書的孫女，難怪如此品貌。」

接著，臨軒先生又問崔凝讀了哪些書，對她進行仔細考校，最後將她安排在同齡人較多的乙舍。

崔凝學得很快，但她八歲以前讀的都是道家典籍，到了崔家之後才開始和平常孩子一樣讀書，自然稍有不足。

「尚書大人說妳生病忘記了之前學過的東西。」臨軒先生道：「不過崔大人也說妳學得很快，所以便仍將妳按照年齡來分。剛開始聽課時或許會有些吃力，相信妳很快就能適應。」

「多謝先生。」崔凝這回放心了，總算不用跟一幫還會尿褲子的熊孩子待在一處。

「我先帶妳去教舍。」臨軒先生道。

待站起來，崔凝才發覺這位女先生很高，個頭都快趕上她父親了。

臨軒先生並不是普通女子的打扮，而是一襲深青色的袍服，下面是齊地的裙子，沒有束腰，但她身量高䠷，穿著頗有氣勢，顯得樸素而又不失莊重。

崔凝跟在後面，暗想，這樣的衣服，矮的人穿著會像樹墩吧……

繞過了一塊花圃，穿過一道長廊，崔凝看見了坐落於湖上的屋舍。岸邊長了一片水蘆，再往湖裡面是接天蓮葉無窮碧。清晨，湖上的霧氣將散未散，恍若薄薄的一層紗，將古樸秀美的屋舍襯得宛在仙境。

「真美。」崔凝由衷讚嘆。

在這樣的地方讀書，肯定很舒服。

臨軒先生笑道：「但願妳一直覺得它美。」

崔凝總覺得她話裡有話。

站在一間教舍門口，臨軒先生抬手敲了敲門框。

屋裡的先生正在教琴，聞聲抬手按住琴弦，轉頭看過來，淡淡打量崔凝一眼，而後起身出來。

「潁川先生，這是崔凝，今後安排在乙舍。」臨軒先生言簡意賅。

崔凝見潁川看過來，立刻欠身施禮。「見過先生。」

潁川先生是個年輕男子，青色袍服襯得他面如冠玉。崔凝有點吃驚，原來女學裡也有男先生，還生得這樣好看。

「不必多禮。」潁川微微頷首，轉而與臨軒先生道：「先與諸位同學介紹一下吧。」

崔凝跟著臨軒先生走進教舍，屋裡面安安靜靜，約莫有三十個女孩，都是十一、二歲的樣子，全都穿著淺青色衣裳。

「這是崔凝，以後便是妳們的同窗，日後要互相學習，互相謙讓……」

臨軒先生說完，便給崔凝安排了一個座席。

崔凝在同齡人裡算比較高的，於是就坐在倒數第二排中間。

待安排好之後，潁川先生才接著方才的內容繼續講。

崔凝擅琴，水準遠在同齡人之上，因此聽了一會兒，注意力便轉移到了周圍女孩身上。

突然來了一個新面孔，女孩們本應該很新奇，但恰逢潁川先生的課，個個都目不轉睛地盯著先生看，根本無暇顧及她，只有鄰座一個胖乎乎的小姑娘，在偷吃點心的時候友善地衝她笑了一下。

講了一會兒，潁川先生就開始示範。

琴音響起，崔凝的注意力便被吸引過去。

潁川先生琴技高超，主要在男學那邊任教，每隔三日才會過來這邊教一回，且都是給年紀較小的孩子上課，主要是因為他生得太好，又太年輕，掌教考慮到那些十五、六歲的娘子正是春心萌動的時候，只好大材小用了。

一曲終，潁川先生環顧一周。「誰想試試？」

崔凝身旁一個女孩站起來，聲音清脆婉轉：「先生，學生想試。」

崔凝這才注意到原來身邊坐了個小美人兒，那姑娘生得白皙，臉龐豐潤，瓊鼻小口，還有一雙漂亮的桃花眼。小美人看起來比其他孩子都要大一些，約莫有十三、四歲。

潁川先生點頭，示意她坐到前面放著琴的空席。

小美人蓮步輕移，一陣清淡的香風拂過崔凝鼻端，很是好聞。

崔凝看著她走過去坐下，略微調整一下氣息才抬手。

琴音從纖白的指端流瀉而出。

待她彈完，潁川先生道：「大致不錯。」

當著這麼多人的面，他不願說得太直白，這姑娘琴音匠氣太重，技巧方面雖比同齡人好許多，但氣度不夠。

樂，初衷是為了娛人娛己，心有所動，琴音才會有靈氣，才能引起聆聽者從心而發的共鳴，倘若這個姑娘不能體悟，將來技巧再純熟也難成大家。

「妳過來試試。」潁川看向崔凝。他瞭解乙舍所有學生的水準，叫崔凝上來，只是為了看看她學到什麼地步，以後方便教授。

崔凝沒想到自己這麼快就被點名了，不過是自己擅長的琴，她也不擔心，大大方方地上去把剛才聽到的曲子彈了一遍。

這首悠遠曠達的曲子，在她手底少了一點淒清之意，寧靜神祕中反倒透出一絲絲按捺不住的莫名歡喜，聽著有些怪異，可是又忍不住跟著歡喜。

曲罷，潁川先生撫掌道：「妳撫琴的時候在想何事？」

崔凝道：「回先生，學生方才過來時，見外面景色很美，覺得在這裡讀書很好，撫琴時便想的這個。」

「以前彈過這首曲子？」潁川先生問。

「並沒有，學生第一次聽。」崔凝答道。

潁川先生面上笑意漸濃。「很好，回席吧。」

「先生，學生方才聽她彈錯了好幾個音，為何先生卻說很好？」

崔凝看過去，原來是之前彈琴的小美人，臉上帶著質詢的神色。方才她完成得一點不錯，先生卻只說大致不錯；可這個新來的分明彈錯了好些，先生居然讚很好！

潁川如何會聽不出崔凝彈錯的音符？可整體聽下來，崔凝彈得篤定、自在，並不是戰戰兢兢地去完成一首曲子，只是為了表達當下的情感，於是彈錯的那些音符聽起來就不那麼刺耳。

崔凝的改動自然比不上原作，可是懂得樂曲的真諦，又知道如何表達，彈的是哪首曲子，是錯是對，又有什麼打緊呢？

「樂之初心，是動情。」潁川微微笑道，第一次指明女孩的缺點。「奏樂者動情，賦予樂曲靈性，聆聽者才能被帶動，妳與她的差別便在於此。她彈琴的時候想的是美景，哪怕錯了幾處音，大家聽著仍是享受；妳彈琴的時候想著對錯，別人也就只能聽到對錯。」

眾人紛紛點頭，她們也才剛入門不久，談不上造詣，甚至聽不出崔凝彈錯音了，但是作為聽眾，她們自然清楚聽曲子時自己的心態。

那個女孩咬了咬脣，恨恨地瞪了崔凝一眼。

樂課結束之後，便有幾個女孩過來與崔凝搭話，其中就有剛剛上課偷吃的小女孩。

幾個小姑娘各自報了家門，都是一些貴族女子。

那個偷吃的女孩叫李逸逸，父親是兵部侍郎，正是崔玄碧的下屬。

兩人一見如故，李逸逸還忍痛割愛分了一些糕點給崔凝。

坐在湖邊吃著糕點，吹著湖風，很是愜意。

「武惠估計要跟妳較勁，妳注意點吧。」李逸逸提醒她。

「武惠？方才彈琴的那個？」崔凝微驚。「她與陛下一個姓啊？」

「是啊，她出身是武氏，不過跟陛下的關係都出九服了，大可不必當回事。」李逸逸將手裡的殘渣灑進水裡餵魚。「其實她也挺可憐的，父親是兵馬司一個侍衛頭領，娘親以前是歌姬，被養在外邊，有孕之後才被原配接回家裡做妾室，她與娘親在家裡過得不大好，可她這個人凡事又愛掐尖要強，大家都不喜歡她。不過，心地倒是不壞。」

崔凝趴在欄杆上看下面聚集過來的魚兒，笑道：「那我要注意什麼呀？」

「我也不知道，反正總是被人盯著比來比去挺煩。」李逸逸頗為感慨。「我其餘都平平，就字寫得不錯，我原來挺喜歡寫字，可是自從與武惠一個教舍，每回上書法課她總要與我較勁，纏得我都清減了好多，妳說她怎麼就不嫌累呢？」

崔凝看著她肥嘟嘟的臉，實在不知道說點什麼好。

李逸逸捂著腮幫子。「妳是沒見過我以前的樣子，哪個見了不誇一句珠圓玉潤？」

「崔二娘子？」身後有人道。

崔凝回頭，看見一個十六、七歲的女子亭亭而立，五官平平，但是給人一種溫文親和之感。

「是雲詹姊姊啊！」李逸逸施禮，又熱情地與崔凝介紹。「雲詹姊姊姓陸，是個大才女呢！現在幫著臨軒先生管理事務。」

陸雲詹衝她笑了笑，轉而對崔凝道：「崔二娘子，請跟我來。」

崔凝與李逸逸道別，隨著陸雲詹離開學舍。

「頭一次聽潁川先生的課感覺如何？」陸雲詹問。

「先生講得很好。」崔凝大部分精力都用來研究魏潛留給她的《案集》，對書院裡學的東西並不是很上心，教得好壞都無所謂。

陸雲詹道：「書院開課三天休息一天，還有以後只能穿書院提供的衣物，我這就帶妳去領。」

崔凝道：「多謝師姊。」

「師姊？」陸雲詹回頭笑望她。「倒也貼切。妳若不嫌棄，日後跟逸逸一般喚我姊姊即可。」

「雲詹姊姊。」崔凝從善如流。

陸雲詹帶著她去領了衣物、書籍等物，之後又帶她到處參觀，大致瞭解整個書院的布局，中午就在書院的飯堂裡吃了點東西。

今日是頭一天報到，不需要整日上課，崔凝惦記著青心的午飯沒有著落，過午之後便回家去了。

次日。

天色濛濛亮，崔凝便從家裡出來，到巷口時發現一輛馬車停在那裡。

「阿凝！」李逸逸從車裡探出頭。

「咦？」崔凝道：「好巧。」

「巧什麼巧呀，我專程等著妳呢！」李逸逸朝她招招手。「快來快來，到我車上來。」

兩人才見過一面，饒是崔凝性子爽朗，也訝異於李逸逸的熱情，但人家專程等候，她也挺高興，於是下車過去。

李逸逸的馬車裡收拾得舒適精緻，車廂寬敞，有一個小榻，上面鋪著薄薄的絲褥，她腳邊擱著一張小几，上面擺著許多吃食，侍女正從一只鏤花竹筒裡盛粥。

崔凝咂舌，這也忒會享受了吧！

相較之下，她的馬車可以用「寒酸」來形容了。

「一起來吃早膳。」李逸逸指了指桌子上白胖胖的大包子。「這是朱雀街上最好吃的包子，我特地給妳帶了兩個，不許說吃過了！」

朱雀街上的天價，崔凝記憶猶新，沒想到這李逸逸連一頓早膳都這麼奢侈。

「我是吃過了，不過既然妳特地幫我買的，再吃一次也挺好。」崔凝爽快地坐下。

那侍婢也給她盛了一碗燕窩粥。

大早上吃這麼補，真的好嗎？崔凝攪著碗裡的粥，現在她也吃過不少好東西，燕窩的好壞一眼就能看出來。

「來嘗嘗。」李逸逸將包子推到她面前。

馬車行走起來，崔凝頭一次在車上吃飯，感覺還挺有意思。

朱雀街上的天價包子，味道當然沒有什麼好挑剔的，不過崔凝覺得，比她家廚娘做的包子也就是好吃那麼一點點罷了，根本就不值它的價錢。

「我最喜歡鮮蝦餡和豆沙，不過我還帶了好些糕點，怕吃多了甜的太膩，就只買了鮮蝦餡兒的。」李逸逸說到吃，兩眼像星星一樣亮。「鮮肉野菜餡兒也不錯。妳喜歡吃什麼餡兒？」

「我什麼都喜歡。」崔凝道。

以前在師門雖說不是吃糠嚥菜吧，但也過得相當清苦。師父在林子裡逮到一隻野雞，都得在外面烤好帶回屋裡關上門偷偷吃，若是被師兄們發現，估計連雞骨頭都不剩。如今這些精緻吃食，都是她以前從未想過的。

「妳看起來一點都不像不挑食的人呢，太瘦了。」李逸逸捏捏她纖細的手腕，一臉的憂國憂民。「妳這樣以後會嫁不出去！」

崔凝反手捏捏她的肉腮。「哈哈，等我大一點就會胖起來了。」

兩人嬉笑打鬧地吃完了早飯，在車裡聊天。李逸逸除了是個吃貨，還是個愛說話的，一張嘴叭叭叭始終不閒著，一路上給崔凝惡補了一套「懸山書院愛恨情仇錄」，譬如誰愛慕誰，誰又跟誰有過節，誰表面風光背地裡是個受氣包，誰的爹喜歡養舞姬，誰的母親尖酸刻薄……

崔凝聽得目瞪口呆。

這、這就是祖父說的「很不錯」的女學！她是不是去錯地方了啊？

李逸逸很滿意她的反應，伸手拍拍她的頭，一副「不要怕，以後姊姊罩著妳」的嘴臉。

「咱們書院是叫懸山書院吧？長安有幾個懸山書院？」崔凝忍不住要求證一下。

李逸逸睨著她道：「全長安就咱們一個懸山書院。」

「哦。」崔凝揣了一肚子的「愛恨情仇」，一時有些消化不良。

到了書院。

兩人一下車，李逸逸便忍不住直打量崔凝。

「怎、怎麼了？」崔凝緊張地理了理衣服，第一天穿書院的衣服，出糗了？

李逸逸嘖道：「我往常總覺得書院的常服醜，沒想到這衣服瘦子穿起來挺好看！」

李逸逸不算太胖，但肉乎乎的身材，加上個頭又不算高，穿著沒有腰身的常服並不像崔凝想的那樣是一個地墩，而是險些成了一顆球。

而崔凝瘦長，能將衣服撐起來，又能遮掩她過瘦的缺點。

「沒事就好。」崔凝略略放心。

可也只是放了一半的心罷了。

因著早上聽了李逸逸說的事情，崔凝再進懸山書院就有點提心吊膽。

然而一天過去，卻並沒有發生任何混亂，同窗們都很友好知禮，就連那天樂器課上瞪了她的武惠也沒有故意找碴。她甚至還交到了幾個朋友。

崔凝第一次和這麼多同齡的女孩子在一塊玩，感覺自然和師兄們截然不同，跟著她們，她瞭解到了許多從前從未接觸過的東西，譬如東市哪家料子好，胭脂水粉又出了什麼新貨，西市有什麼新奇的小玩意……

好像，另一個截然不同的世界在她眼前徐徐展開。

隨著崔凝漸漸適應懸山書院的生活，已到了盛夏。

她寫了三封信寄給魏潛，卻都沒有收到回信。

符遠也是朝廷命官，每天有很多事情要忙，崔凝幾個月也只見過他一次，根本無從詢問魏潛的事情。

崔凝很苦惱，日子如水般流逝，這樣下去要等到什麼時候才能回到師門？

沒有別的辦法，她只能下苦功研究魏潛寫的《案集》。

剛開始看的時候覺得枯燥乏味，然而當她隨著他的思路慢慢去思考推敲每一個案件的細節，就覺得有意思了，她發現自己現在能發現許多以前被她忽略的東西。

短短幾個月，崔凝的成長遠超在清河的那三年，她焦躁的心這才真正平靜下來。

每天研究《案集》，不知不覺天氣漸涼。

崔凝終於收到魏潛的第一封信，厚厚的一遝，都是他整理的一些案件分析，除此之外一句多餘的話都沒有。崔凝很感激他在百忙之中還記得對她的承諾，回信的時候也回了厚厚一遝，說的都是一些生活中的瑣事，還有關於《案集》的疑問。

這次魏潛倒是回得很快，不但回答了她的疑問，還增加了一些新案件，但對她那些碎碎唸未有隻字回應。

書信往來數次，漸已入冬。

建在湖上的教舍在冬季仍有一種別樣的美，但坐在裡面讀書的人心情可就不如夏季的時候美了！四面八方湧過來的寒氣，就算是窗子上掛了厚厚的蒲簾都擋不住。

崔凝吸著鼻涕，終於明白了報到時臨軒先生說過的話——但願妳一直覺得它美。

「好冷好冷啊。」崔凝抱著手爐，還是冷。這冬天坐在水上，比住在山上還要冷啊！

李逸逸裡面一層層的夾襖，綁得像個粽子，小臉凍得通紅，卻還嘴硬道：「瘦子就是弱，我便不覺得冷。」

兩個與她們要好的小姑娘一陣笑。

「年關了，再堅持堅持就可以在家休息了。」一個圓臉大眼睛的女孩道。

她是胡敏，也就是傳說中那位「不找事兒不痛快」的胡御史的孫女。另外一個湊在崔凝身邊直哆嗦的女孩，叫謝子玉，江左謝家的女兒，與崔凝七拐八拐的有點親戚關係，是崔凝祖母的狂熱崇拜者。

大年過後節氣不斷，書院索性就每年這個時候放兩個月的假。

每每秋末，她們就開始盼，簡直是度日如年。
「哎，武惠好幾天沒有來了吧？」李逸逸道。
武惠的位置就在崔凝右手邊，已經空了三日。
「聽說她生母病了，在家裡伺候湯藥呢。」胡敏雖然不像御史那樣嚴肅自律，但什麼小道消息都能被她刨出來，完全繼承了胡御史的才能。
謝子玉道：「我昨日在東市見過她一面，看上去失魂落魄的，我打招呼她都沒聽見。」
自從第一次在樂課小過節之後，武惠果然像李逸逸說的那樣，每到潁川先生的課就開始與她較勁。
崔凝擅琴，但對此道並不執著，也不理她，自己愛怎樣彈就怎樣彈，半點不受影響。隔了一段時間之後，武惠似乎確實意識到自己彈的曲子缺少靈性，還私底下偷偷找崔凝求教過一回。不過，崔凝彈琴並沒有什麼訣竅，就是怎麼高興怎麼整，她也如實告知武惠。
可能武惠覺得她小氣不願意教，以後就再沒來問過，也再沒跟她說過一句話。
崔凝對武惠倒是沒有惡感，她來求教的時候，確實放低了姿態，很是誠懇，可能本身就不是一路人吧，沒法深交。
幾人說說笑笑，驅走了不少寒意。

又到了學書畫的時間，可這樣冷的天，根本伸不出手！屋裡人人都縮手縮腳。

可是等來等去，教授書畫的先生沒到，臨軒先生卻帶著一個官差過來了。

屋裡倏然安靜。

臨軒先生問道：「昨日可有人見過武惠？」

謝子玉怔了怔，站起來道：「我見過。」

「這位是江左謝氏的娘子，家中行六。」臨軒先生對官差道。

那官差衝謝子玉抱拳道：「不知謝六娘可否單獨回答我幾個問題？」

「可以。」謝子玉雖還是冷，但姿態從容，一點不見方才縮在崔凝身上取暖的可憐樣。

官差和臨軒先生帶著謝子玉出去，屋裡才響起竊竊私語聲。

「武惠出事了？」李逸逸湊近崔凝，悄聲道。

崔凝看了《案集》許久，也曾想過，倘若現實中出現一個案子讓她練練手多好，可是現在她情願不是自己想的那樣。

第十九章　出事

不多時，謝子玉便回來了，臉色泛白，不知是凍得還是受到驚嚇。

「子玉？」李逸逸小聲問道：「何事？」

旁邊也有不少人湊了過來。

謝子玉道：「說是武惠不見了。」

崔凝鬆了口氣。

胡敏道：「怎麼會不見，被人綁走了？」

所有人第一反應都是覺得武惠是被人綁走了，但再仔細想想，她在家裡過得不好，說不定是離家出走了呢？

教書畫的先生走進來，輕咳了兩聲，所有人都默默回到自己位置上。

崔凝一堂課上得心不在焉，武惠到底去了哪裡？她不由得躍躍欲試。

放學後。

崔凝拉上胡敏、李逸逸和謝子玉，一併上了馬車，其他三人也是壓抑了一整天的好奇心，這時全都迸發，不待崔凝問，胡敏便將知道的事情都貢獻出來：「我之前聽說她的嫡母給她說了一門親事，會不會跟這個有關？」

「快說說。」李逸逸催促道。

胡敏道：「是說給兵部侍郎。」

李逸逸悚然一驚，她爹就是兵部侍郎啊！

胡敏見狀，伸手點了點她的腦袋。「另外一個，夏侍郎。」

兵部侍郎是兵部尚書的副官，設兩人。

「嚇死我了，也不說清楚。」李逸逸撫著心口。「可是夏侍郎都快五十了。」

謝子玉整個人都要貼在火爐上了，哆哆嗦嗦地問：「夏侍郎不是已有妻室？難道是納妾？」

「如果消息屬實，定是妾室。」胡敏解釋道：「夏侍郎的長子是兵馬司副統領，而武惠的父親只是兵馬司一個小頭領，約莫他們是想用武惠籠絡夏副統領，以求升官。」

「那也應該讓武惠給夏副統領做妾啊？」李逸逸不解道。

胡敏神神祕祕地壓低聲音。「這妳就不知道了，那夏副統領今年才二十六歲，生得十分俊美，據說是陛下身邊上官侍詔的裙下之臣，給他獻妾室，不是間接得罪了上官大人？」

崔凝聽得滿頭霧水。「為什麼會得罪上官大人？」

李逸逸正從兜裡掏出一包點心放在几上，聞言恨鐵不成鋼地道：「妳這就十二歲了，怎麼什麼都不知道？敏兒妳快同她講講吧，哎唷，真是讓人操心。」

她說著，往嘴裡塞了一大塊點心，兩頰鼓鼓地瞪著她。

這些權貴之女，父親大都不只一個女人，她們生活在那樣的環境之下，在男女之事上面都開竅得很早，儘管可能知道得並不祥細，但比起崔凝這個從小在一堆光棍裡頭長大的孩子強太多了。

於是，接下來就直接轉成了對崔凝某方面的啟蒙教育。

三個半吊子妳一言我一語，聽得崔凝滿腦子漿糊，但最後好歹是弄清楚了，夏副統領是上官大人的所有物，別人不能肖想。

這話題聊了一路，崔凝拉都拉不回來，結果害得她當夜就作了一個亂七八糟的夢。

次日正值沐休，不用去上學。

崔凝決定先去找胡敏打聽一下情況，誰料，剛準備出門便聽青心說符遠來接她，只好放棄行程，乖乖跟著符遠去了酒樓。

馬車裡，崔凝同符遠說了書院裡的事。「符大哥，你說武惠是不是不想做小妾，所以離家出走了啊？」

以她對武惠的瞭解，還真有可能如此。

符遠笑望著她。「這麼多日不見，也沒聽說妳想念我。」

他的眼眸如懸山書院的湖水，清澈乾淨，笑起來的時候彷彿泛起了漣漪，有一種說不清道不明的吸引力。

剛剛被塞了滿腦子男女之情的崔凝心頭忽地一跳，發現自己再也不能坦然地與他對視了。

這種隱晦的小心思讓她覺得羞恥，臉頰不由得漲紅。

符遠原是開玩笑，卻見她難得地露出了女孩兒的羞澀，心裡微微一頓，頭一次意識到——啊，這原來是個姑娘呢！

那方才說的話就有些不妥了……

車廂裡出現了幾息的寂靜，頗有些尷尬，不過符遠到底是不拘小節的人，很快便調整了心態，一如往常般淡淡地微笑道：「妳說的事情我也略有耳聞，妳莫湊上去，這等事情鬧不好就是一身腥。」

崔凝也將方才那一點點異樣撇開，抬起頭來。「可是我想看看自己學得如何了。」

一觸碰到符遠的目光，她就開始不自在。以前她一直覺得符遠像二師兄，可不知道在哪個瞬間，在她心裡，符遠突然就是符遠，已經不再是二師兄的影子。

突然的變化讓她有些手足無措。

「聽話。」他輕輕道：「我來檢查妳學得怎樣。」

「喔。」崔凝胡亂地點頭，覺得自己昨日千不該萬不該問李逸逸她們那句話，聽完那些教導之後，她現在覺得整個人都有些凌亂。

符遠看出她的不自在，並沒有多問，對待她還像從前一樣。

到了酒樓，崔凝發現凌策也在。

凌策自從和崔凝解除婚約之後，反而能自在地與她相處了，再加上崔凝心胸寬廣，毫無怨恨之情，他更覺得自己的這個未來小姨子很好相處。

一進門，凌策就看出崔凝彆彆扭扭，便問道：「這丫頭怎麼了？」

「不知道。」符遠笑了笑，俯身去拿酒壺。「春闈不遠了，怎地不在家裡溫書，反而跑出來喝酒？」

凌策嘆了口氣。「我原說學問不如你和長淵紮實，便讓你們先考了，結果你們一個兩個全中了狀元，可知我現在壓力多大？」

他們三個是徐洞達的關門弟子，只要提起一人，所有人便會想起另外兩人，萬一就凌策一個人沒考上狀元，那可真是丟臉了。

「放心吧，不會有問題的。」符遠倒了杯酒仰頭飲盡。

崔凝緩了好一會兒，才將那些奇奇怪怪的念頭拋到腦後，聽著兩人的話，也來了興趣。「表哥開春就要考狀元了？」

「是啊。」凌策戲謔地看著她。「怎麼，不彆扭了？」
「誰彆扭了！」崔凝反駁道：「我只是在想事情。」
凌策哈哈笑道：「小小年紀心事重重，小心未老先衰。」
「你才未老先衰！你方才還憂心自己考不上狀元呢。」崔凝哼道。
「妳說得有理，我呀就是未老先衰的命。」凌策雖是開玩笑，可說得也是實話，這還沒扛起整個家族呢，等真正的擔子落到他肩上的時候，他都不敢確定自己能撐多久。
他有時候覺得自己要被壓垮了。
「長淵何日歸來？」符遠岔開話題。
凌策道：「算算日子，應是五天之後。聽說郊外下雪了，不知別處是否也下雪。」
「魏五哥要回來了！」崔凝驚喜道。
凌策訝異地看了她一眼，又看了看符遠。
符遠只是淺笑。「是啊。」
「魏五哥在江南破了很多案嗎？」崔凝問道。
「是啊！巡察使主要是到各地去查冤案錯案，你魏五哥這一趟可是大顯神威。」凌策調侃道。
崔凝目光熠熠，一副與有榮焉的模樣，好像破案的人是她一樣。

符遠看著她興奮的小臉，微微沉吟。
天氣不大好，符遠給崔凝講了一些破案故事之後，便送她回府了。

長安的天空烏雲密布，淅淅瀝瀝地開始下雨。
待符遠回府時，雨已經變成了雪。他換過衣物，便去了書房。
「祖父，孫兒回來了。」符遠站在書房外面道。
裡面傳來一個蒼老的聲音。「進來吧。」
符相單名危，已近花甲，雖鬢髮如霜，但看起來精神矍鑠。他眼睛狹長，目光中盡顯歲月沉澱後斂去鋒芒的睿智。符遠的眼睛生得很像他。
「祖父。」符遠在符危面前並不拘束，隨意坐到距他不遠的席上。
符危放下手裡的公文。「今日又去酒樓了？」
「嗯，與長信小聚。」符遠道。
符危笑問：「哦？不是教崔家那個小娘子讀書？」
「什麼都瞞不過祖父。」符遠被拆穿之後反倒更坦然。
「你從不做無用功，教小娘子讀書這種事情不像你能辦出來的事兒。」符危抄手看著他。「莫不是看上崔家那個小娘子了？」
「以前就是覺得有意思，現在覺得也未嘗不可。」符遠道。

「清河崔氏自是好的，可年紀終究是小了點，祖父老了，不過幾年就要致仕。祖父拚了好些年才坐上這左僕射的位置，風光一時，難道說致仕之後就淪落到一個人孤苦無依？」符危嘆道。

符遠無奈笑道：「怎地就孤苦無依了？不是還有孫兒嗎？」

「你若願意來書房天天背三字經、學孟子，不去做官，再來說這話。」符危皺眉道：「我原先看好崔家那個淨娘子，年紀也差不多，可你一點都不爭氣，那會兒淨娘子可沒有婚約！」

符遠道：「合著您老一口答應我遊學，是為了讓我去勾搭崔家的娘子？」

符危怒道：「我不信清河崔氏上上下下就找不到個年紀合適的娘子！你就是不肯用心！」

符危前幾年忙於朝政，一直沒關注孫子的婚姻大事，等想起來的時候，長安適齡的娘子竟然大都有婚約了！前兩年他還胸有成竹，因為看好了幾個年紀小點的娘子，誰料符遠卻一個都看不上！

符危就這麼一個孫子，打心底希望符遠尋到一門合心的婚事，所以給了他一定的自由，可這也說了不少家了，竟然一個都沒成！符危這才開始著急。

「您還別挑剔，那小丫頭恐怕更中意長淵。」符遠懶散地靠在椅背上，笑吟吟地看著自家祖父。

符危一聽，頓時長眉倒豎。「那丫頭眼光也忒有問題！魏家那個小五哪有一丁點比得上你！你去，快去把人搶過來。」

「祖父，別的不敢說，長淵比我長得好看。」符遠嘆了一口氣。「我覺得可能爭不過。」

「呔！」符危猛地一拍桌子，指著他怒吼。「你看看你這是什麼態度，尚未出師就滅自己威風！你不把那個崔家小娘子娶回來，就不是我符危的孫子！」

「哎！這就去。」符遠高高興興答了一句，乾脆俐落地起身走了。

符危愣了愣，抬腿追了出去。「渾小子！你給我站住！」

符遠聞聲，腳下走得更快。

符危眼見追不上，氣得將靴子一脫，揚手砸向符遠的後腦杓。

前面符遠早就猜到他會有這一手，乾脆一撩袍子大步跑了起來。

「砰」的一聲，靴子落在地上。

身後傳來符危的聲音。「來人！把靴子撿回來！」

符遠大笑出府。

雪密密地傾落，沒有風，倒是不算太冷。

他索性就披了大氅，令小廝撐傘在街上慢慢走著。

他沒有戀童癖，今日與祖父說了崔凝的事情，意思不是非崔凝不娶，而是想先得到祖父的許可再進一步打算。婚事方面，祖父給了他一定的自由，可也並非是他想娶誰就能娶誰，否則天下女子何其之多，他也不會耽擱到現在。

符家祖上倒是曾經顯赫過，可是在大唐根本數不上，也就是出了個符危，長安才有符家一席之地。符家人丁單薄，若是想穩固下來就只能靠聯姻，像崔氏這樣的大族，是最好不過的選擇。

符危先前之所以看中崔淨，是因為他們這一房身上還流淌著江左謝氏的血，其實他開始最想為符遠求娶的是崔道默的長女，可惜那位娘子早已有了婚約。

符遠知道，今天祖父看起來暴怒，但其實根本就沒有生氣，他肯定早就打探好了有關崔凝的一切，崔凝除了歲數不合適外，其他方面比崔淨更好，無他，只因她是江左小謝最疼愛的孫女，必會令整個謝家重視。

而崔凝……是個有趣的孩子。

符遠笑了笑，現在雖無任何綺念，但他可以肯定自己將來會喜歡她。

他一向都知道自己要的是什麼。

「郎君似乎很高興？」小廝問道。

「高興，又不高興。」符遠想起以前逗崔凝的時候總捎帶逗一下魏潛，他倆現在關係更近，有自己一半功勞吧？

唉！這肯定是他這輩子做得最蠢的一件事情。

天色漸暮，氣溫也低了很多，符遠走到朱雀大街時，地上已經積了淺淺的一層雪。

小廝看他轉了方向，不禁問道：「郎君不去酒樓？」

符遠未答話，抄著手慢悠悠地走著。

約莫一盞茶時間，主僕兩人已經站在了崔府外面。

大門上的燈籠被風吹得輕輕搖晃，雪如柳絮。

符遠看了許久，轉身離開。

小廝奇怪地回頭看了崔府一眼，識趣地沒有問話。

迎面一駕馬車行了過來，符遠嘴角微微揚起，朝旁邊讓了兩步。

「咦？」馬車上一個女聲顯得很驚訝。

馬車走了不遠就停了下來，傳來崔凝清脆的聲音：「符大哥！」

符遠回身，面上綻開一抹笑容。

剛下馬車的崔凝怔住。

符遠站在傘下，一襲青衣，身披深色大氅，道旁人家門上的燈籠光線溫暖，映照著他如玉般的面容，大雪紛紛揚揚卻掩不住那耀眼的容色，時間彷如凝滯。

「娘子？」青心幫她撐開傘。

崔凝這才走向符遠。「符大哥怎麼會在這兒？」

「我來看看妳是否聽話。」符遠垂眸看向她。「果然被我捉個現行。」

崔凝嘿嘿一笑。「符大哥真是神機妙算。」

白天符遠讓她不要摻和武惠的事情，可她回到家裡以後怎麼都按捺不住，最後還是跑去找胡敏打探消息去了。

崔凝見他不答話，又解釋道：「我有聽話，不曾靠近武家，只是找敏兒問問情況。」

符遠屈指彈了她腦門一下。「回家去吧。」

崔凝看了看。「符大哥沒有坐馬車？」

「嗯。」

「您可真行，大老遠走過來捉我現行。」崔凝道。

符遠道：「只是晚飯吃多了而已。」

「你說吃飽撐著才來找我？」崔凝哼哼道：「我原還想送送你呢！既然撐著了，那就再走走吧。」

符遠哈哈一笑。「小丫頭膽兒肥了！」

「真沒別的事？」崔凝不信他的說辭，他看起來也不像這麼閒的人哪？

符遠不置可否地挑挑眉。「書院該節休了吧？」

這個話題明顯撓到崔凝的癢處，她高興地道：「剛剛敏兒才告訴我，再有三天就不用去書院啦！」

「正好三日後開始節休，到時帶妳去個好地方。」符遠見她臉頰凍得微紅，便抬手揉揉她的頭髮。「回去吧，外面冷。」

「去哪兒？」崔凝被他勾起了興致，哪能就這麼算了。

符遠不理她，轉身要走。

崔凝拽住他的袖子。「到底去哪兒？你不說我今晚都睡不著。」

符遠無奈，只好俯身湊近她耳邊。「妳感興趣的地方。」

崔凝眼睛一亮。「你是說？」

符遠悄悄眨了一下眼。「祕密。」

崔凝忙捂住嘴，目送他走出好遠，才想起來問：「真的不用送你嗎？」

傘下的人沒有回頭，只是揚手揮了一下。「趕快回去。」

符遠原說不讓她摻和武惠的事情，不知怎地突然改了主意，但既得到了許諾，她便懶得去想為什麼了。

今年在書院的最後三天，十分難熬。

一是因為崔凝心心念念的事情，二則是因為湖上的教舍實在太冷。

男學教舍也是建在水上，但書院認為女孩子們身嬌體弱，因而比男學早放半個月。

休假的當天下午，崔凝便做東，請平時要好的幾個女孩子去東市一家酒樓裡吃飯、聽話本，好不快活。

這間酒樓的東家是個女子，聽說容貌出色，不但很能招攬男客，而且因著巧思別致的經營，也經常有貴婦貴女們來消遣。

這天講話本的是個女先生，說的是《新編洛神賦》，崔凝吃著果子，聽得津津有味。

李逸逸早就聽過好幾回了，便隔著薄綃簾四處看景兒。

「啊！」也不知道看見了什麼，李逸逸低呼一聲，捉了崔凝的手腕搖晃。「快看快看！」

「什麼事？」胡敏忙伸長脖子。

李逸逸指著樓下堂中的幾個人。「那、那個！生得好俊！」

崔凝心思還在洛神賦上，心不在焉地順著李逸逸指的方向看過去。

這一看之下，險些驚掉下巴。

幾名男子正聚在一處說話，一個玄色衣衫的男子正面朝這邊，一張臉宛若精心雕琢，面上美鬚整齊，與人寒暄的時候亦無多笑容。

崔凝恍惚地瞧著，感覺時光飛逝，看見了三十年後的魏潛！

更讓她驚訝的是，旁邊一個華服男子轉身的時候，居然與魏潛生得有六、七分相似！

「玄衣的是國子監祭酒魏大人。那邊與他長得很像的，是魏家長子，如今是太子少師。」胡敏道。

「啊……」崔凝感嘆。「長得真像啊！」

「你們不知道？」胡敏訝異。

李逸逸道：「我知道我知道，長安稱他們父子叔伯『十魏』，我只聞其名，這是第一次見到活的啊。」

國子監祭酒魏大人父子六人，加上魏潛的四位叔伯，都是長安有名的美男子，且皆是驚才絕豔之輩，於是長安人便將他們合稱「十魏」。

謝子玉看了半晌，才問胡敏道：「聽說十魏長得都很像？」

「確實有點像，但也不同，據說生得最好看的就是魏五郎。」胡敏遺憾道：「可惜我都沒有見過呢！那日狀元遊街，就見著一個後腦杓！都是對面樓上一個丫頭在那邊鬼吼，把魏五郎的目光吸引過去了！」

崔凝不禁心虛，那個鬼吼的丫頭好像就是自己。

「不過一個後腦杓也能看出俊俏得很。」胡敏說罷又嘆氣，小聲道：「只是妳們也聽過那個傳聞吧？也不知道真假。」

「什麼傳聞？」崔凝感興趣地問。

「就是……」胡敏招手讓她們靠過來，小聲地將那件流傳頗廣的傳聞講了一遍。

先前崔淨也與崔凝講了這件事情，不過崔淨比較保守，遠沒有胡敏說得這般深入。

崔凝仍未理解什麼叫做「那方面不行」，但見其他三人都一臉惋惜，她也連忙裝著惋惜的樣子，免得再被灌一腦袋亂七八糟的東西。

直到魏家的人進了雅間，李逸逸才收回目光。「下雪正是賞梅天，我家園子裡的梅花開了，明日都來我家玩吧？」

其他人都覺得這個提議不錯，崔凝想到明天有約，只好道：「我明日還有事情，就不去了，改日再聚吧。」

「什麼事情？」李逸逸有點不太高興，像她們這麼大的娘子，天大的事情也就是走親戚而已。

「家裡給我找了先生，明天要見先生呢。」崔凝道。

「怪不得妳進步如此之快！」謝子玉恍然大悟。

崔凝剛剛入學的時候基礎遠比不上她們，但是很快就趕上進度，讓她們好生吃驚，以為她天資過人，沒想到是私底下偷偷補習了。

「你們家真是嚴格。」李逸逸也不好多說什麼，畢竟崔家家風嚴謹滿大唐聞名。

崔凝但笑不語。

翌日。

崔凝天不亮就穿戴好坐在屋裡看《案集》，等著符遠前來。

青祿無奈。「娘子今日不用去上學，怎地起這般早？」

以前崔凝都是天不亮就起，好不容易才將作息從老年狀態調整到小姑娘狀態，今日難得不用起早貪黑，結果她居然三更就醒了！青祿也只好跟著起來伺候。

「我今日有事要出門。」崔凝道。

青祿用手掩著偷偷打了個哈欠，開始翻箱倒櫃地找衣裳。「這幾日雪下個不停，娘子要多穿一些，免得著涼。」

崔凝每日早晚都要關起門來打一套拳，所以身體一直很好，除了大冬天坐在湖上學舍一動不動地一、兩個時辰會感覺到冷之外，平時並不畏寒。

但青祿每次見崔凝從書院出來時都被凍得青頭紫臉，至今還心有餘悸，堅持要給她穿三件襖子。

崔凝拗不過她，只好乖乖任她擺弄。

原本一個清瘦的小姑娘，愣是被青祿打扮成了一顆球，再加上一頂毛茸茸的兔毛帽子，兩側縫了兩個大絨球護住耳朵，還有厚厚的手捂子連著掛在脖子上，不戴的時候吊在身前隨著走動一晃一晃，實在太有喜感了。

吃飯的時候，崔玄碧忍不住多看了幾眼，還難得地讚了一句：「今日的打扮好。」早飯後去給凌氏請安，結果一家子笑得前仰後合，把青祿好好誇了一頓。

崔凝無語，只有她一個人覺得不好嗎？穿得這麼厚，抬不起胳膊，邁不開腿，整個人都顯得笨笨的。

待到符遠過來，免不了又被調侃了幾句，害得崔凝頭一次出去查案的興奮勁兒都消減了一半。

外面北風呼嘯，馬車裡生了暖爐，一點都不冷，崔凝感覺自己被衣服束縛得連呼吸都困難，原來挺寬敞的馬車，現在居然覺得有些擁擠，她忍不住把簾子拉開一點吹吹風。

馬車行駛在朱雀街上，崔凝奇怪道：「我們現在去哪兒？」去武惠家不應該走這個方向吧？

「我正要與妳說。」符遠抬手把窗子關上，頓了一會兒才道：「武惠找到了。」

「是嗎……」儘管有一點點失望，但她更慶幸。「沒事就好。」

「她死了，在武家的井裡。」符遠道。

崔凝倏地瞪大眼睛。「死、死了？被人害的？」

「前日就發現了屍體，但官府一直瞞著。今日才查清楚，她是自殺。」

「怎麼可能，她那樣好強的人，怎麼會自殺？」崔凝不相信。武惠凡事為了爭個名頭，情願付出百倍於他人的努力，她這樣爭強好勝的性子固然不討喜，但若說她堅韌刻苦，誰都不會反駁。

符遠拍拍崔凝的頭。「正因為她是那樣好強的人，才會走極端。」

符遠得知此事之後，明裡暗裡打聽得仔細，也設法查閱了完整的卷宗，武惠確是自殺無疑。

「過剛易折。」符遠安慰道：「莫傷心了，她既是這樣的性子，這就是她的命數。」

傷心，倒是不至於。崔凝目睹過師門慘遭屠戮，祖母遭人暗害，她已經不再會為了一個不怎麼相干的人傷心。

彷彿經過這些變故，崔凝的心就變得冷酷起來，也沒那麼多慈悲，只不過一個整日在眼前亂晃的人突然從這個世上消失了，仍是令她有些緩不過神。

崔凝搖頭。「我沒事，武惠為什麼自殺？」

符遠深深地看了她一眼，道：「想必妳也知道她的那門婚事。其實武夫人雖然刻薄，但在婚姻大事上倒是不曾苛待武惠，原是給她說了一個書香門第，男方今年二十歲，已是舉人，打算明年考進士。男方家裡也厚道，打算在春闈之後再訂婚事，只是武惠心高氣傲，覺得那家太窮，門第又低，所以死活不願意嫁。」

說到門第，俗話說一人得道雞犬升天，武惠家雖與聖上的關係已經出了九服，但只要能沾上一點，也就論得上門第了，要不人家一個書香門第，哪怕窮了點也不會想娶一個侍衛伍長的閨女。

武夫人費了好大心思相看好的人家，卻被武惠認為是對自己的侮辱，說話自然就不太中聽，把武夫人氣得摔桌砸碗。

武惠的親生母親倒是個明白人，心知武夫人這是真心實意地照顧武惠，於是大冷天替女兒跑去正房跪著，祈求武夫人原諒。結果不僅沒有讓武惠回心轉意，反而覺得她眼界窄，自甘下賤。

這樁事鬧得家裡烏煙瘴氣，武惠的父親正逢官場不順意，心中更煩。正巧前段時日傳出兵部侍郎夏大人的夫人，想為夫君物色一個機靈乖巧的女子伺候，武惠的父親便動了心思。

不是想嫁高門？兵部侍郎的門第夠高了吧！

武惠的父親既然做了主，武夫人自然沒有二話，趁著去上香的時候帶著武惠給夏夫人相看了。夏夫人對武惠的品貌都很滿意，還特地反覆詢問武夫人，這樣標致可人的女孩子，家裡條件也不差，真願意到她家來做妾？武夫人笑答願意。

此事就算是口頭定下了。

不知道是《案集》看多了還是怎麼回事，崔凝始終不能相信。「就這樣便投井自盡了？」

「武惠知道後收拾東西想逃跑，結果被侍女發現，武夫人便將她軟禁在園子裡。」符遠看著她道：「後來的事情妳也知道，她一時想不開，就投井了。」

這三天裡，武惠想了些什麼，崔凝不知道，可這事若是攤在她身上，一定不會這樣輕易就結束自己的生命。

符遠似是看出她的想法，微微笑道：「妳攤不上這種事，這天底下能讓妳做妾的，怕是只有皇帝了，可陛下是女子。」

別看崔道郁只是區區七品官，崔凝要是不想嫁給皇家，誰也不敢強迫她。不過身為崔家女，她自然也不能喜歡誰就嫁給誰，除非她看上的人各個方面都配得上清河崔家。

要是在十五年以前，大族之女更沒得選，因為高門大族一向都相互通婚，極少與其他名不見經傳的姓氏談婚論嫁，近年來才偶有低嫁。

「魏五哥快要回來了吧？」崔凝忽然問道。

崔凝念叨魏潛，符遠未有絲毫不悅，反而調侃道：「就知道想妳魏五哥，怎麼不見妳念叨念叨我？」

「你怎麼知道我沒有念叨過！」崔凝之前想到符遠的次數可比想魏潛多多了，因為他挺像她最喜歡的二師兄。

符遠笑著道：「按說他明天就會到，只是風雪如此之大，時間算不準。」

「我得先獻殷勤，明日去接他。」崔凝不能放過任何一個狗腿的機會，說不定魏潛就被她感動了呢？

「明天妳到酒樓來，我會派小廝在城樓上盯著，一旦確定他到了，我就帶妳去城門候著。這樣既顯得鄭重，還能偷點懶，妳說呢？」符遠笑問道。

崔凝撫掌道：「哎呀，還是符大哥聰明。」

馬車停下。

崔凝在車裡憋悶得厲害，於是率先下了車。

外面又下起了細細密密的雪，崔凝剛把手揣進手捂子裡，就聽見頭頂上一個微冷的男聲道：「妳就這樣獻殷勤？」

崔凝一怔，猛地回過身去。

——待續——